KNAUR

*Im Knaur Taschenbuch Verlag sind bereits folgende Bücher des Autors erschienen:*
Kommissar Pascha
Bierleichen

*Über den Autor:*
Su Turhan, 1966 in Istanbul geboren, hat Germanistik mit Schwerpunkt Filmphilologie studiert. Für seinen Kurzfilm *Gone Underground* hat er u. a. den Deutschen Kurzfilmpreis in Silber gewonnen. Sein erster Kinospielfilm *Ayla* feierte Welturaufführung auf dem Max-Ophüls-Preis-Festival 2010 und wurde in New York und Siena mit dem Publikumspreis ausgezeichnet. Nach *Kommissar Pascha* und *Bierleichen* ist *Kruzitürken* sein dritter Kriminalroman um den Münchner Ermittler Zeki Demirbilek. Su Turhan lebt und arbeitet als Autor und Regisseur in München.

Su Turhan

# KRUZITÜRKEN

Ein neuer Fall für Kommissar Pascha

KNAUR

**Besuchen Sie uns im Internet:**
**www.knaur.de**

FSC
www.fsc.org
MIX
Papier aus verantwortungsvollen Quellen
FSC® C083411

Originalausgabe Januar 2015
Knaur Taschenbuch

Redaktion: Kerstin von Dobschütz
Umschlaggestaltung: ZERO Werbeagentur, München
Umschlagabbildung: plainpicture/Magnum,
the plainpicture edit/Peter Marlow
Satz: Adobe InDesign im Verlag
Druck und Bindung: CPI books GmbH, Leck
ISBN 978-3-426-51532-7

2 4 5 3 1

Lügen anhören ist schwerer als lügen.

*Türkische Redensart*

*Für Lyn*

# 1

Das Blut war in der Dunkelheit nicht zu erkennen. Passanten und Gäste der Cafés auf der Leopoldstraße schenkten dem Mann mit buschigem Schnurrbart, der mit hängendem Kopf vorbeitorkelte, keine Beachtung. Betrunkene auf Münchens Flaniermeile waren kein Grund, dem eigenen überteuerten Longdrink die Aufmerksamkeit zu entziehen. Kein Gast konnte sich später bei den Befragungen an den Mann erinnern, der seine Hände an die Seite presste, um das Blut daran zu hindern, seinen Körper zu verlassen.

Der Verletzte schaffte es erstaunlich weit, bevor er vom Bürgersteig abkam und an einem Hindernis hängenblieb. Eine Viertelstunde nach dem Notarzt, der von Passanten verständigt wurde und nur noch den gewaltsamen Tod des Mannes feststellen konnte, erschien der zuständige Leiter der Mordkommission Pius Leipold.

Die Absperrung um den Fundort des Toten verursachte ein erhebliches Verkehrschaos im Herzen von Schwabing. Von der Leopoldstraße über das Siegestor bis hinauf zum Odeonsplatz stauten sich die Autos. Nach Norden hin, in die entgegengesetzte Richtung, zog sich der Stau nach einem Auffahrunfall bis hin zur Münchner Freiheit und weiter. Kommissar Leipold stand an seinem Einsatzwagen direkt am Fundort und wartete, bis ein Spurensicherer ihm den fremdländischen Ausweis des Toten überreichte. Er gab bald den Versuch auf, den Vor- und Nachnamen Süleyman Eczacıbaşı auf dem Dokument auszusprechen.

Stattdessen legte er den Kopf in den Nacken, um sich beim lieben Herrgott zu beschweren.
»Muss das sein?«, fragte er mit leichter Verzweiflung in der Stimme.
»Ja«, dröhnte es.
Leipold erzitterte, glaubte er in dem Moment fest daran, dass Gott zu ihm sprach. Doch die Stimme gehörte zu seinem Kollegen Herkamer, der mit jemandem am Telefon redete. Er reichte Leipold das Handy. »Zeki.«
Leipold verdrehte die Augen. »Servus.«
»Rat mal, wo ich bin?«, fragte Leipolds Kollege Demirbilek am Apparat.
Leipold schwante etwas und blickte sich suchend um. Auf der gegenüberliegenden Straßenseite erspähte er Demirbilek inmitten der Schaulustigen, der ihm mit einem Taschentuch zuwinkte. »Was ist? Warum kommst du nicht?«, stöhnte Leipold in das Handy.
»Wollte nicht stören.«
»Du? Nicht stören? Das ist der beste Witz, den ich seit langem gehört habe«, grölte Leipold und beendete das Gespräch. Er gab Herkamer das Telefon zurück und beobachtete, wie Demirbilek sich bei den uniformierten Kollegen auswies und durch die Absperrung auf seine Straßenseite wechselte.
»Und?«, fragte Demirbilek, als er bei ihm stand.
Leipold hielt ihm kommentarlos den Ausweis des Toten entgegen.
Kommissar Zeki Demirbilek warf einen flüchtigen Blick darauf. Dann wandte er sich zur Leiche, die noch nicht abgedeckt war. Der Mund des Toten war mit Tape abgeklebt, er lehnte mit dem Bauch voran an einer weißen, drei Stockwerke hohen Plastikskulptur. Die Arme umklammerten den linken Knöchel des auf Walking Man getauften Riesen, an dem er hängengeblieben

war. Das imposante Kunstwerk machte einen im wahrsten Sinne raumgreifenden Schritt und starrte augenlos in die Ferne.
»Fremdverschulden?«, fragte Kommissar Demirbilek.
»Stichwunde. Innere Blutungen. Die Niere hat es zerfetzt, heißt es«, erwiderte Kommissar Leipold.
»Kommst du mit?«
»Der Knöcheltote gehört definitiv in dein Dezernat. Ich gehe wieder ins Wirtshaus. Ich war gerade so schön dabei, zu gewinnen.«
»Schafkopfen?«
»Was sonst? Wo kommst du denn eigentlich so schnell her?«
»Vom *tavla.* Woher sonst?«
Zeki Demirbilek nickte seinem Kollegen zu und machte sich an die Arbeit.
»Deckt den armen Mann doch endlich ab!«, übertönte die Stimme des Türken die abendlichen Geräusche auf der Leopoldstraße.

# 2

Vor den Toren Münchens grinste zur selben Stunde der wohlbeleibte Tourmanager Farhaad über den Erfolg der Pressearbeit. Trotz vorgerückter Stunde war ein halbes Dutzend Journalisten der Presseeinladung gefolgt und wartete am Flughafen auf die Ankunft der Maschine aus Istanbul. Alle waren in die Pressemappe vertieft. Fotos der Bauchtänzerinnen, die sie erwarteten, funkelten darin. Die mehrheitlich männlichen Reporter bestaunten strahlende Frauengesichter, die in glitzernden Kostümen die Betrachter mit orientalischer Exotik bezirzten. Der Text zu den Aufnahmen beschränkte sich auf Kurzbiographien der Bauchtänzerinnen. Auf Alter, Geburtsort und Hobbys. Von den sieben abgebildeten Frauen stammten zwei aus der Ukraine, zwei aus Tunesien, eine Aserbaidschanerin war in der Gruppe und zwei Türkinnen. Die eine mit türkischer Herkunft, Deniz Aralik, war laut Eintrag neben ihrem Ganzkörperbild in Ankara geboren. Die zweite Türkin, Meral Sez, zählte mit achtundzwanzig Jahren zu den Erfahreneren der Truppe. Das Foto zeigte die Istanbulerin in einem funkelnd grünen Kostüm, das pechschwarze Haar glänzte silbern. Im Zentrum der schlanken Figur dominierte der wie eine Wüstendüne geschmeidig gewölbte Bauch. Den Nabel zierte ein Piercing mit Glöckchen daran.

Meral Sez blieb ein Stück hinter den anderen Frauen zurück, als sich die automatische Tür zum Wartebereich für die Abholer öffnete. Farhaad hüpfte auf und ab und winkte seiner Truppe zu, gleichzeitig forderte er die Reporter auf, Fotos zu schießen. Wie eine siegreich heimkehrende Fußballmannschaft erschienen die Tänzerinnen alle in demselben Outfit. Der schmal geschnittene, mintgrüne Mantel reichte bis zu den Fußknöcheln, dazu trugen die sieben Frauen eine farblich passende Handtasche und zogen einen hellroten Trolley hinter sich her. Bis auf Meral, deren Lächeln müde und abgekämpft wirkte, strahlten alle in die Objektive der knipsenden Reporter. Nach der Begrüßung standen sie den Journalisten für Interviews zur Verfügung. Farhaad war zu sehr beschäftigt, seine Püppchen, wie er sie liebevoll nannte, zu umgarnen, als dass er mitbekommen hätte, wie sich die Istanbulerin von der Gruppe entfernte.

Mit schnellen Schritten eilte Meral an den Restaurantbetrieben vorbei und erspähte eine Apotheke. Dort kaufte sie etwas gegen die Kopfschmerzen, die sie seit der Abreise aus Istanbul plagten, und fragte in einwandfreiem Deutsch nach den stärksten rezeptfreien Schlaftabletten. Als sie zurückkehrte, bedankte sich Farhaad gerade bei den Journalisten für ihr Interesse und händigte jeweils zwei Freikarten für den bevorstehenden Showabend aus. Später saßen die sieben Tänzerinnen in einem Großraumtaxi. Farhaad folgte ihnen in seinem Mietauto zu dem Appartementhotel, in dem er seine Püppchen untergebracht hatte. Meral hatte einen Fensterplatz in der hinteren Reihe ergattert. Sie holte aus ihrer Handtasche eine Flasche Wasser und schluckte zwei Kopfschmerztabletten gleichzeitig.

Währenddessen bemerkte die Istanbulerin, wie der Fahrer gefährlich lange in den Rückspiegel starrte, statt auf den dichten Verkehr auf der Autobahn zu achten. In seinem Gesicht spiegelte sich Gier und Lust, wie sie es von ihren Auftritten kannte, wenn sie bei Darbietungen in Männergesichter blickte. In den Gesichtern der Frauen dagegen las sie oft Bewunderung, manchmal auch Neid.

»Wollen wir uns vor dem Fotoshooting die Stadt zusammen ansehen?«, fragte nach einer Weile die Aserbaidschanerin neben ihr.
»Ich wollte mich kurz hinlegen, bevor es losgeht«, erklärte Meral mit Blick aus dem Fenster. Sie hatte es einen Spalt weit geöffnet, um das Potpourri aus sieben verschiedenen Parfümnoten zu ertragen.
»Schade«, erwiderte die Aserbaidschanerin.
Meral ertappte sich dabei, wie sie den grazilen Körper der jungen Frau mit ihren Augen verschlang. Ihr Bauchtanzstil war außergewöhnlich, moderner und extravaganter als ihr eigener.
»Meine Damen, was Sie zu Ihrer Rechten sehen, ist das schönste Fußballstadion der Welt«, begeisterte sich mit einem Mal der Fahrer in gebrochenem Englisch und verlangsamte die Fahrt, bis er anhalten musste. Der Motor des Taxis schaltete sich automatisch ab. Der Stau, in den sie geraten waren, rührte laut Straßenverkehrsmeldung von einem Polizeieinsatz auf der Leopoldstraße her.
Meral blickte auf die rot leuchtenden Waben der Allianz Arena und dachte an ihren Freund Okan Gök, mit dem sie seit kurzem zusammen war. Wie die meisten ihrer Landsleute war er begeisterter Fußballfan.
Meral aber hasste Fußball und Männer, die Fußball liebten.

# 3

Wenige Lichteinheiten genügten dem Fotografen, um die sieben Bauchtänzerinnen zu einem dramatischen Spiel aus Farbe und Schatten zu stilisieren. Vor dem Museum Brandhorst, das mit seiner bunt schimmernden Fassade Kostüme und Gesichter der Frauen auf bizarre Weise ergänzte, entstand die Aufnahme für das türkische Modegeschäft, das die Bauchtanzshow finanzierte.

Meral Sez war froh über das pünktliche Ende des Fotoshootings. Zurück im Appartementhotel, duschte sie und zog sich um. In Vorfreude auf ihre Freundin legte sie einen Seidenschal um die Schultern und packte die aus Istanbul mitgebrachten Aufmerksamkeiten in ihren kleinen Rucksack.

In der Nähe des Hauptbahnhofs hatte Meral in einem Studio tanzen gelernt. Sie kannte sich in der Gegend aus und spazierte, in Erinnerungen schwelgend, die Bayerstraße entlang.

Franziska Saum wartete aufgeregt im Alten Botanischen Garten auf einer Parkbank mit Sicht auf den gelb beleuchteten Justizpalast. Als sie ihre Freundin auf sich zukommen sah, war das alte Gefühl mit einem Schlag wieder da. Vor zwei Jahren hatte Meral München verlassen, um nach Istanbul zurückzukehren. Nicht freiwillig, wie sich Franziska allzu gut erinnerte.

»Hallo, Meral! Hier drüben«, schrie sie und winkte. Das Glücksgefühl, ihre Freundin wiederzusehen, strömte durch ihren ganzen Körper. Gleichzeitig dachte sie mit Schrecken daran, dass Meral gleich bemerken würde, wie sehr sie zugenommen hatte.

Verstohlen richtete sie ihre hellbraunen Haare und strich mit ein wenig Spucke die Augenbrauen glatt.
»Hallo, Franziska«, grüßte Meral und küsste sie auf die Wangen.
»Schön, dich zu sehen«, antwortete Franziska. Sie konnte das Glück nicht wahrhaben, in ihre tiefblauen Augen zu blicken.
»Besser als eine Kneipe, in der man nicht rauchen darf«, stellte Meral fest und zündete sich eine Zigarette an. Wegen der kühlen Temperatur und der fortgeschrittenen Zeit waren die zwei Frauen allein, bis auf vereinzelte Passanten, die den Weg durch den Botanischen Garten als Abkürzung Richtung Stachus nutzten.
»Ich dachte, da du wenig Zeit hast … Ist ja nicht weit von eurem Hotel«, erwiderte Franziska etwas verlegen, wobei sie die Augen nicht von dem Schal ihrer Freundin loseisen konnte.
»Was ist?«, fragte Meral.
»Den habe ich dir damals geschenkt.«
»Den Schal?«
Natürlich erinnerte sich Meral an die bitteren Tränen und den zu bunten Schal, den ihre Freundin zusammen mit ihren Habseligkeiten nach Istanbul geschickt hatte, nachdem sie Hals über Kopf München den Rücken gekehrt hatte. Meral bemerkte auch Franziskas knappen Rock und roch das fruchtige Parfüm, das ihren Körper umhüllte, wie auch das tief ausgeschnittene Oberteil.
»Ja, stimmt. Du siehst, ich trage ihn immer noch«, erklärte Meral, als wäre es purer Zufall, gerade diesen Schal ausgewählt zu haben. Dann legte sie ihren Rucksack ab und setzte sich auf die Bank.
»Lust auf ein Glas Weißwein? Trinkst du hoffentlich immer noch am liebsten?«, bot Franziska an.
»Ein Glas, mehr nicht«, willigte Meral ein. Die halb gerauchte Zigarette warf sie in hohem Bogen in die Pflanzungen.

Schnell holte Franziska eine Flasche Wein und Plastikbecher aus der Tasche. »Ich habe mich so gefreut über deine Mail!«, jubelte sie. Dann wurde ihr Gesicht kreidebleich. »Verdammt, ich habe den Korkenzieher vergessen.«
Meral kramte im Rucksack nach dem Schweizer Taschenmesser, das sie immer bei sich hatte. Statt des üblichen Kreuzes auf dem roten Plastikgriff waren der weiße Halbmond und der Stern der türkischen Flagge eingraviert. »Geht es damit?«
»Aber ja!«, freute sich Franziska, klappte den Korkenzieher auf und öffnete in Windeseile die Flasche.
»Bravo, das kannst du ja nach wie vor perfekt. Arbeitest du noch in der Gastronomie?«
Ohne einen Tropfen zu vergießen, schenkte Franziska die Becher voll. »Nur halbtags in einem Tagescafé in der Innenstadt. Vor allem ältere Damen und Herren. Kaffee und Kuchen. Hin und wieder bestellen die Herrschaften ein Glas Sekt, um den Kreislauf anzukurbeln.« Mit breitem Grinsen überreichte sie einen Becher und erhob den eigenen. »Auf dich! Auf meine schönste Geliebte, die ich je hatte.«
Meral und Franziska prosteten sich zu und nahmen einen Schluck.
»Dass ich auf Frauen stehe, muss nicht jeder hören«, flüsterte Meral dann.
»Keine Sorge, hier hört uns niemand.«
»Du hast recht, aber du weißt, dass ich vorsichtig sein muss.«
»Sehen kann uns übrigens auch niemand.«
Meral wartete einen Augenblick, blickte sich um, dann ließ sie ihre Hand unter den Rock ihrer Freundin gleiten. Sie spürte die aufgerichteten Haare und die rauhen Erhebungen ihrer Hautoberfläche am Oberschenkel – der Frühlingsabend war definitiv zu kalt für Miniröcke.
»Endlich«, hauchte Franziska. »Hätte ich das gewusst, hätten

wir uns gleich bei mir treffen können. Ich habe einen Baldachin über dem Bett hängen.« Sie genoss die wärmende Hand auf der Innenseite ihres Oberschenkels. Plötzlich aber zuckte sie zusammen und fügte besorgt hinzu: »Und was ist mit Okan?«

»Okan?«

»Ja, bist du nicht mit ihm zusammen? Habe ich jedenfalls gehört.«

»Mit wem ist Okan nicht zusammen?«, fragte Meral ernst. Dann kicherte sie albern auf. »Ich will ein Kind von ihm, das ist alles.«

Verblüfft trank Franziska einen weiteren Schluck Wein. Dann grinste sie. »Das ist nicht dein Ernst.«

»Doch. Er sieht doch gut aus, oder?«

»Er ist ein Mann.«

»Und was für einer.«

»Okan Gök ist der größte Macho, den je eine Mutter zur Welt gebracht hat. Von dem willst du dir ein Kind machen lassen?«

»Vergiss Okan. Morgen ist Sonntag. Wir können ausschlafen.«

Dann beugte sich Meral zu Franziska und gab ihr nach zwei langen Jahren wieder einen Kuss.

# 4

Die Ermittlungen in dem Mordfall Knöcheltoter, wie ihn Münchner Zeitungen wohl nach einem Interview mit Leipold bezeichneten, gestalteten sich schwierig. Das Opfer, in der türkischen Community als Kredithai verschrien, schien mehr Feinde als Haare auf dem Kopf zu haben. Das Migra-Team hatte ein ganzes Heer potenzieller Verdächtiger abzuarbeiten. Allesamt Kreditnehmer bei dem umtriebigen Geschäftsmann. Zeki war dankbar für die sonntägliche Auszeit und schielte gerade von der Parkbank einer Grünanlage zu einer augenscheinlich ausländischen Gruppe Männer. Sie standen zusammen, rauchten und tuschelten. Die Sonntagszeitung hatte er bereits durchgeblättert, gelesen allerdings hatte er nur die Bildunterschriften der Fotos und den Hauptartikel im Sportteil über die lahm laufende Bundesliga. Sonst fand er nichts auf den vielen bedruckten Seiten, was ihn an dem sonnigen Frühlingstag interessierte. Er blinzelte in die Vormittagssonne, als sich einer der Männer mit wirbelnder Gebetskette vor ihm aufbaute. Ein Einweg-Brillengestell verformte sein Gesicht zu einer überreifen Wassermelone.

»Was gibt's?« Demirbilek fixierte den älteren Mann, der zum Überfluss wie ein Schafbock Kaugummi kaute.

»Sind Sie nicht der türkische Kommissar?«, fragte er mit Berliner Dialekt.

Demirbilek hatte so seine lieben Probleme mit der Hauptstadt – eines der Vorurteile, die er trotz seiner vierzig Lebensjahre nicht abgeschafft hatte. »Wer will das wissen?«, gab er mit einem übertriebenen münchnerischen Einschlag zurück.

»Wir haben uns darüber unterhalten, ob sie Sie geschickt hat. Sie sitzen ja schon über eine halbe Stunde hier«, erklärte der Mann.

Was wird das?, fragte sich Demirbilek und war versucht, zu gehen. In der Regel wich er Scherereien nicht aus, hatte aber gerade weder Zeit noch Nerven dafür. »Mich hat niemand geschickt. Ich warte«, erwiderte er stattdessen.

»Sie warten?«

»Warum soll ich nicht warten?«

Der ältere Mann riss ihm die Zeitung aus der Hand, blätterte den Lokalteil auf und deutete auf einen Textkasten mit Foto. Neben den Spekulationen über den Toten am Walking Man wurde nach einem verschwundenen türkischen Mädchen gesucht.

Der Mann stupste mit dem Finger auf den Artikel, dann deutete er zu seinen wartenden Freunden, die gebannt zu ihnen blickten. »Der Zweite von links kennt die Kleine. Wollen Sie ihn nicht sprechen?«

Demirbilek atmete durch. Wie sollte er dem einfältigen Berliner Landsmann erklären, dass er nicht alle Fälle verfolgen konnte, in die türkische Mitbürger verwickelt waren. Das Sonderdezernat Migra, dem er vorstand, war in die Welt gesetzt worden, um schwere Verbrechen wie Mord und Totschlag aufzuklären, bei denen Täter oder Opfer einen Migrationshintergrund aufwiesen. Nur um die Sache nicht zu verkomplizieren, vergewisserte er sich mit Blick auf die Armbanduhr. Er war lange vor der verabredeten Uhrzeit zum Treffpunkt gekommen. Die Beine wollten nicht, wie er merkte, die Neugier aber trieb ihn zu der Gruppe Männer.

Der Zeuge in dem Fall, von dem Demirbilek nichts wissen wollte, zündete sich vor Nervosität gleich eine Zigarette an.

*»Komiser Bey«*, sprach ihn der Mann mit Sonntagssakko an, das ihm viel zu weit war. »Ich kenne das verschwundene Mädchen. Meine Freunde und ich sind Straßenreiniger, ich kehre am Bergsteig bis vor zur Ichostraße. Sie geht dort zur Schule.«
»Schöne Gegend, aber was hat das mit ihrem Verschwinden zu tun?«
»Sie ist erst vierzehn«, entgegnete er mit ungewollt hoher Stimme.
Was soll das jetzt bedeuten?, schoss es Demirbilek durch den Kopf. Wenn er die eher deutsch denkenden Synapsen seines Gehirns einschaltete, kamen ihm Verschleppung des Kindes nach Anatolien und Zwangsehe in den Sinn. Bemühte er den türkischstämmigen Anteil der ihm zur Verfügung stehenden Synapsen, dachte er an Pubertät, ausgerissen wegen gebrochenen Herzens. Beide rein spekulativen Erklärungsansätze sorgten für ein alarmierendes Gefühl im Bauch.
»In der Zeitung steht, sie sei sechzehn«, berichtigte Demirbilek ihn.
»Das stimmt aber nicht. Elif geht mit meinem Großen in eine Klasse. Sie ist jünger als die anderen, weil sie eine Klasse übersprungen hat. Das habe ich Ihrer Kollegin schon erzählt«, meinte der Sakkoträger.
»Welcher Kollegin?«, entfuhr es Demirbilek. »Ich habe zwei Frauen, die für mich arbeiten. Für mich, wohlgemerkt, nicht für die Vermisstenstelle.« Kaum hatte er das ausgesprochen, ereilte ihn ein Gedanke. »Klein. Kurze Haare. Der halbe Hintern ist zu sehen, wenn sie Jeans trägt«, beschrieb er die Frau, die als Einzige in Frage kam.
»Sie meinen Jale.«
Demirbileks Seufzer kam aus den Untiefen seines Herzens. Es gab nur eine Jale. Jale Cengiz gehörte seit der Gründung seinem Dezernat an und hatte eine ähnliche Berufsauffassung wie er.

Wenn sie Gefahr witterte, legte sie los. Genehmigungen und transparente Kommunikation fielen dabei unter den Tisch.
»Bei Jale sind Sie in guten Händen, sprechen Sie mit ihr«, empfahl er, ohne seinen Groll zu zeigen. Er würde sie von der Suche nach dem Mädchen abziehen, Vermisstenfälle fielen nicht in ihr Aufgabengebiet.
Der Straßenreiniger presste mehrmals seine halb gerauchte Zigarette in einen Reiseaschenbecher. »Wir haben das Mädchen gefunden.«
»Was stellt ihr euch dann so an? Holt die Polizei, damit sie nach Hause kommt. Die Eltern machen sich bestimmt Sorgen.«
»Es wäre aber besser, wenn Sie mitkommen. Jale hat erzählt, dass Sie selbst Vater sind.« Er suchte die passende Formulierung. »Ein türkischer *baba,* der wie ein deutscher Papa denkt.«
Demirbilek schüttelte verdutzt den Kopf über die eigentümliche Beschreibung. Er war überzeugt, seine vierundzwanzigjährige Kollegin würde schnell Vertrauen zu der Ausreißerin aufbauen. Schließlich war Jale selbst eine türkische Tochter und er, wie er gerade erfahren hatte, eine Art Zwittervater, ein Babapapa. »Jale kann das besser als ich«, entschied er und wollte zurück zur Parkbank, um seine Verabredung nicht zu verpassen.
Da wölbte der Straßenreiniger seine Hände über den Bauch. Eine Geste, die auf der ganzen Welt dasselbe bedeutete. Das vermisste Mädchen war schwanger. Zu jung, aus Demirbileks Sicht, egal, ob sie vierzehn oder sechzehn war.

# 5

Wegen seines Aussehens fiel der Kommissar zwischen den Straßenreinigern in Sonntagsstaat kaum auf. Natürlich sah der Münchner mit den Istanbuler Wurzeln aus wie ein türkischer Mann, beide Eltern kamen aus seiner Geburtsstadt am Bosporus. Das dunkle Haar, die wuchtigen Augenbrauen sprachen eine deutliche Sprache. Ganz zu schweigen von seiner inneren Haltung. Das war wohl das Türkischste an ihm.

Zeki Demirbilek galt nicht nur im Polizeipräsidium als Vorzeigetürke, auch innerhalb der türkischen Gemeinde genoss er den Ruf als einer, der es geschafft hatte, obwohl er bei aller Integration seine Wurzeln nicht leugnete. Der Spagat, in beiden Kulturen heimisch zu sein und sich wohl zu fühlen, gelang ihm scheinbar mühelos. Der Grund lag jedoch nicht darin, dass der von klein auf streitbare, oft uneinsichtige Zeitgenosse sich an die deutschen Verhältnisse übergebührlich anpasste oder charakterlich verrenkte, um der zu sein, der er war. Vielmehr lag es daran, dass er sich einen Dreck darum scherte, ob seine Mitmenschen ein Problem damit hatten, was er war. Er war Münchner. Durch und durch. Und Istanbuler. Durch und durch. Und über beiden kulturellen Identitäten schwebte seine Berufung zum Kommissar. Hätte ihn das Schicksal nach der Geburt in Istanbul nach Tokio verschlagen, wäre er, so versuchte er es einmal zu erklären, eben japanisch-türkischer Ermittler geworden.

Elifs Versteck lag am Fuße einer Böschung in der Nähe der

Zugbrücke am Kolumbusplatz. In einer Nische, eingebettet zwischen Schrebergärten, die sich entlang der Bahngleise erstreckten, lugte ein Iglu-Zelt hervor.
Die Schülerin lag auf einer Isomatte davor und las in einem Roman. *Der Fänger im Roggen,* wie Demirbilek erstaunt feststellte. Als Elif die Gruppe Männer bemerkte, band sie ihr Kopftuch um und stand auf.
Mit Unterbrechungen, die die vorbeiratternden Züge notwendig machten, befragte der Kommissar das Mädchen mit einer für ihn ungewöhnlichen Geduld. Beim Zuhören verzog er immer wieder das Gesicht, weil er dem Mädchen nicht glaubte, dass es aus Angst, von ihrem Vater wegen ihrer Schwangerschaft totgeschlagen zu werden, ausgerissen war.
Um seine Hilfsbereitschaft zu zeigen, stellte er sie vor die Wahl: entweder in einem Streifenwagen nach Hause gebracht werden oder zusammen mit ihm im Taxi. Der Trumpf, dass ihr Vater gegenüber einem Kommissar Wort halten würde, wenn er ihn auf den Koran schwören ließe, ihr nichts anzutun, erbrachte die erhoffte Wende. Das Mädchen richtete das Kopftuch zurecht und packte seine Sachen.
Gemeinsam kehrte die Gruppe – der Kommissar und das Mädchen in ihrer Mitte – zurück über die Bahngleise auf die Straße. Zeki hatte die Hoffnung aufgegeben, seine Verabredung zu treffen, so dass er keinen Einwand hatte, als das Mädchen in einem Café auf die Toilette gehen wollte.
Während er vor der Tür wartete, verabschiedeten sich die Straßenreiniger. Der mit dem Melonengesicht schüttelte Demirbileks Hand und äußerte seine Freude, einen modernen, guten Türken in den Reihen der bayerischen Polizei zu wissen.
Sobald die Männer gegangen waren, dauerte es drei Minuten, bis der Kommissar die Geduld verlor und dem Mädchen in das Café folgte.

Er eilte an der Theke vorbei in den schwach beleuchteten Gang. Herren- und Frauentoilette befanden sich nebeneinander. Er klopfte mehrfach laut, dann öffnete er die Tür ein Stück weit. In dem gekachelten Raum gab es zwei Toilettenkabinen. An beiden stand die Verriegelung auf Rot.

»Hallo! Elif! Bist du da drin?«, rief er.

Der Hilfeschrei einer Frau erfüllte den Raum. Gleich nach dem gellenden Schrei erschienen der Cafébesitzer und einige Gäste.

»Wen suchen Sie?«, hörte Demirbilek den Besitzer fragen.

»Ein Mädchen, sie wollte hier auf die Toilette …«

Demirbilek brach den Satz ab, als er eine Tür entdeckte, die nach draußen führte.

# 6

Ziehen wir denn aus, Herr Kommissar?«

»Ganz bestimmt nicht«, versicherte Demirbilek seiner Nachbarin, die mit einer Mischung aus Neugier und Hoffnung zusah, wie er den letzten Umzugskarton aus einem Kastenwagen wuchtete.

»Ich frage nur, weil ich jemanden kenne, der eine Wohnung sucht«, erklärte die Nachbarin mit enttäuschtem Gesicht.

»Ach wirklich?«, blaffte Demirbilek zurück, als hätte er gerade erfahren, dass der FC Bayern ein in München ansässiger Fußballverein war. Die bayerische Landeshauptstadt war für Wohnungssuchende genauso grausam wie die geheime Hauptstadt der Türkei. Es bedurfte bei ihm nie viel, um einen gedanklichen Abstecher an den Bosporus zu machen. Auf einem von Jale Cengiz' Kartons, die bei ihm wohnte und aus Berlin ihre Sachen geholt hatte, stand »Istanbul« geschrieben.

Demirbilek schloss den Wagen ab und schleppte den zu schwer beladenen Karton zwei Stockwerke hoch in seine Etage. Er lebte seit über zehn Jahren in der Dreizimmerwohnung und fühlte sich wohl in der Weilerstraße, die zwischen Giesing und Haidhausen lag. Vom Herzen her näher an Giesing, dem einstigen Arbeiterviertel, das inzwischen von Besserverdienern übernommen wurde.

Das letzte Stück schob er den Karton über den Parkettboden des Flurs vor das ehemalige Zimmer seiner Tochter, das seit einigen Monaten von Jale und seinem Sohn Aydin bewohnt wurde. Er

lehnte sich an den Türstock und beobachtete die beiden. Jale zeigte Aydin gerade ein Fotoalbum aus Kindertagen. Sie waren derart vertieft in die Aufnahmen, dass sie ihn nicht bemerkten. Sie passten gut zusammen, freute er sich.
»Sieh mal, mein jüngerer Bruder Levent. Da war er noch ein kleiner, süßer Hosenscheißer«, grinste Jale.
»Und jetzt?«
»Vermakelt er Wohnungen und Häuser an neureiche Berliner Türken und spendet Unsummen an islamische Gemeinden.«
»Hast du mit Levent in Berlin nicht gesprochen?« Aydin deutete auf ihren Bauch.
»Ich mit ihm schon, er aber nicht mit mir. Er hat mich hinausgeworfen.« Sie klappte das Fotoalbum zu. Die gute Laune war verflogen.
Zeki wusste von den unsäglichen Ehrvorstellungen des jüngeren Bruders und hätte mit dem Bürschchen am liebsten unter vier Augen geredet. Jales Eltern, wie auch ihr älterer Bruder, der in die Türkei zurückgekehrt war, hatten sich mit Jale ausgesprochen und akzeptiert, dass sie unverheiratet schwanger war. Nicht aber ihr jüngerer, geschäftlich erfolgreich in Berlin lebender Bruder. Was nutzte die liberalere Einstellung der Familie, wenn ihn niemand zur Räson brachte?
Plötzlich spürte Zeki, wie er wegen der Morde, die auf der ganzen Welt im Namen der Ehre begangen wurden, eine Gänsehaut bekam. Dabei kam ihm auch Elif in den Sinn. Er war versucht, seine Kollegin auf das verschwundene Mädchen anzusprechen. Doch er hatte die Vermisstenstelle bereits über ihr Verschwinden aus dem Café informiert, außerdem wollte er nicht Gefahr laufen, seinem Sohn die Zeit mit seiner Freundin zu stehlen. Wie er Jale einschätzte, hätte sie alles stehen und liegen lassen, um selbst nach Elif zu suchen.
»Wo ist der Rest, Jale?«, machte er sich bemerkbar.

Sie sah mit einem verkrampften Lächeln auf. »Welcher Rest?«
»Ist das alles, was du als türkische Tochter aus Berlin mitgebracht hast?«
»Ja, das ist alles, was ich besitze. Bis auf ein paar Sachen bei meinen Eltern in Istanbul«, erwiderte sie.
»Du meinst die Aussteuer?«
»Ein ganzes Zimmer voll!«, spöttelte sie und wandte sich an Aydin. »Komm, lass uns weitermachen. Wenn du brav auspacken hilfst, darfst du heute Abend Babybilder anschauen. Es gibt zwei, da bin ich ganz nackig zu sehen.«
»Ich muss los zur Generalprobe«, erwiderte dieser lachend. »Hörst du mir eigentlich nie zu?«
»Heute am Sonntag?«
»Geht nicht anders.«
Dann stand er auf und gab ihr einen Kuss auf die Stirn.
Zeki nutzte die Gelegenheit, seinem Sohn ein Zeichen zu geben, ihm zu folgen. Er ging voraus und wartete, bis sich Aydin zu ihm an den Küchentisch setzte.
»Was ist los?«, fragte Aydin besorgt.
»Mein Sohn, ich möchte nicht, dass du Jale erlaubst, schwer zu tragen.«
Aydin sah ihn verdutzt an. »Ich habe das Gewicht kontrolliert. Die Kartons, die sie getragen hat, waren federleicht. Außerdem lässt sich Jale von mir nichts sagen, du kennst sie doch.«
»Aber von mir. Deshalb reden wir ja jetzt miteinander. Wenn du Probleme hast oder Hilfe brauchst, du weißt, ich bin immer für dich da.«
Aydin schüttelte erstaunt den Kopf. »Was ist los, *baba?*«
»Was meinst du?«
»Ich wundere mich, dass du mir keine Ratschläge gibst, wie ich mit Jale umgehen soll.«
Zeki stand auf und lächelte seinen Sohn versöhnlich an. »Ich

bin der Allerletzte, der dir gute Ratschläge geben könnte. Jale und deine Mutter haben einiges gemeinsam. Du weißt, welche Fehler ich gemacht habe.«

»Du vermisst Mama.«

»Führ du mit Jale eine bessere Ehe als ich mit Selma«, sagte Zeki ausweichend. »Das ist der einzige Rat, den ich dir geben kann.« Dann verließ er die Küche.

Aydin blieb sitzen und sah seinem Vater nach. Seine Gedanken wanderten zurück in die Kindheit. Er sah seine Eltern, Hand in Hand, mit glücklichen Gesichtern. In ein paar Monaten würde er selbst Vater werden. Und sein eigener Vater Großvater. Aydin schüttelte sich. Ihn schauerte bei der Vorstellung, wie der Nachwuchs sein Leben auf den Kopf stellen würde.

# 7

Die mollige Bauchtänzerin stoppte abrupt in der Drehung, korrigierte ihre verkrampfte Haltung und setzte neu an. Sie tanzte zum ersten Mal auf das arabische Volkslied, das für ihre Darbietung ausgewählt wurde. Die drei Musiker, die seitlich auf einem Podest neben der Bühne spielten, waren es gewohnt, Passagen ständig zu wiederholen.

Doch was sie nicht gewohnt waren, war der Anblick des aus Algerien stammenden Tourmanagers Farhaad, der die organisatorischen Belange der Show verantwortete. Er übertönte mit kaum verständlichen Anweisungen die Musik, stampfte vor der Bühnenempore herum und riss die Arme hoch und nieder.

Aydin wohnte teils amüsiert, teils kopfschüttelnd der Generalprobe der internationalen Bauchtanzshow bei. Mit Engagements wie diesen verdiente sich der angehende Vater Geld zu seinem Studium an der Münchner Musikakademie, wo er als ordentlicher Student des Istanbuler Musikkonservatoriums eingeschrieben war. Über das Engagement hatte er sich gefreut und für die am morgigen Abend stattfindende Show Werbung im Freundeskreis gemacht.

Nun unterbrach er zum wiederholten Mal sein Spiel auf der Darbuka. Auf der Bechertrommel hatte er bereits als Achtjähriger zu spielen begonnen. Als Virtuosen schätzte er sich jedoch nicht ein, sein Hauptinstrument war das Saxophon. Doch sein Können reichte aus, um für den treibenden Rhythmus und den tänzelnden Charakter der orientalischen Bauchtanzmusik zu sorgen.

Aydin bemerkte zusammen mit den anderen Musikern, wie die blondhaarige Frau immer überforderter auf die Anweisungen des Managers reagierte.
»Wie kannst du ohne Muskel im Bauch tanzen, Frau?«, schrie er schließlich verzweifelt und sprang zu ihr auf die Bühne. Sein Deutsch mit französischem Einschlag ergänzte auf ideale Weise seine orientalische Erscheinung.
Tatsächlich hatte die pummelige Darbieterin nicht die Muskulatur, um ihre Bauchfalten passend zur Musik in schwingende Bewegungen zu versetzen. Die Haare waren zudem zu kurz geschnitten, das ruckartige Hin- und Herwerfen des Kopfes verfehlte seine erotische Wirkung. Seit zwei Jahren versuchte sie, neben ihrem Beruf als Floristin die Kunst des Bauchtanzes zu erlernen, und war als Beste und Ausdrucksstärkste eines Münchner Orientvereins zum Vorprogramm eingeladen worden. Für den Auftritt ihres Lebens hatte sie sich extra ein blaugold glänzendes Kostüm maßfertigen lassen.
Die Meisterinnen selbst waren für die Generalprobe nicht eingeplant. Die teilweise im Auftrag komponierte Musik für ihre Vorstellungen wurde über CD eingespielt. Das Einstudieren der raffinierten Musikstücke wäre für Aydin und seine Kollegen zu aufwendig gewesen.
»Fass mich nicht an!«, schrie die Tänzerin dem Manager entgegen, als der versuchte, ihre Schultern in die richtige Position zu bringen. Sichtlich erschrocken über den Ausbruch, entschuldigte sich Farhaad prompt.
Als die Musiker in dem umgebauten, altehrwürdigen Theater zwischen Hauptbahnhof und Stiglmaierplatz dachten, dass mit dem Vorfall die Probe beendet sei, senkte der wuchtige Manager den Kopf auf seine Brust. Mit geschlossenen Augen konzentrierte er sich eine Zeitlang. Dann gab er den Musikern ein Zeichen, das arabische Musikstück von vorne zu beginnen.

Aydins Handflächen bearbeiteten als Erste die Ziegenhaut der Darbuka, der Kollege an der Saz – der langhalsigen Laute – folgte nach ein paar eingängigen Takten mit der Melodie. Zuletzt setzte der Flötist ein, der mit der Ney den typischen Singsang-Charakter beisteuerte.

Wie entfesselt knöpfte der Manager auf der Bühne sein Hemd auf und ließ seine Hüften zur Musik kreisen. Die Floristin verfolgte seine Bewegungen zunächst abschätzig, bis sie verstand, dass der Mann ihr zeigen wollte, was er meinte. Immer wieder forderte er sie auf, es ihm gleichzutun. Doch statt es selbst zu probieren, beobachtete sie fasziniert, wie er seinen wohlgeformten Bauch zum Tänzeln brachte. Noch bevor das Musikstück zum schnellen Mittelteil überging, flossen Tränen über ihre mit Rouge geschminkten Wangen. Dann schritt sie auf den Manager zu und packte ihn an den Schultern, damit er aufhörte. Als Farhaad den Tanz abbrach, drückte sie ihm einen Kuss auf den Mund. Offenbar als Dank für seinen Versuch, ihr helfen zu wollen.

»Das lerne ich nie«, presste sie dann unter Tränen zwischen den Lippen hervor und rannte von der Bühne des ehemaligen Theatersaales.

# 8

Am nächsten Vormittag saß das dreiköpfige Team der Migra im Dienstzimmer des Sonderdezernatsleiters zusammen. Demirbilek informierte Isabel Vierkant und Jale Cengiz über die Begebenheit, die mit Elifs Flucht aus dem Café geendet hatte. Dabei ersparte er es sich, Jale die Leviten zu lesen. Wie er nicht anders erwartet hatte, rechtfertigte sie das Engagement für das Mädchen, das ihn so frech hereingelegt hatte, als rein private Unternehmung.

»Ich finde, wir müssen uns an der Suche beteiligen. Eine schwangere Vierzehnjährige …«, beharrte Jale.

»Die Vermisstenstelle hat Spezialisten dafür, außerdem sind wir inmitten der Ermittlungen um den Toten am Walking Man und haben auch sonst genug zu tun«, unterbrach Demirbilek sie in ruhigem Tonfall. Dann löste er seinen Blick von Cengiz und musterte das reparierte Handy, das sie für ihn abgeholt und mitgebracht hatte.

»Darf ich was sagen?«, erhob Vierkant die Stimme, deren Bedürfnis nach Harmonie allseits bekannt war.

»Nein«, erwiderte Demirbilek und dachte angestrengt nach. »Wie war noch mal meine PIN-Nummer?«

»4233«, beantwortete Vierkant seine Frage und wartete ab.

»Was Neues zum Kredithai?«, fragte Demirbilek.

»Keine Spuren, die uns weiterbringen. Was wir jetzt wissen, ist, dass er nicht im Büro, sondern vor seinem Bürogebäude in die Seite gestochen wurde. Ein tiefer Stich mit einem Schrauben-

zieher oder Ähnlichem, wie unsere Gerichtsmedizinerin meint. Zeugen gibt es nach wie vor keine.«
»Wie steht es um seine Klienten, oder wie nennt man das bei einem Kredithai?«
»Keine Ahnung. Kunden vielleicht?«, meinte Cengiz. »Wir haben jede Menge Unterlagen gefunden. Das ist ein Mordsaufwand, alle zu verhören. Es spricht auch einiges dafür, dass es neben den offiziellen Krediten mit Vertrag und Unterschrift noch andere Klienten oder Kunden gab. Geschäfte unter der Hand. Ohne Vertrag und Unterschrift. Bei den Offiziellen telefonieren wir uns durch, einige werden wir aufsuchen. Die meisten wohnen in München.«
»Darauf wollte ich nämlich vorhin hinaus«, brachte sich Vierkant wieder ein. »In der Bayerstraße wohnt einer der offiziellen Kunden, den wir vernehmen wollen. Ich könnte Jale vorher im Westend bei der Wohnung des verschwundenen Mädchens absetzen. Wenn sie dort fertig ist, kommt sie zu mir. Das sind zu Fuß vielleicht zehn Minuten. Natürlich hat unser aktueller Fall Vorrang, da haben Sie absolut recht, Herr Demirbilek. Aber die Wohnung liegt ja mehr oder weniger auf dem Weg. Das wäre ein Abwasch, wie man so schön sagt.«
Vierkant strich eine schokoladenbraune Haarsträhne aus dem Gesicht und lächelte ihren Chef verschmitzt an, der registrierte, wie Jale ihr Einverständnis zu Vierkants Vorschlag mit einem deutlichen Nicken zum Ausdruck brachte. Auch wenn der Dezernatsleiter nicht klein beigeben wollte, beschloss er, über seinen Schatten zu springen. Irgendetwas stimmte mit dem Mädchen nicht. Auch er wollte wissen, was passiert war, und wäre am liebsten selbst bei den Eltern vorstellig geworden. Elifs Vater betrieb eine Autowerkstatt, die Mutter war Hausfrau. Eine ganz normale türkischstämmige Familie.
»Also gut, ihr zwei. Ich schätze, ihr habt euch hinter meinem

Rücken abgesprochen«, lenkte er ein. »Priorität hat die Vernehmung in der Bayerstraße. Ich sorge für Verstärkung, damit wir vorankommen. Jale, du befragst Elifs Eltern nicht alleine. Isabel begleitet dich. Ihr nehmt euch nicht mehr als zehn Minuten Zeit dafür. Fragt sie, warum ihre Tochter behauptet, schwanger zu sein. Ich bin ziemlich sicher, dass sie lügt. Wenn es Probleme gibt, ruft an. In fünf Minuten seid ihr im Dienstwagen, Fahrtzeit rund zwanzig Minuten.« Er griff zum Handy, um nach der Uhrzeit zu sehen, doch war diese nach der Reparatur noch nicht eingestellt.

»Ist klar, wir rufen an, wenn wir nach zehn Minuten fertig sind«, vollendete Jale seine Anweisung.

Die beiden Ermittlerinnen standen gleichzeitig auf und verließen das Dienstzimmer. Seiner Schwiegertochter in spe war die Schwangerschaft kaum anzusehen, fuhr es Demirbilek durch den Kopf. Der gewölbte Bauch hätte ebenso vom guten Essen sein können. Seit Jale und Aydin ein Paar waren und bei ihm wohnten, gestaltete sich das gemeinsame Abendessen zu einem bereichernden Element in seinem Leben. Zwar war Jale keine geborene Spitzenköchin, doch übertrafen ihre Kochkünste seine eigenen, eher mäßigen Bemühungen um ein Vielfaches. Auch Aydins Zwillingsschwester Özlem kochte in letzter Zeit öfter als gewohnt. Obgleich Zeki seine Tochter über alles liebte, hätte er gerne manchmal auf ihre phantasievolle Melange aus bayerischer und türkischer Küche verzichtet. Entweder oder war ihm manchmal doch lieber. Was machte Schweinebraten für einen Sinn, wenn es keine Kartoffelknödel und Krautsalat dazu gab, sondern *bulgur* und Tomatensalat?

Nach den kulinarischen Überlegungen, die um die herannahende Mittagszeit zwangsläufig einen Hungerschub verursachten, kam er endlich dazu, sein Handy einzuschalten. Er hoffte darauf, dass Derya Tavuk, mit der er am Vortag verabredet gewesen war, Nachsicht zeigen würde. Derya hatte er als Kellnerin im Nockherberg-Biergarten kennengelernt. Nicht nur dass sie hübsch war, sie war ihm auf Anhieb sympathisch gewesen und entpuppte sich bei den sporadischen Gesprächen als selbstbewusste Türkin. Die Frau, die sich in seine Gefühlswelt eingeschlichen hatte, hatte zweimal angerufen. Und beide Male keine Nachricht hinterlassen.

Schade, sagte er sich und brach zu einem Termin auf, den er nicht mehr verschieben konnte.

# 9

Doktor Zsolt Szalay, Demirbileks in Budapest geborener Hausarzt, war nicht verwundert über die passablen Werte des EKGs. In ein paar Jahren erst stieg für seinen Patienten mit dem stressigen Polizeiberuf die Wahrscheinlichkeit für einen Schlaganfall. Das wusste er aus statischen Erhebungen, denen er absolut vertraute.
»Ihrem Herzen fehlt nichts, Herr Demirbilek, zumindest schulmedizinisch gesehen. Wann hatten Sie zuletzt Herzrasen?«
Demirbilek dachte nach. »Muss länger her sein, ich weiß es gerade nicht.«
»Aber ich!«, scherzte der Arzt. Er nahm seine Patientenakte zur Hand, deren Schutzumschlag künstlerisch gestaltet war. Der ungarische Münchner war Kunstliebhaber, seine Praxis vollgestellt und vollgehängt mit Objekten künstlerisch aktiver Patienten. »Sie waren vor einem halben Jahr bei mir. Psychosomatische Störungen. Unregelmäßiger Puls. Kam das zwischenzeitlich wieder vor?«
»Nicht dass ich wüsste.«
»Sind ja gerade erst vierzig geworden. Und rauchen wie lange nicht mehr?«
»Zweieinhalb Jahre«, antwortete Zeki, während er sein Hemd zuknöpfte.
»Sehen Sie, hat sich gelohnt, die Entscheidung«, munterte der Arzt ihn auf. »Trinken immer noch Weißbier, nehme ich an. Wie viel?«

Demirbilek zuckte mit den Achseln. »Ganz normale Mengen. Für einen Münchner jedenfalls.« Er zog das Sakko über. »Ich fühle mich allerdings recht matt in letzter Zeit.«

»Das Wetter! Mir geht es nicht anders.«

»Ja, Sie haben sicher recht.«

Doktor Szalay schloss die Akte. »Ja, das Wetter nimmt mehr Einfluss auf unsere Psyche, als wir glauben. Aber man weiß ja nie. Bei Ihrem Job. Ständig die Leichen und die geistige Anstrengung beim Ermitteln. Sie sehen abgeschlafft aus. Passen Sie auf, ich schreibe Sie eine Woche krank. Machen Sie eine Pause. Kommen Sie mal zu sich. Was halten Sie davon?«

»Das ist nicht notwendig, Herr Doktor. Mir geht es gut. Wir haben gerade eine Menge zu tun.«

»Nur ein paar Tage! Da wird Ihr Laden schon nicht zusammenbrechen. Fahren Sie weg, und erholen Sie sich mit Ihrer Frau oder Freundin«, riet der Arzt, ohne wissen zu können, was er damit bei Demirbilek auslöste.

Sofort katapultierten sich seine Ex-Frau Selma und Derya in seine Gedankenwelt. Sein Herz, glaubte er, begann nun doch zu rasen.

»Ich könnte für ein paar Tage nach Istanbul«, hörte er sich sagen, ohne vorher darüber nachgedacht zu haben.

»Aber natürlich! Ab nach Istanbul mit Ihnen!«, geriet sein Hausarzt ins Schwärmen. »Ich war letztes Jahr dort. Leider nur ein verlängertes Wochenende. Viel zu kurz, aber immerhin konnte ich einige der wichtigsten Galerien und Museen besuchen. Ein Wahnsinn! Ein paar freie Tage werden Ihnen guttun.«

Demirbilek stand auf und gab ihm die Hand. »Nicht jetzt, Herr Doktor. Vielleicht komme ich auf Ihr Angebot zurück.«

»Aber ja. Jederzeit.«

Als Zeki aus dem Praxisgebäude trat, hielt er kurz inne. Es wäre ihm lieber gewesen, die Geräte seines Arztes hätten etwas gefunden, was nicht in Ordnung war. Etwas Simples. Einen Infekt, der auf das Gemüt abstrahlte. Etwas, was mit Antibiotika zu heilen war. So aber spukten mit Szalays Bemerkung zwei Frauen in seinem Kopf, derer er mit Medikamenten nicht Herr werden konnte.

Vor ein paar Monaten war Selma noch die alleinige Herrscherin über seine Sehnsüchte gewesen. Doch seit der Nacht bei Derya, an die er sich nicht erinnern konnte, war seine geschiedene Frau nicht mehr allein. Ohne es zu wollen, stellte er unsinnige Vergleiche über Vorzüge und Nachteile der beiden Frauen an, fragte sich, welche die leidige Hausarbeit besser bewältigen würde, welche besser kochte und welche wie auf seine Anrufe reagieren würde, wenn es wieder einmal später würde. Beschämt und erschrocken über sich blieb er an der grün leuchtenden Fußgängerampel am Rosenheimer Platz stehen, schloss die Augen für einen Moment und bat Selma und Derya um Verzeihung.

Dann nahm er sich die Zeit, zu Fuß zum Präsidium zurückzukehren, obwohl viel Arbeit auf dem Schreibtisch lag. Er war selbst schuld daran, machte er sich deutlich. Insbesondere die Aufklärung alter Fälle lag ihm am Herzen, die durch aktuelle Ermittlungen zu kurz kamen. Er schlenderte die Strecke durch das Glockenbachviertel, um bei seinem alten Freund Robert Haueis vorbeizusehen. Als er dessen Antiquitätengeschäft in der Fraunhoferstraße erreichte, baumelte ein Schild an der Tür: »Auch ich muss mal … essen.«

# 10

Nach einer äußerst überraschend verlaufenden Unterredung mit seinem Vorgesetzten erwartete Demirbilek am Nachmittag Pius Leipold in seinem Büro. Zekis Schock, ihn mit Anzug und Krawatte zu sehen, zeigte sich unverhohlen in seinem Gesicht. Dass Leipolds stämmiger Körper nicht von seiner alten, schäbigen Lederjacke verhüllt war, wertete er als historisches Ereignis, vergleichbar mit der Vorstellung, der Heilige Vater würde in zerrissener Jeans und T-Shirt den österlichen Segen verkünden. Den hämischen Kommentar konnte er sich beim besten Willen nicht verkneifen.

»Du siehst aus, als wärst du auf dem Weg zu einer Beerdigung, angezogen bist du aber wie für eine Kommunionsfeier. Was ist los?«

Verschwitzt und sichtlich angestrengt setzte sich Leipold vor Demirbileks Schreibtisch und lockerte die offenkundig neue Krawatte. Hellblau. Mit weißem Rautenmuster.

»Verarsch mich nicht, Zeki«, stöhnte er. »Der Anzug war zu teuer dafür. Hat meine Frau ausgesucht.«

Bevor Zeki etwas erwidern konnte, wurde die Tür aufgestoßen. Cengiz und Vierkant traten ein. Beide prusteten wie auf Knopfdruck bei Leipolds gewöhnungsbedürftigem Anblick los.

»Pius, oh mein Gott, du siehst ja schrecklich aus«, höhnte Cengiz und bereute es im selben Augenblick.

Leipolds Gesicht erstarrte, dann platzte es in voller Wortgewalt aus ihm heraus: »Ja, Kruzitürken! Seid ihr alle deppert geworden! Ich kann auch anders. Dann mach ich das eben hochoffiziell. Sonderdezernatsleiter Zeki Demirbilek ist bereits informiert worden. Hiermit gebe ich den beiden Kolleginnen Bescheid: Kommissariatsleiter Franz Weniger hört mit sofortiger Wirkung bei uns auf. Ich übernehme interimsmäßig bis zur Neubesetzung seine Position.«

Dann wandte er sich zur Tür, um hinauszustapfen. Doch Cengiz stellte sich ihm in den Weg, um die Situation zu retten. Auch wenn sie mit Leipold Schwierigkeiten hatte, verdiente er keine derartig herablassende Behandlung.

»Bin im ersten Moment nur etwas erschrocken, Pius. Der Anzug steht dir gar nicht so schlecht, wirklich. Hast du Platz für ein Holster?«, fragte Cengiz besonders freundlich.

»Innendienst. Zwei Wochen lang Schreibtischsheriff. Ich brauche keine Dienstwaffe«, fauchte Leipold eingeschnappt.

»Die zwei Wochen vergehen wie nichts, wirst sehen«, warf nun auch Vierkant besänftigend ein.

»Das wird die Hölle, das weiß ich jetzt schon.«

»Ach was. Die Besprechungen sitzt du mit einer Arschbacke ab. Vielleicht musst du nur ein wenig mit deinem Dialekt aufpassen«, meinte Cengiz aufmunternd.

Mit nachdenklichem Gesicht beobachtete Demirbilek die Bemühungen seiner Kolleginnen, als Leipold offenbar einfiel, weshalb er ihm einen Besuch abstattete.

»Zeki, weshalb ich dich sprechen wollte«, wandte er sich an ihn. »Laut To-do-Liste brauche ich eine vollständige Aufstellung der bisher gelösten und nicht gelösten Fälle deines Sonderdezernats. Der Knöcheltote gehört jetzt übrigens den Herrschaften vom Betrug. Frag nicht nach, mehr weiß ich auch nicht. Spart euch also die restlichen Überprüfungen.«

»Wer hat das beschlossen?«, fragte Demirbilek ungewöhnlich gefasst.

»Ja, wer wohl? Die über uns. Gibt ja genug, die über uns sind, oder?«, gab Leipold zurück. »Machst du die Aufstellung?«
»Wenn es eine dienstliche Anweisung ist, selbstverständlich.«
»Glaubst du, ich gebe aus lauter Spaß solche Anordnungen?«
»Bei dir weiß man nie, Pius.«
»Soso«, antwortete der Münchner gallig. »Ist ja auch wurscht. Schreib zusammen, was bei euch los war.«
»Redest du von einer Aufstellung mit Augenmerk auf den Kosten-Nutzen-Faktor?«, hakte Demirbilek nach.
»Du kannst gerne selbst die zwei Wochen übernehmen. Das richtige Vokabular hast du ja prima drauf. Ich habe mich nicht um die Stelle gerissen, nur damit die Herrschaften hier das wissen«, tobte Pius und ließ sich wieder auf den Stuhl fallen.
Irgendetwas schien den Kollegen ernsthaft zu beschäftigen, bemerkte Demirbilek unschwer. Er und sein Migra-Team erkannten ihn kaum wieder, nicht nur wegen der fehlenden Lederjacke. Gerade griff er an die Stelle seines rechten Ohrs, wo seit seinem sechzehnten Lebensjahr ein Ohrring baumelte. Wenn er nervös war oder angestrengt nachdachte, nestelte er daran. Doch seine Finger bekamen nichts zu fassen.
»Was ist, Pius? Komm, erzähl«, forderte Vierkant ihn behutsam auf und schob einen Stuhl zu ihm, auf dem sie leise Platz nahm. Sie kannte den waschechten Münchner am längsten, über die Arbeit hinaus verband sie eine Freundschaft, die nicht eng, aber herzlich war.
»Alles Scheiße, wie das läuft«, murmelte Pius resigniert. Die Worte waren für ihn selbst, nicht für die anderen bestimmt.
»Wie meinst du das?«, wollte Demirbilek harsch wissen. Sein ausgesprochen komisches Gefühl deckte sich mit der blassen Gesichtsfarbe seines bayerischen Kollegen.
»Jetzt sag schon was«, setzte Vierkant nach.
Auch Cengiz wartete gebannt, was Leipold zu berichten hatte.

Doch bevor der Münchner die erhoffte Antwort geben konnte, erhielt er einen Anruf. »Das ist Weniger«, sagte er mit Blick auf das Display seines Handys und verschwand aus dem Büro.
»Sehr merkwürdig, oder?«, meinte Cengiz und blickte zu Vierkant, die mit den Achseln zuckte und sich an Demirbilek wandte.
»Sie wissen auch nicht, was los ist?«, fragte Vierkant den Sonderdezernatsleiter, der mit einem ungewöhnlich nachdenklichen Gesicht ihre Frage ignorierte.
Er räusperte sich, als versuchte er, einen Gedanken, der ihm nicht recht war, zu verscheuchen. »Was habt ihr in der Bayerstraße herausbekommen?«
»Nichts Relevantes, der Kunde hat ein Alibi. Merkwürdig war, dass er vor Freude über den Tod des Kredithais gejubelt hat. Die Eltern des verschwundenen Mädchens waren nicht zu Hause«, berichtete Cengiz.
»Gut. Gib die Infos an die Kollegen vom Betrug weiter«, entgegnete Demirbilek geistesabwesend und zog sich in sein Dienstzimmer zurück.
»Hat er eben *gut* gesagt?«, fragte Cengiz verblüfft.
»Genau das habe ich auch gehört«, antwortete Vierkant ebenso verblüfft.

# 11

Beim Abendessen lehnte Jale mit dem Kopf an Aydins Schulter, ihr gegenüber saßen Özlem und der Kommissar, der mit seligem Gesichtsausdruck nach dem letzten Stück *dolma* griff. Özlem hatte die gefüllten Weinblätter in ihrer WG zubereitet und sie mitgebracht. Wie seine Tochter trotz des Studiums an der Kunstakademie die Zeit zum Kochen aufbringen konnte, verstand Zeki nicht. Die Weinblätter jedenfalls schmeckten, als hätte sie nicht Özlem, sondern ihre Mutter zubereitet. Zeki genoss die leicht säuerliche Reis- und Hackfleisch-Kombination mit großem Appetit. Das wohltuende Gefühl, das sich nach dem Kauen und Herunterschlucken in seinem Magen breitmachte, beflügelte ihn in dem Glauben, dass die Familie wieder zusammenkommen könnte – trotz der Scheidung vor mittlerweile sechs Jahren. Alle – bis auf Selma – saßen an seinem Tisch. Einschließlich Jale, die, vermutete er, von Allah geschickt sein musste; es war ihm, als sei sie schon immer Teil der Familie gewesen.

»Wegen unserer lauten Musik habe ich die Tänzerin nicht genau verstanden«, erzählte Aydin von der Begebenheit bei der Generalprobe. »Irgendetwas wie: sie schafft das nicht.«

»Was ist das auch für ein Unfug!«, knurrte Zeki.

»Wie meinst du?«, fragte Özlem. Im Gegensatz zu ihrem Bruder, der die vergangenen Jahre bei ihrer Mutter in Istanbul gelebt hatte, kannte sie die eigenwilligen Gedankengänge ihres Vaters bestens.

»Bauchtanz ist nichts für eine Münchnerin, die mit bayerischer Gstanzlmusik aufwächst«, erklärte Zeki, ohne eine Miene zu verziehen.
»Soso«, meinte Özlem nur. »Und das aus dem Munde des bayerischen Vorzeigetürken! Das glaube ich ja nicht, *baba!*«
»Bauchtanz ist wie *çay*. Das ist türkisch und soll es auch bleiben«, rechtfertigte er sich.
»Und der Rest des Orients? Schon von der arabischen Welt gehört? Soviel ich weiß, gibt es da auch Bauchtanz«, merkte seine Tochter kritisch an.
»Ja, aber die besten Tänzerinnen kommen aus Istanbul«, gab sich Zeki als Patriot. »Gegen die haben Möchtegernorientalinnen aus Bayern und dem Rest der Welt keine Chance. Aber überhaupt gar keine.«
»Was ist mit Bier?«, fragte Jale scheinbar ohne Zusammenhang. Sie kam auf den Gedanken, weil sie große Lust auf ein Glas Wein verspürte. Bier rührte sie freiwillig nicht an.
»Wie kommst du auf Bier?«, fragte Zeki pikiert.
»Du trinkst doch Weißbier für dein Leben gern. Ist Bier keine bayerische Erfindung?«, stichelte Jale.
»Eher international, würde ich sagen«, warf Aydin ein.
»Bier ist ein Weltkulturgut, da hast du absolut recht, *oğlum*«, bekräftigte Zeki den Standpunkt seines Sohnes und stand auf. »Ich mache uns *çay*. Bier und Wein gibt es erst wieder, wenn Jale meinen Enkel zur Welt gebracht hat«, scherzte er mit Blick auf seine angehende Schwiegertochter, die ihn anlächelte, obwohl sie sich selbst lieber eine Tochter wünschte.
»Wer räumt den Tisch ab?«, fragte Özlem und gähnte ausgiebig.
Sie war müde und überlegte, ob sie das Gespräch, das sie mit ihrem Vater führen wollte, nicht vertagen sollte.
»Ich übernehme das«, erklärte sich Jale bereit.

»Kommst du denn morgen zur Show? Eine Tänzerin ist, soweit ich weiß, aus Istanbul«, fragte Aydin seinen Vater.
»Wenn ich Robert dazu überreden kann. Wir sind verabredet.«
»Mit Robert kannst du jeden Abend *tavla* spielen! Nimm ihn doch mit. Tut euch beiden gut, wenn ihr mal nicht Backgammon spielt und unter Menschen kommt«, schlug Özlem vor.
Überrascht blickte sich Zeki beim Zubereiten des Tees um. Da schrillte die Türglocke. Er erwartete niemanden und ging nicht davon aus, dass jemand der Familie Gäste eingeladen hatte, ohne ihn zu fragen oder zumindest Bescheid zu geben. Aydin zuckte mit den Achseln und ging zur Wohnungstür. Auf dem Weg läutete es ein zweites und drittes Mal.
Kaum hatte Aydin den Türöffner gedrückt, hörte er, wie unten jemand die Eingangstür aufstemmte und mit schnellen Schritten hochgelaufen kam.
Zeki war neugierig geworden und seinem Sohn gefolgt. Trotz des weit über die Stirn gezogenen Kopftuchs erkannte er den unerwarteten Besucher.
*»Buyur. Hoş geldin kızım«,* sagte er angesichts Elifs blau geschlagenem Auge mit betroffener Stimme. »Komm herein, mein Mädchen.«

# 12

Zeki war froh, dass das Mädchen das Kopftuch abnahm und sich ihr Gesicht beim Anblick des noch gedeckten Tisches entspannte. So gierig und hungrig, wie sie sich über das Essen hermachte, hatte sie offenbar den ganzen Tag nichts zu sich genommen. Überhastet tunkte sie mit Brotstückchen die Essigsoße des Tomatensalats auf und schlang sie hinunter. Zeki reichte aus dem Kühlschrank Oliven und Schafskäse. Dann nahm er gegenüber der Ausreißerin Platz.

»Elif hat meine Telefonnummer und Adresse von den Straßenreinigern«, erklärte Jale unaufgefordert, womit die erste Frage, die Zeki stellen wollte, beantwortet war.

Während er das Mädchen beim Essen beobachtete, gab Jale ihm ein Zeichen, dass die Ausreißerin keine weiteren Verletzungen am Körper hatte. Sie hatte das Mädchen vorhin im Badezimmer untersucht.

»Also, was ist passiert? Wer hat dich geschlagen?«, wollte Zeki wissen.

»Das war nicht mein Vater«, stellte sie schnell fest und trank ein Glas Leitungswasser.

»Natürlich nicht«, sagte Zeki, »dein Vater ist gestern früh in die Türkei gereist.«

Mit einer Mischung aus Betroffenheit und Überraschung blickte Jale zu ihrem Chef. Woher wusste er das?

Zeki dachte nicht daran, ihr zu erzählen, dass er den persönlichen Hintergrund des Vaters recherchiert hatte, aus Sorge, er

könnte als gewalttätig aufgefallen sein. Als er diesbezüglich nichts entdeckt hatte, hatte er seinen Namen durch die routinemäßigen Datenbanken laufen lassen und war tatsächlich fündig geworden. Elifs Vater war nach Istanbul geflogen. Jale hatte als Ermittlerin, auch wenn sie vorgab, private Untersuchungen anzustellen, ihre Hausaufgaben nicht gemacht. Sollte sie ruhig ein wenig schmoren, dachte er, vielleicht lernte sie ja dabei, dem Offensichtlichen nicht vorschnell Glauben zu schenken.
»Hat dich dein Freund geschlagen? Oder ist er auch verreist?«, fragte Zeki nach.
»Nein, wir wollten ja zusammen weg …« Sie stockte kurz. »Aber ich will nicht über ihn reden.«
»Warum nicht?«, erkundigte sich Jale.
Zeki bedeutete ihr unmissverständlich, den Mund zu halten.
»Warum nicht?«, wiederholte er.
»Er hat damit nichts zu tun.«
Mit strengen Augen fixierte der Kommissar das Mädchen. »Elif, du bist Gast in meinem bescheidenen Zuhause. Meine Gastfreundschaft ist unermesslich, glaube mir. So bin ich erzogen worden. Und so, das glaube ich jedenfalls, bist auch du erzogen worden. Du weißt, was uns Türken Gastfreundschaft bedeutet?«
Das Mädchen schluckte, dann nickte es unmerklich und hörte weiter zu.
»Ich werde dich mit meinem eigenen Leben beschützen, solange du unter meinem Dach weilst. Verstehst du, was ich dir sagen will?«
Elif nickte ein weiteres Mal betroffen. »Ich wollte zu Jale, nicht zu Ihnen«, erklärte sie verängstigt.
»Das mag sein«, bekräftigte Demirbilek seinen Standpunkt, ohne einzulenken. »Aber Jale und ich wohnen nun mal zusammen.«

»Kann ich mit Jale allein …«
»Nein«, unterbrach Zeki sie. »Wir reden zu dritt.«
Plötzlich schluckte auch Jale. »Elif hat im Badezimmer …«
»Lass sie selbst erzählen«, unterbrach er erneut. »Elif ist ein kluges Mädchen. Sie liest *Der Fänger im Roggen*.«
Die Schülerin griff nach einem Brotkrumen auf dem Tisch und zerdrückte ihn zwischen den Fingern. Ihr Blick sprang hin und her, bis sie ihren Widerstand aufgab.
»Ich bin gar nicht schwanger. Den Freund gibt es aber wirklich. Meine Eltern wissen jedoch nichts von ihm.«
»Hat er dich geschlagen?«
»Ja, er hat mich geschlagen«, gab sie zu, »aber das ist okay. Er selbst sieht schlimmer aus. Ich habe mich gewehrt. Als ich das mit der Schwangerschaft erfunden habe, dachte ich nicht daran, dass er Scherereien bekommen würde. Sein Vater hat ihn windelweich geprügelt. Bei mir sieht es schlimmer aus, als es ist. Tut auch gar nicht mehr weh.«
»Warum bist du ausgerissen? Warum die Lüge mit der Schwangerschaft?«
»Ich weiß auch nicht«, gab Elif kleinlaut zu.
»Was ist mit deinem Vater? Was sagt er?«
»Der sagt gar nichts. Er hat uns verlassen.«
Zeki brauchte einen Moment, bis er den Zusammenhang erkannte. Sein Vaterherz wies ihm den Weg. »Du dachtest, dein Vater kehrt zurück, wenn er in der Zeitung liest oder davon hört, dass seine Tochter schwanger ist?«
»Ja«, bestätigte sie tapfer und unterdrückte ihre Tränen. Jale streichelte dem Mädchen über das Haar. Elif genoss für einen Augenblick die beruhigende Geste. »Er und Mama haben sich gestritten, danach hat er einen Koffer gepackt und ist gegangen. Ich weiß nicht, wie es weitergeht. Ich will, dass er wieder nach Hause kommt.«

Die drei schwiegen. Elif blickte geistesabwesend an Zeki vorbei, als ob sie ihrem Vater nachsehen würde, wie er aus der Tür geht und aus ihrem Leben verschwindet.
»Lass deinem Vater etwas Zeit. Hoffen wir, dass er sich besinnt«, sagte Zeki und blickte mit ergriffener Miene zu seiner Kollegin.
»Komm, ich fahre dich nach Hause, Elif«, sagte Jale.
»Ich informiere die Kollegen der Vermisstenstelle«, erklärte Zeki, dann erhob er sich, um Elif mit zwei Wangenküssen zu verabschieden.
Seine Gedanken waren bei seiner eigenen schmerzhaften Scheidung. Ohne zu wissen, weshalb sich Elifs Eltern getrennt hatten, verdammte er ihren Vater. Er selbst war genauso dumm gewesen, als er zugelassen hatte, dass seine Familie auseinanderbrach. Mit Wehmut dachte er an Selma, die Frau, die er liebte, der es in Istanbul gutging und die nicht vorhatte, zu ihm und zu ihren Kindern nach München zurückzukehren.

# 13

Zeki stand am nächsten Morgen eine Stunde früher als zur gewohnten Zeit auf. Darauf bedacht, Jale und Aydin nicht zu wecken, machte er sich für den Tag bereit, verzichtete auf ein Frühstück und verließ die Wohnung. An der Trambahnhaltestelle am Regerplatz fiel ihm auf, dass er seine Tagesration Stofftaschentücher vergessen hatte. Ohne sich zu ärgern, kehrte er um und entschied sich nach reiflicher Überlegung für drei einfache Ausführungen. Es war ihm nicht danach, aufwendig verzierte oder teure Tücher für den Tag zu verwenden. Seine innere Stimme sprach sich dagegen aus.

Eine halbe Stunde später erreichte er die Erdgeschosswohnung der Familie Leipold in Sendling. Es war nach sieben, als eine Frau im mittleren Alter, deren Schönheit zu verblassen begonnen hatte, die Tür öffnete. Demirbilek erschrak über die Ausstrahlung der traurigen Gestalt. Er begegnete Leipolds Ehefrau zum ersten Mal. Härte und Unzufriedenheit sprangen ihm aus den grün glänzenden Augen entgegen. Die Haare waren mit pinkfarbenen Haarklammern hochgesteckt, das fliederfarbene Nachthemd baumelte wie ein Vorhangstoff am Körper herunter. Er hatte kein Wort herausgebracht und akzeptierte, dass auch sie nicht grüßte.

»So, wie Sie aussehen, sind Sie der türkische Grantler, von dem Pius ständig erzählt«, stellte sie müde fest.

»Ja, der bin ich«, sagte er mit angemessener Freundlichkeit. »Ist er wach? Ich muss ihn sprechen.«

»Pius, komm!«, schrie sie unvermittelt in die Wohnung, »dein Türke ist da.« Sie verschränkte die Arme und musterte den Besucher von oben bis unten. »Ich habe Sie mir ganz anders vorgestellt.«
Demirbilek versuchte gerade zu ergründen, ob die Äußerung positiv gemeint war, als Leipold abgehetzt an der Tür auftauchte. Er trug Filzschlappen an den strumpflosen Füßen, über der Hose seines neuen Anzugs hing ein wollenes Schlafoberteil.
»Zeki! Wir sehen uns in einer Stunde eh im Büro!«, sagte er überrascht.
»Wie lange brauchst du?«, fragte Demirbilek, ohne den Blick von Leipolds Ehefrau zu nehmen. Sie war mittlerweile mit ihrem musternden Blick an seinen Schuhen angelangt. Er hatte schon immer Wert auf sauberes Schuhwerk gelegt.

Bei dem Discountbäcker um die Ecke von Leipolds Wohnung bestellte Zeki zwei Milchkaffees. Weder ihm noch Pius war danach, etwas zu frühstücken. Auf dem Bürgersteig, direkt an der Straße mit morgendlichem Berufsverkehr, wartete der Münchner an einem Zweiertisch, bis sich Zeki gesetzt hatte. Er nahm einen kräftigen Schluck. Den Zigarillo, den er zwischen die Finger geklemmt hielt, beförderte er ohne Zeitverlust zwischen seine Lippen und zündete ihn an. Zeki wartete ab, bis sich die Lunge mit Nikotin gefüllt hatte. Er war selbst Raucher gewesen, er fühlte die erleichternde Wirkung in Leipolds Körper mit.
»Warum ist alles scheiße?«, fragte Zeki ruhig.
»Dachte ich mir, dass dich das umtreibt. Ich wollte das nicht sagen. Ist mir rausgerutscht. War gestern einfach alles zu viel. Ich bin kein Bürohengst, das weißt du. Die Herrschaften da oben haben mich wegen meiner Dienstjahre ausgewählt.«
»Sind doch nur zwei Wochen.«
»Zehn Arbeitstage, wenn ich die Überstunden nicht mitrechne.«

»Gestern habe ich dich im Büro nicht mehr erwischt, um zu fragen.«
»Ich darf nichts sagen«, erwiderte Pius eisern.
»Wie lange kennen wir uns jetzt?«
»Lange genug!«
»Genau. Jetzt spuck's schon aus, Pius. Du nervst.«
»Langsam reiten, alter Osmane. Wenn hier einer nervt, dann du.« Er inhalierte zu schnell und musste husten. Nach einem Schluck Kaffee war er wieder in der Lage zu sprechen. »Ich darf nichts sagen, weil ich gar nichts weiß. Jetzt ganz offiziell. Die Bemerkung ist mir nur rausgerutscht.« Statt wie gewohnt am Ohrring zu spielen, nestelte er an seiner Krawatte, die er schon am Tag zuvor getragen hatte.
»Rausgerutscht?«
»Was soll das, Zeki? Du kommst zu mir nach Hause. Tust so, als wären wir Saufbrüder, und verlangst, dass ich was ausplaudere, was definitiv nicht bestätigt ist.«
»Beste Freunde sind wir ganz bestimmt nicht. Da gebe ich dir recht. Aber du bist mir lieber als mancher, der behauptet, mit mir kein Problem zu haben.«
Pius zog vorsichtig am Zigarillo. »Ja, leck mich, manchmal bist du eingebildeter und selbstverliebter wie ein Pfau.«
»*Manchmal* hast du schön betont«, grinste Zeki.
Pius grinste zurück. »Der Pascha aus Giesing. Das mag ich irgendwie.«
»Also, komm jetzt, rede endlich. Wir müssen zum Dienst.«
»Du hattest doch einen Termin mit Weniger. Was hat er denn erzählt?«
»Dass er aufhört und an die Polizeischule in die Lehre wechselt.«
»Mehr nicht?«
»Nichts, was dich angeht.«

Pius wieherte vor Vergnügen. »Mich geht das nichts an? Aber ich soll dir sagen, was dich nichts angeht?«
»Ja, weil es vermutlich nicht nur mich betrifft.«
Pius drückte den Zigarillostummel aus. »Hat er dir nicht erzählt, dass der Neue eine Frau ist?«
»Eine Chefin?«, erschrak Zeki.
»Und was für eine.«
»Und?«, bohrte Zeki weiter.
In der Pause, die entstand, lauschten beide dem Straßenlärm.
»Augsburgerin. Schwierige Person. Hat so ihre Ansichten«, erzählte Leipold.
»Verstehe. Und was alles ist scheiße?«
»Die Neue will die Migra auflösen, heißt es, weil sie nicht durchsetzen konnte, dein Sonderdezernat personell aufzustocken. Niederlagen passen nicht in ihr Karrierekonzept.«
Endlich hatte Pius ausgesprochen, was Zeki die ganze Zeit über vermutet hatte. Ohne es sich einzugestehen, war er merkwürdigerweise erleichtert. Seit dem Tag der offiziellen Gründung des Sonderdezernats fragte er sich, wie lange sich die Politik einen wie ihn leisten würde.
»Du, Isabel und Jale, ihr kommt zur regulären Mordkommission, heißt es. Ich habe eine Aktennotiz gelesen«, weihte ihn Pius ein.
»In deine Abteilung?«, fragte Zeki sachlich nach.
Pius nickte und verzog das Gesicht, als wäre er schuld daran.
»Warum regst du dich nicht auf? Das tust du doch sonst auch.«
Zeki lächelte und reichte Pius die Hand, der sie wie ferngesteuert entgegennahm. »Würde mich freuen, unter dir zu arbeiten. Ich habe damit kein Problem.«
»Aber ich!«, gab Pius ehrlich zu.
»Die neue Chefin scheint eine kluge Frau zu sein. Jedenfalls freut es mich, dass sie mich ernst nimmt. Wahrscheinlich kennt

sie meine Anträge. Ich habe Weniger um mehr Personal gebeten, weil ich mit der Aufarbeitung älterer Fälle und aktueller nicht weiterkomme. Wir sind zu dritt, haben aber Überstunden für zehn.«

»Du hast um mehr Personal *gebeten?* Nicht gefordert?«, wunderte sich Pius.

»Das Formulieren hat Isabel übernommen«, erklärte Zeki abschließend. »Und wie ich sie kenne, hat sie auf freundliche Art und Weise ausgedrückt, dass ich sonst meinen Stuhl räume.«

# 14

Auch wenn der schäbige Abklatsch eines türkischen Dampfbades nicht nach Zekis Geschmack war, konnte er dort erfahrungsgemäß gut nachdenken.
Nach zwei Stunden in wohliger Wärme und bei ungestörtem Sinnieren über die Zukunft seines Dezernates traf er eine Entscheidung. Sie war klar und durchdacht, wie er felsenfest überzeugt war.
Weitere Stunden verbrachte er im Anschluss hinter verschlossener Tür seines Dienstzimmers. Vierkant hatte die Anweisung, keine Anrufe durchzustellen oder Besucher, inklusive Pius Leipold, vorzulassen.
In der Zeit studierte er Akten. Er ging, wie Leipold aufgetragen hatte, Fall für Fall durch. Jedem der Migra anvertrauten Kapitalverbrechen widmete er die gebührende Zeit, rief sich die Tat und die Ermittlungen in Erinnerung, überschlug den Zeit- und Personalaufwand und notierte die Angaben auf ein Blatt Papier. Sobald er den ihm entzogenen Fall des Kredithais bearbeitet hatte, übergab er seine Notizen Vierkant, die daraus eine vorzeigbare Präsentation machen sollte.
»Das gibst du Pius, wenn du fertig bist. Ich möchte es vorher nicht sehen«, sagte er und verließ das Büro.
Um den nächsten Punkt, den er im Hamam beschlossen hatte, anzugehen, machte er einen Spaziergang, der ihn quer durch den Hofgarten und vorbei an der Bayerischen Staatskanzlei führte. In einem Café trank er einen mäßigen Espresso und betrat da-

nach ein Ladengeschäft, das mit Plakaten im Schaufenster Urlauber für Türkeireisen zu begeistern suchte.
»Nach Istanbul!«, freute sich die bebrillte Frau, nachdem sie dem Kunden einen Platz angeboten und auf Türkisch gegrüßt hatte. »Nach Istanbul also, aber gerne! Ihre Reisedaten?«, fragte sie sodann mit gezückten Fingern über der Tastatur ihres museumsreifen Computers.
Zeki war sich nicht sicher, ob sie mit dem Rechner überhaupt ins Internet kam.
»Das weiß ich nicht.«
»Wie bitte?«
»Ich möchte für ein paar Tage nach Istanbul, weiß aber nicht, wann.«
»Ein offenes Ticket. Das wird teuer. Wollen Sie nicht abwarten, bis Sie wissen, wann Sie verreisen können?«
»Nein. Ich möchte etwas in der Hand haben.«
»Darf ich fragen, warum?«
»Natürlich. Ich kann es Ihnen aber nicht erklären. Ich habe mir einen Plan zurechtgelegt und möchte sichergehen, dass ich ihn einhalte.«
Die Dame mit Brille spitzte die Lippen. »Wissen Sie, was wir machen? Wir legen den Hinflug fest, gegen eine Gebühr können Sie den Abreisetag verschieben. Wäre das in Ihrem Sinne?«
Demirbilek dachte über den Vorschlag nach. Er wollte nicht verreisen, ohne ein paar Dinge abzuklären. Sein Hausarzt würde sicher die Arbeitsunfähigkeitsbescheinigung nach seinem Wunsch datieren. »Nein, das ist nicht in meinem Sinne. Aber wir machen das trotzdem so. Sehen Sie nach, was Sie vor den Osterfeiertagen haben.«
Das Gesicht der Frau erhellte sich. Ihre hellblau lackierten Fingernägel fegten über die Tastatur. Während sie nach Flügen suchte, vertiefte er sich in ihr Gesicht, das von dem Monitor-

licht beschienen wurde. In den Reflexionen der Brillengläser entdeckte er Flecken. Er kramte aus der Hosentasche eines der Taschentücher und reichte es ihr.

Die Frau sah ihn mit fragenden Augen an.

»Für die Brille. Die Gläser sind schmutzig«, erklärte er.

Nach zehn Minuten ließ er das Flugticket in die Innentasche seines Sakkos gleiten. Damit fühlte er sich gewappnet und stark genug, den nächsten Punkt seines Planes anzugehen.

Zurück auf der Straße, winkte er ein Taxi herbei, um schneller als sein Mut zu sein, der ihn zu verlassen drohte.

# 15

Derya Tavuk war in einem anatolischen Dorf zur Welt gekommen und dort unter ärmlichen Verhältnissen aufgewachsen. Das Schicksal hatte es gut mit ihr gemeint, als der unangenehme Mann, der sie heiratete und nach München brachte, ermordet wurde. In dem Zusammenhang lernte sie den türkischen Kommissar kennen. Mehr noch. Sie verliebte sich in ihn.

Als Aushilfskellnerin bediente sie derzeit in einer Großgaststätte hinter dem Tierpark Hellabrunn. Nach dem mittäglichen Andrang kehrte zu ihrer Freude nicht wie üblich Ruhe ein. Die erträglichen Temperaturen des Nachmittags lockten Spaziergänger an, die nach dem strengen Winter nach Sonne dürsteten. Die Terrasse war gut besucht. Paare saßen sich bei Kaffee und Kuchen gegenüber, einige Mütter mit Kindern sorgten für einen angenehmen Geräuschpegel und übertönten die lauten Gedanken alleinstehender Männer, die sich an ihren Bieren abkämpften.

Derya nahm die Bestellung einer Gruppe Bauarbeiter auf, als sie aus den Augenwinkeln bemerkte, wie Zeki an einem der freien Tische Platz nahm. Er wirkte nervös und fuhr sich mehrmals durch die Haare, dann wischte er mit einem Taschentuch den Tisch nach, den sie vor einigen Minuten sauber gemacht hatte. Mit eingeübtem Lächeln ließ sie die anzüglichen Bemerkungen der Arbeiter über sich ergehen, in Gedanken fragte sie sich, wie sie Zeki begegnen sollte.

Während sie an der Schenke auf die bestellten Getränke wartete, entschied sie, ihm kein Theater vorzuspielen oder eine Szene zu machen. In aller Gelassenheit versorgte sie sodann die Bauarbeiter mit Bieren und schritt zu ihm an den Tisch. Wie immer mit einem sanften Lächeln auf den Lippen.
»*Merhaba,* Zeki.«
»*Merhaba,* Derya.«
»Wie geht es dir? Viel zu tun, wie immer?«
»Wie immer, ja.«
»Ein Weißbier?«
»Wie immer, ja.«
Derya notierte seine Bestellung und kehrte zur Schenke zurück. Zeki sah ihr hinterher. Er hatte sich im Hamam vorgenommen, Derya verständlich zu machen, dass es keine Möglichkeit gab, mit ihm zusammen zu sein. Mit beklemmendem Gefühl dachte er an die Nacht, die er bei ihr im Bett verbracht hatte. Er war sturzbetrunken gewesen und konnte sich an nichts erinnern.
»Setz dich einen Moment«, bat er, als sie ihm das Weißbier hingestellt und einen Strich auf den Bierdeckel gemacht hatte. Sie konnte ja nicht wissen, dass er beabsichtigte, nur eines zu trinken.
»Das geht nicht. Ich habe Schicht«, sagte sie entschuldigend.
Zeki war auch im Dienst, was ihm aber in dem Moment egal war. Er sah sich um. »Es sind gerade alle versorgt …«
»Wir waren verabredet, um zu reden«, erinnerte sie ihn mit Bedacht. Sie wollte nicht vorwurfsvoll klingen.
»Es tut mir leid«, entschuldigte er sich und erzählte von den Straßenreinigern und Elif, dem ausgerissenen Mädchen.
»Gut gemacht, Herr Kommissar«, gratulierte sie. »In einer halben Stunde bin ich fertig. Dann können wir reden, wenn du willst.«
Zeki beobachtete, wie sie zu einem Gast schritt, der zahlen woll-

te. Wie es sich für eine anständige Kellnerin gehörte, plauschte sie mit ihm ein wenig, während sie zusammenrechnete. Doch selbst das war Zeki zu viel. Ungeduld ergriff ihn. Er nahm einen tiefen Schluck von seinem Weißbier, stellte es ab und folgte ihr.

»Was ist in der Nacht passiert?«, fragte er. Seine Stimme klang brüchig.

Deryas Blick blieb auf den Gast gerichtet. »Ist das wichtig für dich?«

»Ich muss wissen, was geschehen ist, ob wir miteinander geschlafen haben oder nicht.«

»Was würde das ändern?«

Darauf fand Zeki keine Antwort.

Nun ließ Derya vom Gast ab und wandte sich ihm zu. »Ich habe dir geschrieben«, sagte sie und ignorierte den neugierigen Blick des Gastes, der seinen Geldschein in der Luft hielt.

Das stimmt, gab ihr Zeki in Gedanken recht. Sie hatte ihm nach der Nacht bei ihr eine Tasche übergeben. Darin hatten seine frisch gewaschene Unterhose, zwei seiner Taschentücher und ein Brief gelegen.

»Geschrieben?«, lachte er auf. »Du hast mir nicht geschrieben, du hast eine Anekdote von Nasreddin Hodscha nacherzählt.«

Derya händigte dem Gast das Wechselgeld aus und bedankte sich. »Was hast du gegen Nasreddin Hodscha? Er gilt als weiser Mann.«

»Und als Narr.«

Derya schmunzelte vergnügt. »Ein bisschen wie du.«

Zeki wartete, dass der Gast endlich gehen würde. Als der keine Anstalten machte, scheuchte er ihn davon und ließ sich selbst auf den Stuhl fallen. »Setz dich, bitte.«

Derya merkte wohl, wie sehr er unter der Erinnerungslücke litt, und tat ihm den Gefallen. »Du hast dich nach der Nacht kein einziges Mal bei mir gemeldet. Ich war es, die das Treffen wollte.«

Statt etwas zu erwidern, blickte Zeki zu seinem Weißbier, das außerhalb seiner Reichweite darauf wartete, getrunken zu werden. Derya bemerkte den hilflosen Blick. Sie schritt zum Tisch und kam mit seinem Weißbier zurück.
»Meinst du, ich spüre nicht, dass du für deine geschiedene Frau noch etwas empfindest? Ihr habt zwei gemeinsame Kinder. Du kennst sie seit deinem zwölften Lebensjahr.«
»Woher weißt du das?«, fragte Zeki erschrocken.
»Von dir.«
»Von mir?«
»Nicht nur das.«
»Was noch? Ich war betrunken.«
Derya amüsierte sich über sein entsetztes Gesicht. »Am Anfang warst du betrunken, das stimmt. Du wolltest unbedingt duschen, daran erinnerst du dich ganz sicher nicht mehr.« Sie schmunzelte bei der Vorstellung, wie sie den torkelnden Kommissar von seinen Hosen befreite, ihm Socken, Hemd und Unterhemd auszog und ihn in die Duschkabine bugsierte. »Ich wollte dich nicht allein lassen, weil du nicht mehr gerade stehen konntest. Du hast mit Unterhose geduscht, aus Angst, ich könnte dir etwas abgucken.«
Zeki erinnerte sich an das Aufwachen am nächsten Morgen und die vergebliche Suche nach der Unterhose. Wenn sie nass war, hatte er sie sicher nicht anbehalten.
»Ich kann dir deine Befürchtung nehmen. Auch wenn ich nicht verstehe, was daran schlimm gewesen wäre, hätten wir miteinander geschlafen. Schade, dass du das nicht mehr weißt.«
»Was weiß ich nicht mehr?«
»Dass wir geredet haben.«
»Wir haben geredet?«, wiederholte Zeki überrascht.
»Ja, fast die ganze Nacht, du bist erst im Morgengrauen eingeschlafen.«

»Sonst war nichts?«

Statt zu antworten und ihrer Enttäuschung Luft zu machen, nahm Derya das leere Glas des letzten Gastes und stand auf. Zeki griff nach ihrer Hand und blickte zu ihrem Gesicht auf. Derya war eine stolze Frau, stellte er mit einem Mal fest. Umso sorgenvoller rumorte es in seinem Inneren. Er musste zu Selma. Er hatte ein Flugticket im Sakko stecken, er musste zu ihr und sie heimholen.

»Dass ich etwas für dich fühle, ist kein Geheimnis. Ob ich mit dir zusammen sein will, kann ich nicht wissen, weil du mir nicht erlaubst, dich kennenzulernen«, erklärte Derya sachlich und setzte sich wieder. Nur die verzweifelte Art, wie sie Zekis Hand drückte, zeigte ihm, was wirklich in ihr vorging.

»Dein Problem, mein komischer Kommissar, ist, du willst nicht wahrhaben, dass ich real bin wie die Hand, die du gerade hältst, und deine Liebe zu deiner geschiedenen Frau nur in deiner Phantasie existiert. Sie ist … Wie heißt das noch? Wie die Geschichten von Nasreddin Hodscha.«

»Du meinst Fiktion?«, half er ihr aus und spürte, wie sein Mund trocken wurde. Er griff nach dem Weißbierglas. Das Schlucken fiel ihm schwer.

# 16

Okan Gök war auf seine Männlichkeit stolz wie auf seine Rolex, die er bei einer Pokerrunde gewonnen hatte. Der attraktive Türke wusste um seine Ausstrahlung auf Frauen und nutzte sie bei jeder sich ergebenden Gelegenheit. Es war nicht Eitelkeit, aber doch eine große Portion Selbstverliebtheit, die ihn auf die Idee brachte, erst bei seinen Tänzerinnen nach dem Rechten zu sehen und im Anschluss das Kostüm von Meral zu holen. Aus seinem Cabriolet heraus beschallte er mit türkischer Hip-Hop-Musik die Münchner Innenstadt und gab sich der Vorstellung hin, wie er als Chef der Show die Garderobentür öffnete und die hübschen, nackten Frauen aufkreischten.

Der Einunddreißigjährige parkte sein Mietauto an der Straße am Hinterausgang und schlenderte die Hofeinfahrt zum rückwärtigen Eingang des ehemaligen Theaters entlang. Von weitem entdeckte er in der einsetzenden Dämmerung Deniz Aralik, die Tänzerin aus Ankara; sie rauchte auf den Treppenstufen eine Zigarette.

Die Gage, die er ihr zahlte, war sie wert, dachte er und bewunderte den Anblick, den sie in dem Trainingsanzug bot. Er nahm neben ihr Platz und weitete in Gedanken den Gummizug der Hose, um zu prüfen, welche Unterwäsche sie trug – wenn sie überhaupt etwas darunter anhatte.

*»Merhaba, güzelim«,* grüßte er auf Türkisch. Er mochte ihr markantes Gesicht, das war ihm von der einzigen Begegnung in Istanbul in Erinnerung. Prompt lächelte sie ihn schüchtern an.

Okan war klar, dass sie ihm vorspielte, scheu wie eine Jungfrau zu sein, die befürchtete, ihre Unschuld zu verlieren.
»*Merhaba, patron*«, erwiderte sie und gab ihrem Chef zwei Küsschen auf die Wangen. Sie war bereits geschminkt für ihren Auftritt. Ein leichter Lippenstiftabdruck benetzte Okans Wangen trotz der vorsichtigen Berührung.
»Geht's nicht bald los?«
»Die Garderobe ist zu klein für den Weiberhaufen. Ich warte lieber, bis die Ersten fertig sind.«
»Zeigst du mir, wo die Garderobe ist? Ich wollte hallo sagen.«
»Das ist ja nett.« Sie schenkte ihm ein anerkennendes Lächeln. Ob sie ihn damit provozieren wollte, war Okan in dem Moment nicht wichtig. Bei den unzähligen Eroberungen in seinem Leben fuhr er erfahrungsgemäß am besten damit, die Initiative zu ergreifen. Ohne Umschweife drückte er der Tänzerin einen Kuss auf den Mund. Deniz war weder erstaunt noch irritiert, wie er merkte. Sie ließ ihn gewähren, dann schnellte ihre nikotinbesetzte Zunge hervor und durchsuchte jeden Winkel seiner Mundhöhle.
»Komm«, hauchte sie erregt.

# 17

Meral Sez genoss das Ritual vor der anstehenden Hektik des Showprogramms. Zwei Gläser Wein und eine Zigarette, um die Nerven zu beruhigen und im Kopf die Bewegungen und Schritte des bevorstehenden Auftritts durchzugehen. Nach dem letzten Schluck überlegte sie, ob es ein Fehler gewesen war, ihrer ehemaligen Geliebten Franziska wieder Hoffnung zu machen, entsorgte die Flasche im Mülleimer und stellte das Weinglas in das Spülbecken. Sie wollte Okan nicht verpassen, der sich angekündigt hatte, um das Kostüm abzuholen, und vor dem Auftritt unbedingt duschen. Franziskas Badezimmer war ihr zu schmutzig gewesen. Dann verließ sie die Teeküche.

Deniz kam mit Okan an der Hand gerade um die Ecke des Ganges und beobachtete, wie Meral in ihre Garderobe verschwand. Ohne von ihrer Kollegin bemerkt worden zu sein, stieß sie die Tür zur Teeküche auf und zog ihren Chef hinter sich her. Okan löschte sofort das grelle Deckenlicht. Dann griff er mit beiden Händen nach ihrem Kopf und presste sie mit dem Rücken gegen die Tür, damit sie vor Überraschungen gefeit waren. Er strich ihr die schwarz gefärbten Haarsträhnen aus dem Gesicht und jagte wieder seine Zunge in ihren leicht geöffneten Mund. Erneut erwiderte sie seinen Kuss. Leidenschaftlich, als wäre er der erste Mann in ihrem Leben.

»Erst blas ich dir einen«, hauchte sie ihm ins Ohr.

Bei der Ankündigung stellten sich ihm alle Körperhaare auf.

Die Tänzerin packte ihn an der Hüfte und wechselte die Position. Nun lehnte Okan an der Tür und versperrte den Zugang. Er beobachtete, wie sie niederkniete, um seinen Reißverschluss zu öffnen. Dann gab er sich mit geschlossenen Augen ihrem unerwarteten Liebesdienst hin. Angeregt von ihren sinnlichen Küssen und ihrer flinken Zunge, gelangte sein Körper in Rekordzeit zum Höhepunkt.

»Jetzt du, schnell«, keuchte sie. »Ich muss mich umziehen.«

Okan atmete schwer von dem berauschenden Orgasmus, der seinen gesamten Körper hatte erzittern lassen. Er glaubte, die Tänzerin nicht richtig verstanden zu haben, und schüttelte verständnislos den Kopf. »Wie soll das gehen? Ich bin gerade gekommen. Etwas Zeit brauche selbst ich, um ihn wieder hochzukriegen. Weißt du was, ich fahre heute nicht mehr nach Berlin. Wir treffen uns nach der Show …«

Doch er sprach nicht zu Ende, weil das Lächeln, in das er starrte, eigentümliche Züge annahm und die Stimme, die er vernahm, verändert klang. Tiefer als eben noch.

»Ach was, das haben wir gleich, mein schöner Junge«, hauchte Deniz zuversichtlich und nestelte wieder an seinem Reißverschluss.

Okan, dem soeben auf wundervolle Weise bestätigt worden war, dass seine Ausstrahlung auf Frauen anregend wirkte, stieß die Tänzerin grob von sich. Er war verwirrt und verängstigt angesichts der Ahnung, die ihn beschlich. Als würde er gerade eine Panikattacke erleiden, überschlug sich seine Stimme. »Lass das. Geh dich umziehen.«

Deniz verzog amüsiert das Gesicht. »Weißt du es gar nicht?«

»Was weiß ich nicht?«, platzte es aus Okan heraus.

Mit einer schnellen Bewegung strich sich Deniz die Haare aus dem Gesicht. »Du bist jetzt dran. Ich brauch das jetzt auch«, forderte sie energisch.

»Was sagst du da? Was soll ich?«

»Du bläst mir jetzt einen, genauso, wie ich dir gerade einen geblasen habe.«
Okan schluckte. Scham und Ekel setzten gleichzeitig ein. Er wagte es nicht, den Gedanken zu Ende zu denken, der hinter ihrem Befehl liegen musste. Unerklärlicherweise kamen ihm seine Eltern in den Sinn, als würden sie hier in dieser Teeküche sitzen und ihren Sohn beobachten.
Die Tänzerin dagegen schien Gefallen an seiner Reaktion zu haben. Ohne ein weiteres Wort griff sie ihm in den Schritt.
Okan schlug ihr die Hand weg.
»War's denn nicht gut für dich?«, fragte sie vorwurfsvoll.
Als keine Antwort kam, zog sie die Trainingshose ein Stück weit nach unten. Okan starrte entsetzt auf den Tanzslip, der durch Deniz' erigiertes Glied gewölbt war. Die Scham und Verzweiflung in seinem Gesicht lösten bei der Bauchtänzerin ein höhnisches Lachen aus. Genüsslich langsam schob sie den Slip nach unten. Zweifelsfrei sah Okan, dass er von einem Mann befriedigt worden war. Dann schien sie genug zu haben. Sie drehte sich weg und begann, sich am Spülbecken die Hände zu waschen.
»Macht nichts, Okan, habe ohnehin keine Zeit mehr. Ich muss mich umziehen. Aber es ist wirklich besser, wenn du heute nicht mehr nach Berlin fährst. Lass uns uns nach der Show treffen. Ich muss mit dir etwas bereden«, sagte sie mit dem Rücken zu ihm und spülte den Mund aus. Sobald sie das Wasser ausgespuckt hatte, sprach sie weiter. »Stell dir vor, in Istanbul bin ich zufällig an Merals Kostüm geraten, das du ihr geschickt hast, und habe es mir genauer angesehen …«
Während sie weiterredete, geriet Okan vollends in Panik. Er torkelte seitwärts, rammte mit der Hüfte gegen die Tischkante und fiel zu Boden.

# 18

Die dritte Teilnehmerin der Bauchtanzshow beendete gerade ihren Auftritt. Farhaads Gesicht glühte hochzufrieden über die zweihundert Besucher im Saal. Noch wichtiger war ihm das tänzerische Niveau seiner Püppchen. München beflügelte sie, sie tanzten intensiver und ausgelassener als auf der letzten Station in Istanbul.

Mit tosendem Applaus wurde die Ukrainerin verabschiedet, und sie verbeugte sich auf der Bühne. Auch Farhaad zollte ihr am Seitengang Beifall und widmete sich der Aserbaidschanerin, die sich auf ihren Auftritt konzentrierte.

Für die Moderation des Abends war ein Showmaster engagiert worden, der zwar seine besten Tage hinter sich hatte, aber einen ganz passablen Job machte. Naturgemäß tat er sich mit den Namen der Künstlerinnen schwer, was man besonders bei der Ankündigung des zungenbrecherischen Namens der Aserbaidschanerin merkte. Nach Vorstellung und Ankündigung der Tänzerin gesellte er sich an den Bühnenrand zu den Musikern. Aydin und seine Kollegen stimmten das Zwischenspiel an, bevor die eigentliche Choreographiemusik von der Anlage abfuhr. Wie ein nicht stoppen wollender Kreisel schwebte die junge Frau mit explosiver Ausdruckskraft in Richtung Bühnenmitte. Sinnlich bewegte sie sich zu der aberwitzig schnellen Musik. Das raffiniert geschnittene Kostüm machte dabei ihre langen Arme und Beine ein wenig länger und gab ihren weit ausholenden Schwüngen und Drehungen eine artistische, in manchen

Momenten ballettähnliche Note. Mit dem obligatorischen Zittern der Hüfte und Schwingen des Bauches entzückte sie die Zuschauer, die ihrer Darbietung begeistert folgten.
Nach zwei Minuten kraftraubendem Tanz torkelte plötzlich eine Frau von hinten auf die Bühne. Einige der Zuschauer sprangen entsetzt auf, weil die Frau in sich zusammensank und regungslos liegen blieb. Da dies im Rücken der Tänzerin passierte, merkte sie nichts davon.
Jale saß mit Robert in der zweiten Reihe und beobachtete mit den anderen Zuschauern den Vorfall. Zeki hatte sich nicht überreden lassen mitzukommen. Er wollte lieber zu Hause bleiben, behauptete er, um sich seiner Sammlung Taschentücher zu widmen, denen er mehr Unterhaltungswert unterstellte als Bauchtänzerinnen eines internationalen Showprogramms. Robert dagegen war hocherfreut über Jales Einladung gewesen und vertagte zu Zekis Unmut den geplanten *tavla*-Abend.
Aus dem Grund verpasste der Kommissar, wie Jale auf die Bühne hechtete und an der Tänzerin vorbei zu der Frau, die auf dem Boden lag, eilte. Erst da bemerkte die Aserbaidschanerin, dass etwas passiert sein musste, und brach schwer atmend ihre Darbietung ab.
»Verdammt! Wo sind die Sanitäter?«, schrie Jale gegen die Musik an, die immer noch in voller Lautstärke den Saal beschallte. Dann kontrollierte sie an der Halsschlagader den Puls der ohnmächtigen Frau. Er war deutlich zu spüren, stellte sie erleichtert fest. Zum Glück dauerte es nicht lange, bis die Musik abgestellt wurde und die Sanitäter auf die Bühne stürzten, um die Frau zu versorgen.
Während es im Saal immer unruhiger wurde, tauchte auch Farhaad auf. Er schlug die Hände überm Kopf zusammen und blieb sprachlos vor Jale und der bewusstlosen Frau stehen. Die Sanitäter waren inmitten ihrer Erste-Hilfe-Maßnahmen, als die Frau

wieder zu Bewusstsein kam und versuchte, sich verständlich zu machen. Doch bis auf ein paar verschluckte Laute brachte sie nichts Verständliches über die Lippen. Aus ihrem angstverzerrten Gesicht las Jale, dass etwas Furchtbares passiert sein musste, und sprang in die Richtung, in die die Frau mit ausgestrecktem Arm deutete.

# 19

Die Migra-Beamtin irrte in den Gängen der Hinterbühne umher, ohne zu wissen, wonach sie genau suchte. Trotzdem war sie überzeugt, den Grund für die Ohnmacht der Frau zu erkennen, sobald er sich ihr zeigte. Mit diesem Vorsatz riss sie die Tür mit der Aufschrift »Garderobe Künstler« auf und platzte in den Raum, wo sich die Tänzerinnen auf ihren Auftritt vorbereiteten beziehungsweise auf den gemeinsamen Schlusstanz der Show warteten.

»Ist hier etwas vorgefallen?«, fragte sie auf Deutsch, dann auf Englisch, als sie in fragende Gesichter blickte, die nicht verstanden, was die Beamtin mit erhobenem Dienstausweis wissen wollte. Lauthals beschwerten sie sich bei der Polizistin, die ohne Entschuldigung durch die Garderobe fegte und im Nebenraum nach dem Rechten sah.

Als sie auch dort nichts Verdächtiges entdeckte, kehrte sie auf den Gang zurück und öffnete die Tür am anderen Ende. Auch sie hatte die Aufschrift »Garderobe«, daneben klebte ein goldener Stern.

Jale betrat das Zimmer. Über dem Stuhl vor dem beleuchteten Schminktisch lag eine Jeans, Kostüme hingen an einer fahrbaren Stange. Es war niemand da, also eilte sie zu dem dazugehörigen Badezimmer.

Der völlig unerwartete Anblick der grausam zugerichteten Leiche in der Duschkabine löste bei ihr einen Würgereiz aus. Galle schoss vom Magen hoch in den Rachenraum. Doch bevor sie

sich tatsächlich übergeben musste, ermahnte sie sich laut: »Reiß dich zusammen, Jale! Sei kein Mädchen!«
Dann entschuldigte sie sich bei ihrem Baby im Bauch für das, was sie gleich tun würde müssen. Vorsichtig vergewisserte sie sich nach einem Lebenszeichen bei der zusammengesunkenen Frau.
Jale glaubte nicht an Wunder und war nicht überrascht, dass die Frau tot war, allerdings durfte der Tod erst vor kurzem eingetreten sein. Der nasse Körper war noch warm. Umgehend verständigte sie die Einsatzzentrale, dann ihren Chef und spurtete zurück zur Bühne.
»Gib mir das Mikro«, herrschte sie Aydin an, der im Glauben, die Show würde weitergehen, mit seinen Kollegen und dem Showmaster ausharrte. Die Sanitäter kümmerten sich nach wie vor um die Frau hinter der Bühne, die unter Schock stand.
Aydin klemmte das Funkmikro vom Ständer ab und reichte es seiner Freundin, woraufhin Jale in die Bühnenmitte schritt und ihren Dienstausweis in die Luft hielt.
»Meine Damen und Herren, mein Name ist Jale Cengiz. Ich bin von der Münchner Polizei und muss Sie bitten, wieder Ihre Plätze einzunehmen. Die Kollegen sind bereits unterwegs, sie werden in ein paar Minuten eintreffen und Ihre Personalien aufnehmen.« Den Fund der Leiche behielt sie für sich. Jetzt nur keine Panik, entschied sie.
»Und was ist mit der Show?«, schrie eine Zuschauerin.
Jale dachte nicht daran, eine Erklärung abzugeben. Stattdessen trat sie zu dem beleibten Mann, der ein hitziges Telefonat führte, hielt ihm den Ausweis unter die Nase und bedeutete, das Gespräch zu beenden. Als der aufgeregte Mann nicht reagierte, entriss sie ihm das Handy und schaltete es aus.
»Haben Sie hier etwas zu sagen?«, fragte sie mit gesenkter Stimme.

»Natürlich. Ich bin Farhaad, der Tourmanager. Warum? Die Show geht doch weiter, oder?«
»Ich mache Sie verantwortlich, dass niemand Ihrer Leute den Saal verlässt. Die Kollegen sind gleich da.«
»Aber warum? Es ist doch nichts passiert. Der Frau geht es wieder gut. Ich kenne sie nicht einmal, sie gehört nicht zur Truppe.«
Ohne darauf einzugehen, winkte Jale Aydin zu sich. Als er bei ihr war, schnappte sie seine Hand und führte ihn über die Seitenbühne bis zur Tür der Garderobe, in der sich die Frauenleiche befand.
»Du hältst hier Wache, bis dich ein Kollege ablöst.«
»Sag mal …«
»Später. Lass niemanden rein! Niemanden, hörst du. Und du selbst gehst auch nicht dorthinein!«

# 20

Farhaads massiger Körper schüttelte sich, als er in das Gesicht der toten Tänzerin blickte und sie zweifelsfrei identifizierte. In ohrenbetäubendem Wehklagen schrie er pausenlos Merals Namen, bis ihn Cengiz zurück zu den Tänzerinnen führte, die ihn in ihre Mitte nahmen und in seinen Trauergesang einstimmten. Cengiz verharrte einen Moment bei den Trauernden, dann kehrte sie zum Tatort zurück.

Dort nahm sie die Anordnung des Blutes hinsichtlich Strömungsverlauf und Verteilung der Spritzer und Tropfen genauer unter die Lupe. Um sich den Tathergang vor Augen zu führen, holte sie mit einem fiktiven Tatwerkzeug aus und schlug durch die Luft.

»Woher weißt du, dass der Täter Rechtshänder ist?«, hörte sie plötzlich Demirbileks Stimme in ihrem Rücken. »Heb mal ihren Kopf etwas zur Seite.«

Cengiz blickte unschlüssig drein. »Die Spurensicherer sind unterwegs.«

»Schon klar. Ich will nur sehen, ob auch der andere Wangenknochen zertrümmert ist.«

Demirbilek beobachtete, wie seine Kollegin vorsichtig mit dem Zeigefinger den Kopf der Toten ein kleines Stück zur Seite bewegte. Die Plastikhandschuhe färbten sich rot vom Blut. Die linke Geschichtshälfte kam zum Vorschein, auch sie war zerstört.

»Siehst du«, sagte Demirbilek zufrieden. »Ein Linkshänder würde meiner Meinung nach erst auf der linken Seite zuschlagen. Ein Rechtshänder, wie du, auf der rechten. Sie liegt auf der rechten Körperseite. Der Täter hat erst rechts, dann, bevor sie von der Wucht des Schlages zusammengesackt ist, ein zweites Mal ausgeholt. Zwei Schläge kurz hintereinander.«

»Also Rechtshänder«, bestätigte Cengiz und stellte sich zu ihrem Chef. »Das Opfer heißt Meral Sez, professionelle Tänzerin.«

»Lass hören, was du noch weißt.«

Während seine Kollegin Bericht erstattete, wie die fremde Frau, die die Leiche gefunden hatte, inmitten der Show auf der Bühne zusammengebrochen war, nahm Demirbilek mit verschränkten Händen auf dem Rücken den Tatort weiter in Augenschein. Die Duschkabine war übersät mit Blut. Der Duschschlauch war um den Hals der Tänzerin gezurrt. Kleine und große Blutflecken verteilten sich auf ihrem Körper, von Schlägen blau gefärbte Hautpartien schimmerten durch den Wasserfilm.

Vermutlich, sagte sich Demirbilek, war das Opfer nach den Schlägen mit dem Duschkopf nicht tot gewesen. Deshalb die Strangulation mit dem Schlauch. Er inspizierte die Tote genauer. Im Mund steckte das Stück eines rot funkelnden Bauchtanzkostüms. Ein anderer Teil quoll zwischen ihren gespreizten Beinen hervor.

»So, raus ihr zwei, das ist jetzt mein Tatort«, hörte plötzlich Demirbilek Gerichtsmedizinerin Doktor Sybille Ferner hinter sich.

»Komm mal, Sybille, schnell«, antwortete der Kommissar, ohne sich umzudrehen. Er begutachtete gerade eine Fußspur, die sich in einer Ansammlung von Wassertropfen vor der Kabine abzeichnete.

Ferner hastete mit ihrem Tatortkoffer zu ihm und inspizierte die Stelle, die der Kommissar im Visier hatte.

»Jungs! Foto! Beeilt euch!«, schrie sie nach hinten zu ihren Kollegen. »Darum kümmern wir uns als Erstes. Draußen wartet jemand auf dich.«

# 21

Demirbilek schlug vom Tatort in der Garderobe den direkten Weg Richtung Saal ein und fand sich in etwa der Mitte der Bühne wieder. Er wunderte sich, da Cengiz davon gesprochen hatte, dass die Frau, die die Leiche gefunden hatte, von der Seite auf die Bühne getorkelt war.

Er wollte später die Ungereimtheit klären, weil er wider Erwarten Pius Leipold im Saal entdeckte.

Was suchte der Kommissar der regulären Mordkommission an einem Tatort, bei dem offensichtlich ein Opfer mit türkischem Hintergrund zu beklagen war?, fragte er sich säuerlich. Sein Sonderdezernat war alarmiert worden, unabhängig davon, ob Cengiz zufälligerweise am Ort des Verbrechens zugegen war und die Meldung durchgegeben hatte. Außerdem, wunderte er sich, trug Leipold seine schäbige Lederjacke, auch seinen Ohrring konnte er glitzern sehen. Er trat bis zum Bühnenrand vor und blickte hinunter, wo sein Kollege neben dem aufgebrachten Tourmanager in der ersten Reihe des Zuschauerraumes im Gespräch war.

»Pius, wir brauchen deine Hilfe nicht. Jale übernimmt die Vernehmung, wenn sie in der Garderobe fertig ist. Isabel ist auch schon auf dem Weg hierher.«

»Das klären wir später, Zeki«, erwiderte Leipold auf eine für Demirbileks Empfinden eigentümlich freundliche Weise. »Komm, setz dich zu uns. Ich spreche gerade mit dem Tourmanager.«

Demirbilek schluckte seine Wut hinunter, um nicht vor einem

Zeugen einen Streit vom Zaun zu brechen, und sprang von der Bühne hinunter.
»*Selam aleikum*«, grüßte er.
»*Aleikum selam*«, erwiderte Farhaad lächelnd.
Die Grußformel unter Muslimen schien den niedergeschlagenen Mann etwas zu beruhigen. Demirbilek kramte aus seinem arabischen Wortschatz ein paar Höflichkeitsfloskeln hervor und brachte damit den trauernden Mann zum Schmunzeln. Leipold, der nicht verstand, was die beiden derart amüsierte, griff schließlich ein.
»Zeki! Ich bin mitten in einer Vernehmung.«
»Dann mach weiter.«
»Gut«, besann sich Leipold, seinerseits überrascht über die Freundlichkeit des türkischen Kollegen, und wandte sich wieder dem Zeugen zu. Bevor Leipold jedoch mit seiner Befragung weitermachen konnte, ergriff Demirbilek erneut das Wort.
»Pius, frag den Herrn, warum das Opfer eine eigene Garderobe hatte.«
Ohne die Wiederholung der Frage abzuwarten, drehte sich Farhaad zum türkischen Kommissar. »Gut, dass Sie das ansprechen …«
»Einen Moment!«, unterbrach Leipold und stand auf. Dann bedeutete er Demirbilek, ihm zu folgen. »Sie warten hier. Wir sind gleich zurück.«
Einige Meter abseits blieb Leipold stehen. Demirbilek war ihm gefolgt und hielt ein Taschentuch in der Hand.
»Pass auf, Zeki. Mir ist klar, dass dir das nicht leichtfällt.«
»Was meinst du?«
»Na, was wohl? Dass sich dein Dezernat bald in Luft auflöst.«
»Danke für dein Mitgefühl. Aber glaubst du wirklich, ich mache deshalb meine Arbeit nicht …«
»Jetzt sei nicht gleich wieder sauer.«

»Ich bin nicht sauer.«
»Das ist genau das Problem! Was ist denn los mit dir? Ich habe das Gefühl, dir geht alles am Arsch vorbei.«
»Findest du?«
»Merkst du selbst gar nicht, oder? Ist irgendwas los?«
Demirbilek war gerührt über Leipolds Anteilnahme, sah aber keine Veranlassung, ihn in seine privaten Nöte einzubeziehen. Er befühlte das Istanbul-Ticket in seiner Innentasche. Wie hätte er seinem Kollegen auch erklären sollen, dass er sich Sorgen machte, weil er für Derya etwas fühlte und doch im Begriff war, Selma zu sich zurückzuholen. »Nein, es ist alles in Ordnung. Lass uns weitermachen.«
»Wenn hier einer weitermacht, dann ich«, erwiderte Leipold resolut und wollte schon zum Manager zurückgehen, doch Demirbilek hielt ihm am Zipfel seiner Lederjacke fest.
»Bist du nicht mehr Interimschef? Wo ist dein Anzug?«
»Den Drecksanzug habe ich um Punkt fünf Uhr ausgezogen«, erklärte er und fügte, als wäre er in dem Augenblick auf den Gedanken gekommen, hinzu: »Was ich ganz vergessen habe, die Tänzerin hat einen deutschen Pass. Dieses Mal gehört der Fall mir.«

# 22

Nach der überraschenden Feststellung seines Kollegen wog der Sonderdezernatsleiter nüchtern ab, ob er besser Leipold die Aufklärung des Mordfalles überlassen sollte. Die Ermittlung um den Toten am Walking Man, das wusste er aus Erfahrung, würde sich in die Länge ziehen. Oder auf dem Stapel für ungelöste Fälle landen, wenn die Kollegen vom Betrug nicht eine heiße Spur hatten, von der er nichts wissen konnte und durfte. Dennoch ärgerte er sich. Selbstverständlich war er davon ausgegangen, dass die ermordete Tänzerin keine deutsche Staatsbürgerin war. Ein Trugschluss, mehr nicht, sagte er sich und spürte, wie Wut in ihm aufkochte. Es ging ihm gegen den Strich, von Leipold auf derart hinterhältige Weise bloßgestellt zu werden.

Missmutig, wie er manchmal sein konnte, platzte er in den Garderobenraum, in dem Cengiz im Gespräch mit sechs Tänzerinnen war.

Cengiz schnellte von dem provisorisch zum Schreibtisch umfunktionierten Schminktisch hoch. Im Gesicht ihres Chefs war unverkennbar Zorn zu erkennen.

»Ich will mit dir reden«, forderte Demirbilek, was Cengiz ins Englisch übersetzte und die Tänzerinnen bat, draußen zu warten. Die weißblonde Ukrainerin trug einen Jogginganzug, den sie etwas nach oben zog, und verließ mit einem Schluchzen den Raum. Sie benutzte Papiertaschentücher mit Goldrand, nahm Demirbilek mit Befremden zur Kenntnis.

»Das Opfer hat einen deutschen Pass, geht es darum?«, fragte Cengiz.
»Ja. Wieso hast du mir das nicht gesagt? Pius hat mich auflaufen lassen.«
»Sie ist in Deutschland geboren, hat aber die letzten Jahre in Istanbul gelebt. Nur auf dem Papier ist sie Deutsche.«
»Rechtlich gesehen, meinst du.«
»Das Opfer hat definitiv Migrationshintergrund«, stellte sie entrüstet fest, »aber rechtlich, natürlich …«
»Na also. Du übergibst an Pius«, unterbrach Demirbilek sie ruhig. Er wusste, wie sinnlos es war, sich derart gereizt Leipold entgegenzustellen. »Hat Aydin seine Aussage gemacht?«
Cengiz blickte bestürzt drein. Irgendetwas stimmte mit dem streitbaren Kommissar nicht.
»Er war mit den anderen Musikern und dem Showmaster während der ganzen Zeit auf der Bühne. Was soll er schon auszusagen haben?«, murrte sie.
»Nimm seine Aussage auf, dann geht ihr nach Hause.«
»Nach Hause?«
»Geht, wohin ihr wollt. Und sorg dafür, dass Roberts Personalien aufgenommen werden. Er soll nicht zu lange warten müssen. Dann machst du hier Schluss. Übergib an Herkamer oder Stern, sie vernehmen gerade die Zuschauer.«
»Sie sind nicht etwa eingeschnappt?«, fragte Cengiz erstaunt.
»Eingeschnappt? Warum?«
»Weil Pius …«
»Nein. Und das mit dem *Sie* lassen wir ab jetzt.«
»Bist du wirklich nicht eingeschnappt?«, wiederholte Cengiz wie aus der Pistole geschossen. Endlich, dachte sie erleichtert, war es mit dem Siezen vorbei. Da sie mit dem Sohn des Chefs liiert war, hatte er im Dienst bisher auf die förmliche Anrede bestanden.

»Er will den Fall haben, soll er ihn kriegen«, entschied Demirbilek abschließend und verschwand aus dem Raum.
Vor der Tür lächelten ihn die fünf Tänzerinnen mit verweinten Augen an. Er nickte trotz schlechter Laune freundlich zurück und folgte dem Notausgangsschild, um über den Hinterausgang das alte Theatergebäude auf dem schnellsten Weg zu verlassen. Als er durch die eiserne Tür in den Hinterhof trat, füllte er seine Lungen mit wohltuend kühler Nachtluft. Sein Blick fiel zwischen zwei Häuserfluchten die Hofeinfahrt entlang. Auf der belebten Straße huschten Fußgänger, Autos und Fahrradfahrer vorbei. Wenn er die Straße erreichte, sagte er sich, würde er mit dem Mordfall nichts mehr zu tun haben. Gleichzeitig bemerkte er die Frau, die nach Cengiz' Beschreibung diejenige sein musste, die auf der Bühne zusammengebrochen war. Sein Weg führte direkt an ihr vorbei. Obwohl er ahnte, dass er nicht weit kommen würde, wollte er versuchen, Leipolds Anspruch auf den Fall zu respektieren. Kaum hatte er die Frau mit den schulterlangen, hellbraunen Haaren in seinem Rücken, ertönte ihre Stimme.
»Sind Sie nicht der türkische Kommissar?«
Schon wieder jemand, der das wissen will, dachte Demirbilek verärgert und drehte sich um.
»Sie sind es, nicht wahr?«, fragte die sympathische Stimme.
Zu leugnen, wer er war, kam nicht in Frage. Diesen Grundsatz verfolgte er seit seinem zwölften Lebensjahr, als er von seinen deutschen Mitschülern als Neuankömmling aus der Türkei gehänselt wurde. Seit der Schulzeit gab er sich kämpferisch, wenn es um seine Herkunft ging. Mit dem Alter jedoch schlich sich auch das Gefühl ein, sein türkischer Anteil nehme mit jedem Tag länger in München ab.
Der Kommissar kehrte zu der Frau auf dem Mauervorsprung zurück und setzte sich neben sie. Die Haare waren zerzaust, die

Augen verweint, das Make-up verwischt. Kein Wunder, sie hatte eine grausam zugerichtete Leiche entdeckt.
»Kommissar Zeki Demirbilek«, stellte er sich vor.
»Franziska Saum. Ihre nette Kollegin hat mir erlaubt, hier draußen zu warten, bis Sie mit mir sprechen.«
»Das hatte ich vor, das stimmt. Jetzt aber wird sich mein Kollege Kommissar Pius Leipold mit Ihnen befassen.«
Die Frau verzog enttäuscht das Gesicht. »Warum nicht Sie? Sind Sie nicht Chef von der Sondereinheit? Ich habe in der Zeitung davon gelesen.«
»Ja, aber wie gesagt, der Kollege wird Sie vernehmen. Er leitet die Ermittlungen.«
Saum schwieg und strich sich über die Knie. Die Nacht war kühl.
Demirbilek wollte aufbrechen, als ihm die Ungereimtheit mit dem Weg zur Bühne einfiel, den die Finderin der Leiche genommen haben musste. Er setzte sich wieder.
»Aber wenn wir schon zusammensitzen.«
Saum entspannte sich und holte aus ihrer Handtasche eine Schachtel *lokum* heraus und bot ihm davon an.
Demirbilek lehnte ab. Er konnte Rosenwassergeschmack nicht ausstehen. Der intensive Duft erinnerte ihn an Parfüm. Bei Pistazie hätte er nicht abgelehnt, sein Favorit, wenn es um die türkische Nationalsüßspeise ging, die im Deutschen fälschlicherweise Türkischer Honig genannt wurde.
Mit verständnislosem Blick ließ Saum ein Stück in den Mund gleiten. »Frisch aus Istanbul«, erklärte sie kauend. »Meral hat sie mir mitgebracht.«
Meral Sez, das Opfer, legte sich Demirbilek zurecht. Die Zeugin musste demnach mit ihr befreundet gewesen sein. Schließlich erhielt man nicht von Fremden Aufmerksamkeiten. Warum aber lächelte sie dann, wenn sie ihre Freundin auf bestialische

Art und Weise ermordet aufgefunden hatte, fragte sich der Kommissar.

»Aus welchem Grund waren Sie bei Meral in der Garderobe?«

»In der Garderobe?«, fragte Saum verdutzt nach.

»Sie waren doch in der Garderobe?«

Die Art, wie sie nachdachte, gefiel Demirbilek gar nicht.

»Nein, welche Garderobe meinen Sie denn?«

Demirbilek runzelte die Stirn. »Haben Sie nicht mit meiner Kollegin über Ihren Fund gesprochen?«, hakte er vorsichtig nach.

»Nur ganz kurz. Ich war ja in Ohnmacht gefallen. Als die Sanitäter mit mir fertig waren, bin ich hierher, um frische Luft zu schnappen. Ihre Kollegin hat mich befragt und mir erlaubt, hier draußen zu warten, wie ich schon sagte. Ich brauchte dringend frische Luft.«

Demirbilek sprang auf. »Sie sind doch in Ohnmacht gefallen, weil Sie eine Leiche gefunden haben, oder?«

»Ja, natürlich.«

Er griff nach ihrer Hand. »Zeigen Sie mir, wo.«

# 23

Die Vorstellung, unter Menschen zu sein, war ihm so unmöglich gewesen, dass er seinen Rückflug nach Berlin verstreichen ließ. Eine bis unter die Haut gehende Scham hatte ihn seit der Flucht aus der Teeküche fest im Griff; sie wurde schlimmer, je mehr er sich seine Situation bewusst machte. Ein um das andere Mal strich er sich den Schweiß von der Stirn, schielte mit zusammengekniffenen Augen in den Rückspiegel und schniefte wie ein Junge, der Böses angestellt hatte und sich fürchtete, es seinen Eltern zu beichten.

Erst das alarmähnliche Klingeln der Freisprechanlage seines Mietautos schreckte Okan Gök aus seinen Gedanken. Farhaads Mobilnummer leuchtete im Display auf. Er wischte sich mit dem Ärmel das Gesicht sauber und beschleunigte den Audi, um einen zweihundert Meter entfernten Parkplatz zu erreichen, den ein Schild ankündigte. Dort stellte er den Wagen ab und schaltete den Motor aus. Dann stieg er aus, sammelte sich und nahm den Anruf an.

»Farhaad, wie läuft's?«, fragte er munter.

Sein Tourmanager berichtete in unzusammenhängenden Sätzen, was vorgefallen war.

»Was sagst du da? Meral ist tot?«, fiel er ihm erschrocken ins Wort.

Dann eilte er einige Meter in den angrenzenden Wald des Parkplatzes und öffnete den Reißverschluss, den auch Deniz geöffnet hatte. Ekel ergriff ihn, als er sein Geschlecht herausholte.

Sie ist ein Mann, sie ist ein Mann, hämmerte es in seinem Kopf, nicht die hübsche Bauchtänzerin, für die ich sie gehalten hatte. Er schüttelte sich, um die schmutzige Erinnerung aus dem Kopf zu verbannen. Es dauerte, bis er in der Lage war, sich an dem Busch zu erleichtern. Das Telefon klemmte zwischen Ohr und Schulter. Er hörte Farhaad weiter zu.

»Hast du verstanden, was ich gesagt habe?«, fragte Farhaad verwundert.

»Ja, ja. Meral ist tot.«

»Ermordet worden ist sie!«, zischte der Tourmanager mit unterdrückter Stimme.

In dem Moment brach die Verbindung ab. Okan sah verwundert auf das Telefon, dann ging er zum Auto zurück. Plötzlich blieb er stehen. Siedend heiß fiel ihm der eigentliche Grund für den Besuch bei der Show ein. Er wählte Farhaads Nummer.

»Was war los?«

»Die Polizistin hat das Handy ausgeschaltet.«

»Pass auf, Farhaad, du musst mir einen Gefallen tun. Leg mir Merals neues Kostüm beiseite.«

»Das sie in Istanbul bekommen hat? Das rote?«

»Ja, genau, Filiz braucht es, um Änderungen zu machen.«

»Das wird nicht gehen.«

»Warum nicht?«

Farhaad stockte beim Reden. »Die Polizei … sie hat es beschlagnahmt. Sie sind noch in ihrer Garderobe.«

»Was ist mit dem Kostüm? Was will die Polizei denn damit?«

»Es war furchtbar.«

»Erzähl schon«, forderte Okan ungeduldig.

»Ich musste sie identifizieren. Der Mörder hat ihr das Kostüm in den Mund gestopft.«

»Was?«

»Ja, in den Mund und …« Er sprach nicht weiter.

Fieberhaft durchdachte Okan die neue Situation. Farhaad war seine einzige Hoffnung, an das Kostüm zu kommen. Spontan beschloss er, etwas zu tun, was ihm in seinem Leben nie leichtgefallen war.

»Ich brauche deine Hilfe, Farhaad. Du musst mir das Kostüm besorgen.«

»Wie soll das gehen?«

»Lass dir etwas einfallen. Du bist ja ein Meister im Improvisieren. Dir fällt schon was ein.«

»Was, wenn …«

»Mach dir keine Sorgen. Hilf mir, es wird dein Schaden nicht sein.«

Nach dem Gespräch setzte er sich ins Auto und fütterte das Navigationsgerät mit der Adresse seiner Cousine. Berlin musste warten. Scheißmünchen, fluchte er und startete den Wagen.

# 24

Mit dem Korkenzieher voran steckte das Schweizer Taschenmesser in einem 90°-Winkel im schlanken Hals der Frau, die Franziska Saum gefunden hatte. Der Wunde nach zu urteilen, war das Tatwerkzeug mit äußerster Kraft knapp unter dem Kinn in den Hals gestoßen worden, dann etwa zehn Zentimeter nach unten geführt beziehungsweise gegen den Widerstand des Gewebes gerissen worden. Die Haut klaffte etwa zwei Zentimeter auseinander. Die Blutlache erstreckte sich über den vor Dreck triefenden Steinboden der Teeküche. Der Täter musste die Halsschlagader durchlöchert haben, erklärte sich Demirbilek die Menge an Blut.

Er lehnte am Türrahmen und beobachtete, wie Ferner die Leiche einer ersten Untersuchung unterzog. Dabei grübelte er über einen möglichen Zusammenhang der beiden Morde und darüber, warum die mit dem weißen Halbmond und Stern der türkischen Flagge verzierte Tatwaffe zurückgelassen wurde. Im Flur warteten die Beamten der Spurensicherung auf ihren Einsatz. In den erschöpften Gesichtern war die Unlust auf eine Doppelschicht deutlich zu erkennen.

»Schwer zu sagen, welche der beiden Frauen zuerst ermordet wurde. Ich muss sie auf dem Tisch erst genauer untersuchen, bevor ich dir eine Antwort geben kann, die mit meiner Berufsauffassung vereinbar ist. Morgen Vormittag komme ich dazu, vorher nicht«, erklärte Ferner und richtete sich vor der Leiche auf.

»Jetzt mach schon, Sybille. Wir brauchen einen zeitlichen Ablauf, um den Tathergang zu rekonstruieren. Und das schnell.«
Nach seiner entnervten Aufforderung erwartete er von seiner Kollegin, die auf Druck oft mit dem Hinweis auf Überstunden oder einer versteckten Androhung von Arbeitsverweigerung reagierte, einen ihrer abfälligen Kommentare. Doch stattdessen zog sie den Haarschutz ab und kam auf den Kommissar zu. Das blonde Haar war nachgetönt, bemerkte Demirbilek.
»Zeki, Zeki«, merkte sie amüsiert an. »Haben wir nicht eine Abmachung?«
»Du machst deine Arbeit. Ich die meine.«
»Na also«, grinste sie und richtete das Wort an die wartenden Spurensicherer. »Jungs, legt los, damit wir alle endlich nach Hause kommen.«
»Ihr bleibt, wo ihr seid«, knurrte Demirbilek die Männer an.
Mit einem lauten Murren zogen sich die Beamten zurück.
»Von welchem zeitlichen Abstand der beiden Taten gehst du aus?«, wandte er sich wieder Ferner zu.
»Also gut«, gab sie sich geschlagen. »Nur, weil ich verdammt müde bin und keine Lust auf Diskussionen mit dir habe. In Ordnung?«
»Von mir aus.«
»Spekulativ gehe ich davon aus, dass Nummer zwei vor Nummer eins getötet wurde. Das ist aber nur ein vorläufiges und unverbindliches Zwischenergebnis. Mehr nicht. Zufrieden?«
Der Kommissar lächelte. Natürlich merkte er, wie die Gerichtsmedizinerin mit ihm spielte. Aber er wusste auch, dass sie wusste, dass er nicht lockerlassen würde, bis er eine Antwort erhielt oder sie vor Wut schnaubend den Tatort verließ. Er näherte sich dem Leichnam, beugte sich hinunter, um die Einstichstelle und die tödliche Wunde am Hals genauer zu betrachten. »Eine Stunde vielleicht. Höchstens.«

»Also doch nicht zufrieden«, stellte sie mit einem Seufzer fest.
»Liege ich einigermaßen richtig?«
»Wahrscheinlich sogar weniger. Geh von einer halben Stunde aus. Unverbindlich.«
»Vorläufig.«
Dann nickte er zum Dank und schlängelte sich an den wartenden Spurensicherern vorbei.
Draußen im Gang begegnete er Cengiz im Gespräch mit Isabel Vierkant, die zwischenzeitlich den Kinobesuch mit ihrem Mann abgebrochen hatte.
»Was habt ihr für mich?«, fragte Demirbilek sie.
Die beiden folgten ihrem Chef, der mit zügigen Schritten zur Bühne vorauseilte.
»Das zweite Opfer heißt Deniz Aralik«, informierte Vierkant ihn. »Geboren in Ankara.«
»Staatsangehörigkeit?«
»Türkischer Pass«, steuerte Cengiz süffisant bei.
»Na also«, frohlockte Demirbilek.
Das Migra-Team schritt durch den Mittelgang der Zuschauerreihen hindurch. In der letzten Reihe befragten Ferdinand Stern und Helmut Herkamer einen der Zuschauer. Die beiden Beamten arbeiteten nicht nur mit Leipold zusammen, sie zählten auch zu seinen engen Freunden. Mit Blick auf die beiden blieb der Kommissar plötzlich stehen.
»Wann wären sie an der Reihe gewesen?«
»Sie meinen die zwei toten Tänzerinnen?«, fragte Vierkant nach.
»Ja. Es sind sieben. Drei waren schon dran gewesen. Die Ermordeten hatten ihre Auftritte noch vor sich.«
Vierkant suchte in ihren Notizen. Cengiz hielt sie zurück, sie hatte die Antwort parat.
»Deniz, das zweite Opfer, wäre als Letzte an der Reihe gewesen.«

»Und die aus der Duschkabine?«
»Meral als Vorletzte bei dem sogenannten Wettbewerb.«
»Warum sogenannt?«
»Unter der Hand haben zwei der Tänzerinnen ausgesagt, dass die Verleihung des Publikumspreises nicht mit rechten Dingen zugeht«, berichtete Cengiz.
»Erklär mir das«, forderte Demirbilek.
»Die Truppe macht eine Tournee. Es ging in Kairo vor zehn Tagen los, vorgestern sind sie in Istanbul aufgetreten, heute München, morgen geht es weiter nach Wien. Wettbewerb deshalb, weil es zum Showprogramm einen Publikumspreis gibt.«
»Das Publikum stimmt ab, willst du sagen, die Gewinnerin steht aber vorher fest?«
»So ist es. Der Preis geht mehr oder weniger reihum«, erklärte Cengiz.
»Lass mich raten, heute Abend hätte Deniz gewonnen.«
Cengiz nickte.
»Warum machen die das?«, wollte Demirbilek wissen.
»Sieben Frauen unter sich. Da ist Ärger vorprogrammiert. Verstehe ich schon, dass keine den Kürzeren ziehen wollte«, spekulierte Vierkant.

# 25

Pius Leipold stand mit einer dampfenden Tasse Kaffee vor dem Hausmeisterzimmer, das sich im vorderen Teil des Theatergebäudes befand, und verfolgte mit müden Augen, wie sich Demirbilek und seine Mitarbeiterinnen näherten.

»Zeki, was ist los? Ich dachte, du liegst schon längst im Bett?«, fragte er mit unverhohlener Ironie.

Demirbilek gönnte ihm die Provokation. »Warst du bei der zweiten Leiche?«

»Mir reichen Tatortfotos, weißt du doch.«

Leipold machte keinen Hehl daraus, den Anblick von Leichen nicht zu ertragen. Wann immer es möglich war, versuchte er, erst nach dem Abdecken oder Abtransport der Opfer den Tatort zu inspizieren. Dank der umfassenden Foto- und Videodokumentation, die routinemäßig erstellt wurde, empfand er sein Vorgehen als vertretbar. Ganz im Gegensatz zu Demirbilek, der am liebsten als Erster am Ort des Geschehens auftauchte und den Opfern in die Augen sah – wenn es die Art der Tötung erlaubte.

»Du trägst doch immer ein Schweizer Messer bei dir?«, fragte Demirbilek unvermittelt. Dieser Hinweis diente allein dazu, Leipold zu provozieren.

Sein Kollege verzog ungläubig das Gesicht. Er war über die Tatwaffe informiert. »Sag mal, spinnst du!«

Demirbilek blieb ernst. »Nein, warum?«

»Was willst du mir unterstellen? Dass ich mit dem Mord etwas

zu tun habe?«, empörte sich Leipold und sah fragend zu Cengiz und Vierkant. Die beiden zuckten mit den Schultern.
»Aber nein, Pius. Ich wollte die Tatwaffe in der Hand halten. Rekonstruktion, du verstehst«, erklärte Demirbilek mit gespielter Anteilnahme.
»Ach so«, atmete Leipold erleichtert auf und fischte das Taschenmesser aus seiner Hosentasche. Es war tatsächlich dasselbe Modell wie die Tatwaffe, nur mit dem standardmäßigen weißen Kreuz darauf.
Demirbilek nahm es und klappte die beiden Messerschneiden auf, dann den Korkenzieher. »Komisch, oder?«
»Was?«
»Warum hat der Täter nicht eines der Messer benutzt?«
»Vielleicht war der Korkenzieher bereits ausgeklappt, oder der Täter hat das Erstbeste herausgezogen, was er in die Finger bekam.«
»So könnte es gewesen sein«, bestätigte Demirbilek. »Wenn es ausgeklappt war, dann doch, um eine Flasche Wein zu öffnen, oder?« Er tupfte mit dem Zeigefinger auf die Spitze des Korkenziehers. »Ganz schön scharf.«
»Ist mir nie aufgefallen. Habe ich nie gebraucht. Den Flaschenöffner dafür umso öfter«, erklärte Leipold mit einem Stirnrunzeln.
Alle, die den überzeugten Bayern kannten, wussten um seine Bierleidenschaft. Die Vorstellung, wie Pius eine Weinflasche entkorkte, war befremdlich.
»Tragen nicht meist Typen wie Pius so etwas mit sich herum?«, sagte Cengiz und meinte es wohl nicht so herablassend, wie es klang. »Gehen wir dann von einem Mann als Täter aus?«
»Ach was!«, echauffierte sich Vierkant. Sie begann, in ihrer riesenhaften Umhängetasche zu kramen, worin sie alles Erdenkliche aufbewahrte, was sie als Frau und Polizistin privat und im

Dienst brauchte. Niemand wunderte sich, als auch sie ein Modell des Taschenmessers präsentierte.
»Danke, Isabel«, sagte Leipold, wohl angetan über ihren Beistand.
»Schon gut, Isabel, habe verstanden«, gab sich auch Demirbilek einsichtig. »Mich wundert aber, dass die Tatwaffe zurückgelassen wurde. Scheint ja wohl eine besondere Ausführung mit der türkischen Flagge zu sein.«
Während sie nach einer Erklärung suchten, näherte sich unbemerkt eine weitere Person. Die elegant gekleidete Dame war um die fünfzig Jahre alt. Demirbilek, der sie als Erster zu Gesicht bekam, dachte wegen des hochgeschossenen Körpers und der kurzen Haare an eine Babygiraffe.
»Ich habe auch eines, liegt aber meistens in der Küchenschublade«, beteiligte sie sich unaufgefordert an den Überlegungen. »Vielleicht habe ich eine Erklärung, weshalb die Tatwaffe zurückgelassen wurde. Darf ich?«
Demirbilek reichte ihr Leipolds Taschenmesser. Er hatte sich kundig gemacht und war deshalb nicht überrascht, die Person zu sehen.
»Herr Leipold, erlauben Sie?« Ohne eine Antwort abzuwarten, drehte sie den Kommissar in eine bestimmte Position und hielt ihm den Korkenzieher an den Hals. »Stimmt die Höhe des Einstiches etwa, Frau Cengiz?«
Verdutzt suchte Cengiz auf ihrem Smartphone nach den Tatortfotos, als ihr Vorgesetzter dem geheimnisvollen Treiben ein Ende bereitete.
»Kommissar Pius Leipold kennen Sie ja bereits. Darf ich vorstellen, Kriminalhauptmeisterinnen Isabel Vierkant und Jale Cengiz. Frau Sonja Feldmeier, unsere neue Chefin. Sie übernimmt, wenn ich richtig informiert bin, in zwei Wochen Franz Wenigers Stelle als Kommissariatsleiterin.«

»Kommissar Leipold wird froh sein, zu hören, dass ich schon ab morgen den Posten innehabe«, sagte sie mit Blick auf Leipold, der mit dem Messer am Hals verdutzt nickte.
»Ein Zentimeter höher, dann stimmt es«, warf Cengiz ein, nachdem sie sich auf einem Foto vergewissert hatte.
Feldmeier korrigierte die Position um ein Stück und achtete darauf, Leipold nicht zu verletzen. »Ohne mich in die Ermittlungen einmischen zu wollen, würde ich behaupten, dass der Korkenzieher durch die Drehungen im Gewebe feststeckte wie bei einem Weinkorken. Der Täter hätte durch das Zurückdrehen Zeit verloren.«
»Das ist sicher nicht falsch«, bemerkte Demirbilek mit leicht arrogantem Tonfall.
»Aber auch nicht richtig, oder was wollen Sie andeuten, Kommissar Demirbilek?«, erwiderte Feldmeier, deren graue Augen aufblitzten.
»Der Täter hat mit aller Kraft zugestoßen, das wird der Autopsiebericht bestätigen. Der Korkenzieher ist 3,5 Zentimeter lang. Er war komplett in den Hals des Opfers eingedrungen. Ich denke, mit dem Einstich hat der Täter die Schlagader nicht sofort erwischt, das Opfer hat sich mit Händen und Füßen zur Wehr gesetzt. Erst das Reißen nach unten brachte den Tod. Haben Sie mal eine Halsschlagader durchtrennt, Frau Feldmeier?«
»Nein.«
Demirbilek bezog die anderen mit ein. »Jemand von euch?«
Leipold, Vierkant und Cengiz verneinten.
»Aber ich. Mit meinem Vater«, machte Demirbilek weiter.
»Tatsächlich?«, fragte Feldmeier überrascht und entließ Leipold aus seiner unbequemen Haltung.
»Keine legale Angelegenheit, aber ich gehe davon aus, dass das verjährt ist. Zu der Zeit gab es keine muslimischen Metzgereien. Mein Vater hatte ein Abkommen mit einem Bauern getrof-

fen, etwas außerhalb von München. Richtung Wolfratshausen. Einmal im Monat kaufte er ihm ein oder zwei Schafe ab. Der Bauer verschwand mit dem Geld direkt in die Wirtschaft, wir waren dann allein auf dem Hof. Meine Aufgabe als Sohn war es, das Schaf zu fangen, die Beine zu fesseln und den Hals nach hinten zu drücken. Mein Vater hat es geschächtet, wie er es von seinem Vater gelernt hat.«

»Und?«, fragte Leipold. »Spritzt, oder?«

»Und wie, wenn man es nicht richtig macht«, bestätigte Demirbilek. »Ich glaube, der Täter war überrascht darüber, was passierte, als er den Korkenzieher nach unten riss.«

»Woraus schließen Sie das?«, fragte Feldmeier skeptisch nach.

»Keine Blutspuren, die zur Tür hinausführen. Der Täter ist rechtzeitig vom Opfer weggekommen, also bevor das Blut zu spritzen begann. Ich bin sicher, wir hätten sonst Spuren gefunden. Er hat zugestoßen und ist geflüchtet. In Panik hat er die Tatwaffe zurückgelassen.«

»Klingt logisch. Nach meiner Theorie wäre der Täter voll Blut gewesen«, räumte Feldmeier ein. »Wie auch immer. Ich bin nicht zu so später Stunde hier, um Sie von Ihrer Arbeit abzuhalten. Ehrlich gesagt, ich wohne um die Ecke und war auf dem Heimweg. Feierliches Abschiedsessen. Kollege Weniger hatte eingeladen.«

Die neue Kommissariatsleiterin schüttelte zum Abschied den vier Beamten die Hand, Demirbilek war der Letzte in der Runde. »Begleiten Sie mich vor die Tür?«

Der interpretierte die Frage als Aufforderung. »Wartet hier. Wir sind nicht fertig«, befahl er, ertrug dabei Leipolds wütendes Gesicht und folgte mit bedächtigen Schritten.

Vor dem Eingang des Veranstaltungsgebäudes blieb Feldmeier stehen und wechselte die Schuhe. Die Pumps, die sie für den offiziellen Anlass getragen hatte, wanderten in ihre Handtasche.

Sie zog sich bequeme Segelschuhe an, was ihr Gardemaß zu einer erträglicheren Höhe reduzierte.
»Sie segeln?«, fragte Demirbilek.
»Seit meinem sechsten Lebensjahr. Liegt bei uns in der Familie.«
»Als Augsburgerin? Wie kommt's?«
»Gardasee. Boot und Wochenendhaus. So kommt's. Segeln Sie auch?«
»Oh, Gott, nein«, stieß Demirbilek ungewollt heftig hervor und machte deutlich, vom Segeln nicht allzu viel zu halten.
Feldmeier dachte wohl nach, ihren Mitarbeiter zurechtzuweisen, entschied sich aber, den Auftakt ihrer Zusammenarbeit positiv zu gestalten. »Ich mache es kurz …«, holte sie aus und kam mit ihrer Ankündigung nicht weit.
»Wie Ihr Vorgänger. Scheint in der Natur des deutschen Vorgesetzten zu liegen.«
Mit offenem Mund starrte sie in Demirbileks ernstes Gesicht. »Ich weiß nicht, ob ich Sie je in mein Herz schließen werde«, bemerkte sie unumwunden.
»Das könnte der Beginn einer ehrlichen Freundschaft werden«, erwiderte er genauso ernst, wie er sie ansah.
»Nehmen Sie mich nicht auf den Arm!«
»Ich mochte Ihren Auftritt eben. War das Ihre Idee? Oder hat Weniger angeregt, sich blicken zu lassen?«
»Unterschätzen Sie mich nicht, nur weil ich einen Kopf größer bin als Sie, Herr Kommissar.«
Demirbilek schmunzelte. Er mochte die Neue, auch wenn er nicht wusste, warum.
Feldmeier sammelte sich in der Zwischenzeit und hob nochmals an. »Wie gesagt, ich mache es kurz. Kommissar Leipold leitet die Ermittlungen in dem Doppelmord. Sie und Ihr Migra-Team arbeiten bis auf weiteres mit ihm zusammen.«

Demirbilek wartete vergebens auf den Hinweis, dass sein Sonderdezernat geschlossen werden könnte. Froh darüber, die Information von Pius erfahren zu haben, fiel es ihm leichter, seine ins Wanken geratene Istanbulreise nicht aus den Augen zu verlieren.

»Dann mache ich es auch kurz. Das ist Ihre Entscheidung«, erklärte er knapp. »Pius kann natürlich Isabel und Jale in die Ermittlungen einbinden. Aber nicht mich.«

»Warum nicht Sie?«

»Ich reiche hiermit Urlaub ein. Und wenn Sie mir den nicht genehmigen, schreibt mich mein Arzt krank«, entgegnete er und ließ seine Vorgesetzte stehen.

# 26

Was soll der Schmarrn?«, fragte Leipold mit besorgter Stimme. Sein türkischer Kollege hatte ihn und sein Team über Feldmeiers Beschluss und seinen Urlaubsantrag informiert. »Bist du krank, oder warum willst du Urlaub machen?«
In dem Hausmeisterzimmer, das zur Einsatzzentrale umfunktioniert worden war, war es stickig und eng. Demirbilek wirkte müde und mitgenommen. Sein Elan war wie weggeblasen. Cengiz und Vierkant schienen verunsichert, nur Leipold überlegte mit rot angelaufenem Kopf, was er anstellen könnte, um den Türken aus der Reserve zu locken. Gähnend kamen nun auch Herkamer und Stern hinzu.
»Was ist denn hier los? Habt ihr eine Trauerfeier?«, fragte Herkamer, irritiert über die gedrückte Stimmung.
»Nein«, erwiderte Leipold und wandte sich erneut an Demirbilek. »Also, erklär uns, was los ist. Du bist nicht etwa krank, weil die Feldmeier mich zum verantwortlichen Ermittlungsleiter gemacht hat?«
»Nein, ich war im Hamam und habe nachgedacht.«
»Es gibt keinen Hamam in München, zumindest keinen richtigen, ich meine, keinen guten«, sagte Cengiz mit zittriger Stimme, weil Demirbilek nicht weiterredete. Sie machte sich Sorgen um ihn und war enttäuscht, als Familienmitglied nicht in seine Pläne eingeweiht zu sein.
»Das ist wahr«, bestätigte der Kommissar seltsam leise, »vielleicht sollte ich einen eröffnen? Was meint ihr?« Er blickte in die

Runde. Niemand der Anwesenden konnte mit seiner Frage etwas anfangen. Dann räusperte er sich. »Ich habe beschlossen, eine Auszeit zu nehmen, um private Angelegenheiten zu klären.«

»Wann und wie lange?«, erkundigte sich Vierkant vorsichtig. Wie die anderen hatte sie wohl auf mehr vertrauliche Informationen gehofft.

»Sobald die Neue den Antrag unterschreibt oder ich ein Attest vorlege. Wie lange, weiß ich nicht.«

»Mir ist das zu blöd, Zeki. Wenn du nichts sagen willst, dann lass es. Ist deine Privatsache. Mach, was du willst. Wir haben hier einen Haufen Arbeit. Ein deutsch-türkischer Doppelmord wartet auf uns. Eine Leiche für dich und eine für mich. Die schönste Voraussetzung für unsere Abteilungen, um vernünftig zusammenzuarbeiten. Die Opfer haben ein Recht darauf, dass wir die Täter finden.«

»Woraus schließt du, dass es zwei Täter sind?«

»Warum gehst du von einem aus?«

»Ich gehe von gar nichts aus. Ich stelle nur eine Frage. Also?«

»Zwischen den Morden liegt etwa eine halbe Stunde, höchstens eine, sagt die Ferner. Ich glaube nicht, dass der Täter erst … wie heißt sie?«

»Deniz«, half Cengiz aus.

»Genau, Deniz. Ist das der Vorname oder der Nachname?«

»Vorname.«

»Komisch, dass ihr Türken immer die Vornamen verwendet.«

»Aralik. Der Nachname.«

»Wie?«

»Aralik.«

»Mein Gott, ist das kompliziert. Nur ein paar Buchstaben und so vertrackt auszusprechen. Also, noch mal: Täter eins bringt nicht Deniz um, wartet eine halbe Stunde und tötet dann die andere …«

»Meral Sez«, half diesmal Vierkant aus.
»Genau. Vor- und Nachname. Danke, Isabel. So gehört sich das. Also, wenn es derselbe Täter war, dann vielleicht ein Profi. Aber das glaube ich nicht. Profis schlachten ihre Opfer nicht ab, sie töten schnell und sauber. Und die beiden sind ja regelrecht niedergemetzelt worden. Das muss einen emotionalen Grund haben. Eiskalte Morde waren das nicht.«
Die Runde dachte über Leipolds Ausführungen nach.
Irgendwann meldete sich Stern zu Wort. »Vorstellbar ist auch, dass der Täter erst Deniz Aralik tötete und dann Meral Sez, weil sie Zeugin des Mordes war. Rein theoretisch.«
»Beide Tatwaffen waren vor Ort, wurden nicht mitgebracht. Spricht gegen einen Profi«, wandte Herkamer ein.
»Wieso vor Ort? Was ist mit dem Messer? Gehört das zum Inventar der Teeküche?«, fragte Demirbilek.
»Mit ›vor Ort‹ meine ich, wir haben im Abfall der Teeküche eine kleine Flasche Wein sichergestellt und in der Spüle ein Glas. Eine Tänzerin meinte, das Opfer aus der Duschkabine habe ein solches Taschenmesser mit türkischer Flagge besessen, weil sie vor dem Auftritt immer ein Fläschchen Wein getrunken hat. Es ist zweifelsfrei das Taschenmesser von Meral Sez, in dem Sinne ›vor Ort‹.«
»Na also«, begeisterte sich Leipold. »Dann haben wir unsere Täterin doch.«
»Weil das Messer ihr gehört hat, muss sie ihre Kollegin nicht getötet haben«, meinte Demirbilek unbeeindruckt von der neuen Information. »Vielleicht hat sie es in der Teeküche vergessen.«
»Werden wir schon herausfinden, stimmt's?« Seine beiden Kollegenfreunde nickten zuversichtlich. Daraufhin klopfte Leipold ihnen auf die Schulter. »Gut gemacht, Burschen!«
»Wenn die Tatwaffe Meral Sez gehört, ist das sicher ein starkes

Indiz«, pflichtete Vierkant Leipold bei. »Mal abwarten, ob es außer ihren noch andere Fingerabdrücke auf dem Messer gibt.«
»Vergiss es«, meinte Cengiz und zeigte den Kollegen eines ihrer Tatortfotos auf dem Smartphone. »Sie lag auf der Seite. Das Blut ist aus dem Hals über den Griff geflossen. Es war bereits leicht angetrocknet. Fingerabdrücke werden schwer festzustellen sein.«
»Wenn das Taschenmesser Meral Sez gehört, ist sie tatverdächtig, auch wenn sie selbst nicht mehr am Leben ist«, beschloss Demirbilek und wandte sich an Herkamer. »Habt ihr etwas von den Zuschauern erfahren?«
»Backstage war von denen niemand, da kommt man als normaler Zuschauer nicht ohne weiteres hin«, erklärte Herkamer. »Wir haben sämtliche Personalien aufgenommen. Ein Mann war darunter, der wollte sich davonmachen, hat sich als Freigänger aus Stadelheim entpuppt.«
»Und?«
»Nichts weiter. Ist leidenschaftlicher Bauchtanzfan, sagt er, wollte nichts mit uns zu tun haben. Ich habe ihm geglaubt. Er kannte alle Namen der Tänzerinnen. Wann und wo sie Preise gewonnen haben. So was.«
»Wo ist er jetzt?«
»Zurück in seiner Zelle, hoffentlich.«
»Was ist mit Überwachungskameras?«, fragte Leipold.
»Eine Einzige am Eingang«, brachte sich Vierkant mit gezücktem Notizblock ein. »Ziemlich altes Modell, funktioniert aber. Wir sind hier in einem ehemaligen Theatergebäude, ein paar Jahre lang wurde es als Kino genutzt, derzeit vermietet es ein privater Betreiber an Theater- und Musikproduktionen. Die Kameras für die Bühne waren zwar an, sie zeichnen aber nicht auf. Das sind Kontrollmonitore für aufwendige Inszenierungen.« Sie blätterte in ihrem Block, dann fuhr sie fort. »Wir haben eine

überschaubare Anzahl von Personen. Da sind der Veranstalter selbst und seine drei Mitarbeiter. Zum einen die Frau an der Abendkasse, der Kontrolleur am Eingang und die Dame am Kiosk. Dann haben wir den Tourmanager, einen Roadie, der für Licht und Ton zuständig ist. Natürlich die drei Musiker, der Showmaster und die sieben Tänzerinnen, mehr nicht. Nicht zu vergessen die einhundertsiebenundneunzig Zuschauer«, schloss sie ihren Bericht ab.

»Wer sichtet die Aufnahmen vom Eingang?«, wollte Demirbilek wissen.

Niemand meldete sich freiwillig. Keiner hatte Lust, stundenlang vor dem Computermonitor zu sitzen. Demirbilek wartete, ob sich Leipold dazu äußerte. Doch der offizielle Ermittlungsleiter zögerte mit einer Entscheidung. Eine arabische Weisheit fiel ihm ein: Wer lange sinnt, beginnt nicht. Viel nachdenken musste er selbst nicht, um sich bewusst zu machen, seinem bayerischen Kollegen das Feld nicht kampflos überlassen zu wollen. Klein beizugeben lag nicht in seiner Natur. Und ihm war es egal, ob Vorgesetzte, vor allem wenn sie Pius Leipold hießen, sich über seine Einmischung aufregten. Auch das lag nicht in seiner Natur.

»Vierkant, sorg dafür, dass das Sichten morgen als Erstes von zwei Kollegen erledigt wird. Du, Jale, lässt die persönlichen Hintergründe der Tänzerinnen recherchieren und informierst gleich im Anschluss den Manager, dass die Show morgen nicht nach Wien reist. Ihr beide vernehmt das Personal und die Tänzerinnen. Stellt eine Reihenfolge zusammen. Ich verhöre den Tourmanager, selbstverständlich mit Ermittlungsleiter Leipold zusammen. Vergiss nicht, Franziska Saum einzubestellen. Was hatte sie eigentlich in der Teeküche zu suchen? Weiß das jemand?«

»Sie wollte eine Tasche abstellen, weil sie zu schwer war, um

sie herumzutragen, und …«, erklärte Cengiz und brach mitten im Satz ab. Sie neigte den Kopf zu ihrem Bauch und schmunzelte.
»Willst du uns gütigerweise den Rest noch berichten?«, fragte Demirbilek ungeduldig, der sich erinnerte, eine Tasche bei dem Gespräch mit Saum gesehen zu haben.
»In der Tasche waren Geschenke für ihre Freundin Meral. Sie wollte sie nach der Show damit überraschen«, vollendete Cengiz ihren Satz.
»Hast du das überprüft?«
»Ja. Sie hatte es an der Kasse probiert, da wollten sie die Tasche aber nicht aufbewahren. Sie kennt sich hier aus und hat den rückwärtigen Eingang genommen. Auf dem Weg zu Merals Garderobe bemerkte sie, dass die Tür zur Teeküche nur angelehnt war, und wollte nachsehen, ob sie die Tasche dort unterstellen kann.«
»Angelehnt?«, hakte Demirbilek nach.
»Ja, einen Spalt weit. Der Täter hat sie allem Anschein nach nicht zugezogen.«
»Was folgerst du daraus?«
»Panik. Bestätigung Ihrer, also deiner Annahme, der Täter wollte schnell vom Tatort weg. Ist ja jetzt keine Überraschung, dass ein Täter flüchtet. Was sonst?«
»Nichts sonst. Was war in der Tasche?«
»Keine Ahnung. Franziska Saum hat sie mitgenommen.«
»Ruf sie an und klär das sofort ab, schließlich sammeln wir Informationen. Kannst du mir erklären, wie wir den Unterschied zwischen wichtigen und unwichtigen Informationen feststellen?«
Cengiz dachte nach. Die anderen schienen ebenfalls über Demirbileks Frage zu grübeln.
»Gut, dass dir nichts einfällt. Es gibt keinen Unterschied zwi-

schen wichtig und unwichtig in diesem Stadium der Ermittlungen. Muss jetzt sonst noch jemand vernommen werden?« Die Frage war an Leipold gerichtet.
»Nein«, antwortete der, augenscheinlich einverstanden mit den Maßnahmen seines türkischen Mitarbeiters.
»Gut«, sagte Demirbilek abschließend. »Machen wir für heute Schluss?«
Auch die Frage war an Leipold gerichtet. Er nickte zum Einverständnis, woraufhin Demirbilek aufstand und ging.

# 27

Das Donnerwetter am nächsten Morgen, das auf Leipold einprasselte, war als Gesprächsstoff für kommende Weihnachtsfeiern geeignet. Die lautstarke Stimme seiner Vorgesetzten war zum einen rekordverdächtig – sie hallte bis auf die Gänge hinaus. Zudem war sie derart aufgebracht, dass sie unbeabsichtigt in den Augsburger Dialekt verfiel, woran Leipold prinzipiell Gefallen hatte, aber angesichts der gewählten Worte erblasste.
»Wie konnte das passieren, Kommissar Leipold? Ich erwarte eine Erklärung, und zwar auf der Stelle!«
»Mein Gott, was soll ich sagen?«
»Nicht sagen, erklären sollen Sie es mir!«
»Da gibt es nicht viel zu erklären. Wir waren zu wenige für zwei Tatorte. Ganz einfach.«
»Ganz einfach?« Ihre Stimme überschlug sich erneut. Schnappatmung setzte ein. Ohne Rücksicht auf ihr männliches Gegenüber öffnete sie die obersten zwei Knöpfe ihrer Bluse, um sich zu beruhigen.
Nachdem sie sich einigermaßen wieder unter Kontrolle hatte, musterte sie den Mann mit Lederjacke und Ohrring und schüttelte den Kopf. Wie hatte sie ihn nur zum verantwortlichen Ermittlungsleiter machen können?
Sie dachte mit Verachtung im Herzen an ihren Vorgänger Franz Weniger, der Demirbilek als unangepassten, delegierfreudigen, aber effizienten Ermittlungsjunkie über den Klee lobte und Leipold als gewissenhaften, aber mit beschränkten Talenten ausge-

statteten Ermittlungsarbeiter charakterisierte. Natürlich hatte sie seinen Worten keinen Glauben geschenkt. Schließlich war Weniger ein männlicher Konkurrent, den sie ausgebootet hatte, einer von jenen, gegen die sie sich im Laufe ihrer Karriere als Frau mit Pragmatismus und Disziplin in der von Männern dominierten Polizeiwelt durchgesetzt hatte.

Mit der Strategie, sich auf sich selbst und sonst auf niemand anderen zu verlassen, hatte sie es als Tochter einer Rechtsanwaltsgehilfin weit gebracht. Zwei Jahre gab sie sich für den neuen Posten. Mehr nicht. Dann würde sie ein Stockwerk höher in ein größeres Büro ziehen.

»Wie viele Leute braucht man Ihrer Einschätzung nach, um auf einen Beweismittelbeutel tatrelevanten Inhalts aufzupassen?«

Dass Leipold allen Ernstes über ihre rhetorisch gemeinte Frage nachdachte, seinem nervösen Reiben am Ohrring nach sogar nachrechnete, ließ Feldmeier den Glauben an ihren Mitarbeiter endgültig verlieren. Gespannt wartete sie auf die Zahl, die er nennen würde.

»Wissen Sie, die Frage kann ich gar nicht vernünftig beantworten. Ein paar mehr Beamte wären sicher nicht schlecht gewesen. Im Grunde war es einfach blödes Timing. Die Spurensicherer und Techniker waren gerade mit der in der Duschkabine fertig, die Bestatter hatten soeben losgelegt, da platzte Kollege Zeki herein und kommandierte alle in die Teeküche ab. Natürlich hat niemand mit einer zweiten Leiche gerechnet. Alle waren, wie soll ich sagen, angefressen. War spät geworden. Genau, angefressen und überarbeitet waren meine Leute und wollten die zweite Leiche schnell hinter sich bringen. Da ist der Beutel am ersten Tatort vergessen worden.«

»So also war das. Vergessen? Und wie erklären Sie sich, dass das Beweismittel weg ist? Das Kostüm wurde möglicherweise nicht entwendet?«

»Das können wir nicht wissen. Wir sind Polizeibeamte, keine Hellseher.«
»Wo waren Sie eigentlich, als die zweite Leiche aus dem Nichts auftauchte?«
»In der Einsatzzentrale, habe die Fäden in der Hand gehalten. War ja eine unübersichtliche Situation.«
»Also in dem Hausmeisterkabuff.«
»Genau. Sie waren ja auch dort, stimmt.«
»Am Tatort aber haben Sie sich nicht blicken lassen?«
»Ich sehe mir Fotos an, wenn notwendig, auch das Video. Das reicht mir, bei der Berufserfahrung.«
Feldmeier nickte zustimmend. Innerlich watschte sie den Kommissar ab. »Wer hatte dann das Sagen an den Tatorten?«
»Meine Mitarbeiter Herkamer und Stern waren natürlich anwesend. An beiden Tatorten. Und Kommissar Demirbilek selbstverständlich. Der Türke kann gut Tatorte lesen. Effiziente Arbeitsteilung. Machen wir im Prinzip immer so, wenn uns das Schicksal zusammenbringt.« Er lachte vergnügt auf, um das Scherzhafte an seiner Bemerkung hervorzuheben.
Feldmeier holte mit einem aufgesetzten Lächeln zum Gegenschlag aus. »Gut, dass wir uns ausgesprochen haben, Kommissar Leipold. Da Sie die Zusammenarbeit mit Sonderdezernatsleiter Demirbilek schätzen und sie gewohnt sind, erwarte ich eine professionelle Reaktion von Ihnen.«
»Auf was denn, bitte schön?«, fragte Leipold.

# 28

Der Verhörmarathon war in allen verfügbaren Räumen in vollem Gange, als Demirbilek in seinem Büro die Nachricht ereilte, mit der Leitung der Ermittlungen betraut worden zu sein. Er nahm Feldmeiers Entscheidung ohne ein Gefühl des Sieges auf. Gerade hatte er nach Absprache mit der neuen Chefin den Kollegen vom Betrug die bisherigen Ergebnisse im Mordfall des Kredithais übermittelt. Zeit für Eitelkeiten hatte er nicht. Er wollte unbedingt seinen Flug nach Istanbul in drei Tagen antreten.

Das Problematische an dem geplanten Überraschungsbesuch war, dass er nicht wusste, ob er Selma überhaupt antreffen würde. Die Professorin an der Istanbuler Universität konnte sonst wo sein. Auf Dienstreise oder in Klausur, wenn sie an einem wissenschaftlichen Aufsatz oder einem Artikel arbeitete. Symposien waren auch beliebt bei Orientalisten. Sie versammelten sich gerne und ausgiebig, wie er während ihrer Ehe erfahren hatte.

Ohne eine Lösung für seine private Angelegenheit gefunden zu haben, widmete er sich gedanklich wieder seiner eigentlichen Aufgabe. Das Verschwinden des Bauchtanzkostüms war ein herber und unangenehm peinlicher Zwischenfall. Trotzdem war es aus seiner Sicht ungerechtfertigt, Leipold dafür die Schuld zu geben. Aber weshalb war das Beweisstück entwendet worden? Wohl nur, weil damit eine Spur zum Täter beseitigt werden sollte. Daraus resultierten zwei weitere relevante Fragen.

War der Dieb der Mörder oder gar der Doppelmörder? Und wie konnte er überhaupt am Tatort den Beutel an sich nehmen? Wahrscheinlich war er unter ihnen gewesen, als hinter der Bühne Hochbetrieb war. Eine andere Erklärung schloss er aus. Um sich einen Überblick zu verschaffen, nahm er ein Blatt Papier und notierte sich die Namen der Personen, die Vierkant aufgezählt hatte und die damit als Verdächtige in Frage kamen. Mitten in seinen Überlegungen klopfte es an die Tür.

»Ich glaube, wir haben was«, sagte Leipold, als er eintrat. Sein Blick war auf einen Stapel Unterlagen in seinen Händen konzentriert.

Demirbilek versuchte vergeblich, Augenkontakt mit ihm aufzunehmen. Dann stand er auf, um hinter seinem Schreibtisch nicht den Eindruck zu erwecken, er würde Leipolds Niederlage auskosten.

»Ich lasse die Ladengeschäfte rund um die Hofeinfahrt abklappern. Vielleicht hat jemand was gesehen.«

»Gute Idee. Aber das ist jetzt nicht die große Erkenntnis, die dich zu mir führt, oder?«

»Nein, du Schlaumeier. Es geht um Franziska Saum. Sie taucht in den Akten auf. Als Zeugin bei einem Gerichtsprozess.«

»Was hat der Prozess mit unseren Fällen zu tun?«

»Eine Bauchtanzschülerin, siebzehn Jahre damals. Arzu Kara. Sie ist in der Goethestraße am Hauptbahnhof von einem Transporter überfahren worden«, erwiderte Leipold betont sachlich.

»Franziska Saum hat den Unfall beobachtet?«

»Nein. Aber sie war Zeugin im Gerichtsprozess gegen den Fahrer. Bei dem Prozess spielte unser Mordopfer Meral Sez eine Rolle. Die Eltern wollten ihr eine Teilschuld am Unfalltod ihrer Tochter nachweisen.«

»Interessant«, merkte Demirbilek erstaunt an.

»Meral Sez war die Privatlehrerin der Verunglückten. Es gab

direkt vor dem Unfall einen Streit. Die Schülerin war fuchsteufelswild und ist weggerannt.«
»Und du siehst einen Zusammenhang?«
Leipold verzog keine Miene. »Soll ich der Spur nachgehen?«
»Saum hatte den ersten Termin heute Morgen. Sie ist schon verhört worden.«
»Na und?«
Demirbilek spürte die unterdrückte Aggression hinter Leipolds Worten. »Wenn du zu ihr fährst, lass dir das osmanische Kissen und das Messingtablett zeigen, das angeblich in der Einkaufstasche war.«
Demirbilek setzte sich wieder hinter seinen Schreibtisch. »Was ist mit den Eltern der Verunglückten? Sie hätten ein Motiv, oder?«
»Ja, schon.«
»Waren die Eltern vielleicht unter den Zuschauern? Waren ja viele türkische und arabische Gäste anwesend.«
An Leipolds Gesichtsausdruck war zu erkennen, dass er das nicht überprüft hatte. »Sieh nach«, forderte er schnell.
Demirbilek suchte nach dem Einschaltknopf seines Computers und stand erneut auf. »Mach du das lieber.« Mit einer einladenden Geste bot er Leipold seinen Platz an.
Leipold zögerte. Während der Computer mit einem Surren hochfuhr, überlegte er, ob Demirbilek mit seiner Aufforderung beabsichtigte, ihm symbolisch die Hand zum Frieden zu reichen. Doch wofür? Er konnte ja nichts für Feldmeiers Entscheidung. So unbegründet diese auch war, sagte er sich, hatte sie auch etwas Gutes. Der Türke, davon war er überzeugt, würde einen Ermittlungsauftrag dieses Kalibers keiner persönlichen Auszeit opfern. Nicht Zeki.
»Ist der Pascha sich zu schade dafür?«, fragte er sarkastisch und rückte den Stuhl zur Seite.

»Ach woher, aber bevor ich jetzt Jale hole. Du bist ja da. Und es ist ja deine Spur, wenn es überhaupt eine ist. Die Zugangscodes sind personengebunden. Wird Frau Feldmeier sicher gefallen, dass du so fleißig bist«, scherzte Demirbilek.
»Depp! Mir ist das völlig wurscht, was die Chefin meint. Den Beutel habe nicht *ich* am Tatort zurückgelassen«, knurrte Leipold.
Dann tippte er seinen Zugangscode ein und holte die Tabelle mit den Personalien der erfassten Zuschauer hervor. Mit einem befreienden Seufzer über die wohltuend einfache Schreibweise tippte er den Nachnamen »Kara« ein. Kurz darauf leuchteten seine Augen. In dem spitzbübischen Grinsen, das sich auf seinem Gesicht ausbreitete, erkannte Demirbilek den Leipold wieder, wie er ihn am liebsten hatte.
»Ich komme mit«, sagte der Sonderdezernatsleiter. »Erst zu Franziska Saum. Dann zu Arzu Karas Eltern. Mal sehen, wie ihnen die Show gefallen hat.«

# 29

Gerade als die beiden Kommissare die Türen zum Dienstwagen öffneten, hörten sie hinter sich Cengiz rufen. »Moment mal!«

Demirbilek und Leipold warteten, bis Cengiz sich vor ihnen aufbaute. »Ich habe mich wegen des verschwundenen Kostüms umgehört. Es ist maßgeschneidert und offenbar extra für den Auftritt in München angefertigt worden«, berichtete sie.

»Und?«, fragte Leipold interessiert.

»Bei allen Shows vorher trug Meral ein anderes.«

»Ein grünes, ich habe mir die Pressemappe angesehen«, erläuterte Leipold.

»Das grüne lag auf dem Schminktisch in der Garderobe bereit. Wollte sie das neue Kostüm überhaupt anziehen?«, wandte Demirbilek ein.

Cengiz zuckte mit den Achseln. »Das Kostüm stammt vom Chef der Show. Interessanter Kerl.«

Beide Kommissare sahen sich an, unentschlossen, wie sie die Information verarbeiten sollten.

»Schon in Ordnung, dass ihr nicht vor Ehrfurcht in die Knie geht«, bemerkte Cengiz mit einem verschmitzten Lächeln und drückte Demirbilek den Ausdruck in die Hand. »Steht alles da drin. Und noch was: Ferner kommt um zwei. Sie will persönlich über das Obduktionsergebnis berichten.« Dann eilte sie zurück in das Gebäude.

»Du fährst, ich lese«, entschied Demirbilek.

Auf der Fahrt überflog er den Bericht und gab an Leipold die Informationen weiter, wonach ein gewisser Okan Gök die Bauchtanzshow finanzierte und Inhaber des türkischen Modelabels Turkmoda war. »Der Laden ist in der Maximilianstraße«, stellte er mit hochgezogenen Augenbrauen fest.

»In der Maximilian?«, fragte Leipold ungläubig. In der teuersten Einkaufsstraße von München fanden sich Edelmarken wie Jil Sander, Dior oder Armani.

»Ja, muss was Hochpreisiges sein.«

»Hochpreisig? Scheißteuer heißt das. Kennst du das Label?«

»Nein, noch nie gehört. Muss aber nichts bedeuten, wenn ich es nicht kenne«, meinte Demirbilek. »Dieser Gök ist in Berlin gemeldet, dort hat er auch ein Gewerbe als Import-Export-Händler. Er ist spezialisiert, schreibt Cengiz, auf Waren aus der Türkei und dem arabischen Raum. Textilien und modische Applikationen wie Aufnäher, Pailletten und Perlen, die auch für Bauchtanzkostüme benötigt werden. Junge Designer aus Istanbul kreieren die Mode.«

»Allerdings ein interessanter Kerl. Noch was?«

»Das Kerlchen muss ein hitziges Temperament haben. Hat ein paar Monate gesessen. Allesamt Jugendstrafen. Mit siebzehn das letzte Mal wegen schwerer Körperverletzung. Laut dem Bericht ging es um eine Halskette. Er hat sie beim Pokern verloren und wollte sie zurückhaben. Erst hat er den Gewinner verprügelt, der sie in einem Pfandhaus zu Geld gemacht hatte, dann sich den Pfandleiher vorgenommen. Als der sich nicht einsichtig zeigte, hat er ihm beide Arme gebrochen.«

»Beide Arme?«

»Und den Unterkiefer«, ergänzte Demirbilek.

»Wegen einer Halskette?«

»Aus Gold. Ein Geschenk seiner Eltern zur Beschneidung.«

»Schnipp, schnapp?«

Demirbilek lächelte. »Schnipp, schnapp, genau. Kein Wunder, dass ihm die Kette am Herzen lag.«
»Ja dann. War er denn zur Tatzeit in München?«, erkundigte sich Leipold und fuhr durch den Altstadttunnel Richtung Schwabing.
»Jale ist bestimmt dran. Recht sauer scheinst du wegen Frau Feldmeiers Entscheidung nicht zu sein«, stellte Demirbilek fest und legte die Unterlagen auf den Rücksitz.
Leipold warf einen Blick zu ihm hinüber, überholte das Fahrzeug vor sich und zuckte mit den Schultern. »Am Ende läuft es auf dasselbe hinaus, oder?«
»Wie meinst du das?«
»Egal, ob ich leitender Ermittler bin oder nicht. Du mischst dich eh immer ein, wenn es um deine Türken geht.«
»Kann man so sehen, ja.«
»Ich mag die Neue nicht. Und du?«
»Weiß ich noch nicht.«
»Komisch.«
»Warum komisch?«
»Du kommst doch mit jedem zurecht, den du für dich einspannen kannst«, meinte Leipold.
»Nicht für mich, Pius.«
»Komm mir jetzt ja nicht damit, dass du armer Kerl dich großartig opferst, um Verbrechen aufzuklären.«
Demirbilek verkniff sich eine Antwort, obwohl er seinem Kollegen in Gedanken recht gab.
Den Rest der Fahrt schwiegen beide. Als sie in der Schleißheimer Straße ausstiegen, blickten sie sich über das Autodach an.
»Bist du wirklich krank, Zeki?«, fragte Leipold ernst.
Demirbilek lächelte freundschaftlich. »Wenn, weiß ich nichts davon.« Dann ging er zu dem Hochhaus und suchte auf der unübersichtlichen Namenstafel nach Saums Klingel. Sie wohnte im vierzehnten Stock.

# 30

Durch das Fenster des Zweizimmerappartements blitzte die Dachkonstruktion des Olympiastadions auf. Die Frauenkirche mit den zwei Türmen war in der Ferne zu erkennen, kilometerweit dahinter bauten sich die Alpen auf.

Leipold und Demirbilek hatten auf einer Ottomane Platz genommen und warteten geduldig auf den Apfeltee, den Franziska Saum partout zubereiten wollte, obwohl sie dankend abgelehnt hatten. Mit verweinten Augen balancierte sie die Teegläser auf einem Messingtablett zum Wohnzimmertisch. Die weiten Pumphosen und das über die Schultern geworfene Kopftuch ließen Demirbilek an eine Großmutter aus Anatolien denken.

»Nett, dass Sie Rücksicht nehmen und ich nicht noch mal ins Präsidium kommen muss«, sagte Saum und setzte sich den beiden Herren gegenüber. Aus dem Ärmel holte sie ein Taschentuch und wischte sich die Augen trocken.

»Mehr als nur ein Hobby, oder?«, fragte Leipold und meinte damit den Einrichtungsstil, der augenscheinlich ihre Liebe zur orientalischen Märchenwelt ausdrückte.

»Ja, schon mehr. Allerdings nur zu Hause, in meinen eigenen vier Wänden. Wenn ich ausgehe, ziehe ich mich normal an. Manche halten mich für verrückt. Ich habe mich nicht für Sie zurechtgemacht, falls Sie das glauben.« Mit einem verlegenen Lächeln fügte sie hinzu: »Ich habe ein Jahr in Istanbul gelebt. Da hat es mich erwischt.«

»Sie kennen Turkmoda?«, kam Demirbilek zur Sache. Er hatte weder Zeit noch Lust, sich Einblicke in die offenkundig gestörte Psyche dieser Frau, die in einer Phantasiewelt lebte, zu verschaffen. Wer in Istanbul läuft wie eine anatolische Bäuerin herum – außer als Statist für Touristenfotos?
»Ich habe bei der Eröffnung vorbeigesehen. Nicht meine Preisklasse«, erklärte sie. »Nur die Haremshose hier habe ich mir geleistet. Das Muster ist historisch.« Bedächtig fuhr sie über den Stoff. »›Re-Osmanic-Style‹ nennt sich das. Design aus Istanbul. Wie finden Sie es?«
»Steht Ihnen ausgezeichnet«, meinte Leipold zuvorkommend und nippte am Tee.
Demirbilek ersparte sich einen Kommentar. »Zeigen Sie uns, womit Sie Meral Sez überraschen wollten.«
Saum berührte das Messingtablett auf dem Tisch. »Das hier.« Dann deutete sie auf das orientalische Kissen in Leipolds Rücken. »Meral hat die Sachen nicht mehr untergebracht, als sie nach Istanbul zurück ist. Ich dachte, sie freut sich darüber. Ich behalte sie nun als Erinnerung an meine Freundin.«
Demirbilek war klar, dass das nicht stimmen musste, verzichtete jedoch darauf, weiter nachzubohren. Stattdessen fragte er nach Okan Gök.
»Okan? Ich kenne ihn kaum. Warum fragen Sie?«
»Wegen Ihrer ermordeten Freundin, warum wohl? Was glauben Sie, weshalb wir gekommen sind?«, gab Demirbilek ungehalten zurück. Das gemütliche Zusammensein und die unverhohlene Traurigkeit der Zeugin setzten ihm zu.
»Ja, natürlich, verstehe«, flüsterte sie. »Meral und er waren zusammen. Allerdings noch nicht sehr lange, soweit ich weiß. Besser, Sie sprechen mit ihm selbst darüber.«
»Werden wir, danke«, übernahm Leipold, der wie Demirbilek die Bedeutung der Information einzuschätzen wusste. Okan

Gök war nicht nur als gewalttätig aufgefallen, er war offenbar auch der Freund des einen Opfers. Damit kletterte er ganz nach oben auf der kurzen Liste der Tatverdächtigen. »Wir wollten Sie wegen des Unfalls vor zwei Jahren befragen.«
Saum machte ein betroffenes Gesicht. »Wegen des Unfalls?«
»Ja. Warum sind Sie überrascht?«
»Es ist alles geklärt. Es gibt einen Gerichtsbeschluss. Meral hatte keine Schuld.«
»Das Gespräch mit den Eltern des Mädchens steht noch aus.«
»Mädchen? Dass ich nicht lache. Arzu war siebzehn damals, sie ist herumstolziert wie ein Go-go-Girl. Das werden die Eltern sicher nicht bestätigen. Die glauben immer noch an ihren Unschuldsengel«, stieß Saum wütend hervor.
»Um was ging es bei dem Streit? Sie waren dabei.«
»Steht alles in den Akten. Warum müssen Sie das noch mal aufwärmen?« Sie fischte das Taschentuch wieder hervor und säuberte sich die Nase.
Demirbilek wendete angeekelt den Kopf weg.
»Wir ermitteln in alle Richtungen«, entgegnete Leipold.
Mehrere Sekunden lang rührte die Zeugin in ihrem Tee und grübelte dabei. »Meral war der Auffassung, Arzu sei nicht so weit, um vor Publikum aufzutreten. Die Göre aber war anderer Meinung. Es kam zum Streit. Meral warf ihr schließlich vor, Bauchtanz zu lernen, um Männern den Kopf zu verdrehen.«
»Machen Frauen denn nicht genau deshalb Bauchtanz?«, fragte Leipold ohne Umschweife.
»Typisch Mann!«, rutschte es ihr heraus. »Bauchtanz ist nicht gleich Tabledance. Er ist Ausdruck von Körperlichkeit, von Weiblichkeit und Erotik. Bauchtänzerinnen sind keine Nutten.«
»Ist schon recht«, besänftigte Leipold die aufgebrachte Frau. »Wann haben Sie die Eltern zuletzt gesehen?«
»Die Eltern?«, gab sie erstaunt zurück.

»Ja, Arzus Eltern. Herr und Frau Kara. Haben Sie Kontakt zu ihnen?«
»Sind Sie verrückt geworden? Ich bin froh, dass sie mich in Ruhe lassen. Vor dem Prozess haben sie mir mehrfach gedroht. Vor Gericht wollte das niemand hören.«
»Warum haben sie Ihnen gedroht?«, hakte Leipold nach.
»Weil ich im Zeugenstand Merals Aussage bestätigt habe. Das Biest hat mich vor allen Leuten als Lügnerin beschimpft.«
»Sie meinen die Mutter?«
»Genau die, Frau Kara«, spie sie den Namen aus.
»Sind Sie eigentlich Herrn und Frau Kara an dem Abend bei der Show begegnet?«
Bei diesen Worten sprang die Zeugin entsetzt auf. »Wenn sie dort waren, haben die Karas Meral auf dem Gewissen!«
»Langsam, Frau Saum«, beruhigte Leipold sie. »Setzen Sie sich wieder. Wie kommen Sie darauf?«
Doch da war die Orientliebhaberin bereits in Richtung Nebenraum gerannt, wo Demirbilek und Leipold das Schlafzimmer vermuteten. Gleich darauf kam sie mit einem Schuhkarton zurück. Darin befanden sich Unmengen von Fotos.
»Hier, sehen Sie selbst«, sagte sie aufgeregt und holte ein Foto nach dem anderen heraus.
Automatenabzüge aus einem Drogeriemarkt, neun auf dreizehn Zentimeter, stellten die Kommissare fest. Auf den unzähligen Fotos war Meral Sez an verschiedenen Orten in München zu sehen. Unter anderem vor dem Stand eines türkischen Gemüseladens in der Landwehrstraße, in einem Straßencafé mit einer Gruppe Leuten und beim Rauchen an der Durchfahrt in der Goethestraße, wo sich die Bauchtanzschule befand und sich der Unfall ereignet haben musste, vermuteten Demirbilek und Leipold. Auf fast allen Bildern war im Hintergrund auch ein Paar auszumachen, das das Opfer heimlich zu beobachten schien.

»Meral war stinksauer, sie wollte nicht, dass ich ihr helfe«, erklärte Saum.
»Wobei helfen?« Leipold reichte seinem Kollegen ein Foto, auf dem eine Frau mit schwarzem Kopftuch und ein Mann mit dunklem Anzug besonders klar zu erkennen waren.
»Die Aufnahmen habe ich gemacht, um Beweise zu sammeln. Die Karas haben Meral nach dem Prozessende nachgestellt. Auch wenn sie es nie zugeben werden, wollten sie den Tod ihrer Tochter rächen.«
»Das ist eine schwere Beschuldigung«, sagte Leipold mahnend. »Haben Sie die Fotos damals der Polizei gezeigt?«
»Nein, Meral wollte nicht, dass ich mich einmische. Sie war absolut dagegen. Ich glaube, weil sie sich insgeheim schuldig fühlte. Ein paar Wochen nach dem Prozess ist sie zu einem Auftritt in die Türkei abgereist und dortgeblieben. Ich habe mich um ihre Wohnungsauflösung gekümmert.«
Wieder war mehr als nur Trauer um die ermordete Freundin aus ihrer Stimme herauszuhören, fand Demirbilek und übernahm.
»Wie würden Sie Ihre Beziehung zu Meral Sez charakterisieren? Sie waren offenbar gute Freundinnen.«
»Wie zu einer Schwester«, antwortete Saum mit brüchiger Stimme.
»Wissen Sie, ob es zwischen den beiden Opfern Meral Sez und Deniz Aralik Probleme oder Streit gab?«
»Nein, die zwei kannten sich kaum, soviel ich weiß«, sagte sie, nahm ein Kissen und legte es auf den Bauch. Der Blick der Trauernden wanderte zum Fenster. München lag strahlend vor ihr. Sie aber sehnte sich, glaubte man ihrer Aufmachung und der Wehmut, die in ihren Augen glänzte, nach der Zeit in Istanbul, als sie glücklich war, interpretierte Demirbilek. Dann beendete er das Verhör.

# 31

Vollkommen ermüdet trat Cengiz aus dem Verhörraum in den Gang. Die Vernehmung der letzten Tänzerin hatte sich hingezogen. Obwohl sie sich mit Vierkant die Arbeit teilen sollte, hatte sie sich alle fünf allein vorgenommen, um sofort reagieren zu können, sollten sich Ungereimtheiten auftun. Außerdem hatte ihre Kollegin genug anderes zu tun. Mit Unterstützung verschiedener Dolmetscher waren am Ende der Befragungen nicht viele verwertbare Informationen herausgekommen. Interessant war, weshalb Sez die kleinere der beiden Garderobenräume allein benutzt hatte – und damit aller Wahrscheinlichkeit nach erst die Voraussetzung für ihre Ermordung geschaffen hatte. Die Frauen hatten nach der Besichtigung des alten Theaters ein Los gezogen, wer von ihnen die Einzelgarderobe bekommen sollte. Sez reagierte, laut einstimmiger Aussagen, mit einem glücklichen Aufschrei, als das Losglück auf sie fiel.

Inmitten des Verhörmarathons meldete sich der Tourmanager im Migra-Büro. Farhaad bat um Verschiebung seiner Vernehmung auf den Nachmittag und darum, allen mitzuteilen, dass die Show abgebrochen wurde. Die Tänzerinnen waren erleichtert, nach den schrecklichen Ereignissen nach Hause reisen zu können. Die Bestürzung und Trauer über die Ermordung ihrer Kolleginnen empfand Cengiz bei keiner als geheuchelt. Sie waren am Boden zerstört, weinten und schnieften während der Aussagen. Um der Tränen Herr zu werden, besorgte Vierkant auf Cengiz' Bitte hin eine Großpackung Taschentücher.

In Gedanken bei der Zusammenfassung der Vernehmungen schritt Cengiz zum Büro und spürte beim Gehen ein Stechen in der Seite. Das Baby forderte sein Recht. Sie beschloss, eine Pause einzulegen und sich einen Kräutertee aufzugießen.
Da läutete das Telefon. Sybille Ferner war am Apparat.
»Jale, ich habe ganz vergessen, der Kindergarten schließt heute früher. Können wir unsere Besprechung vorverlegen?«
»Kein Problem, ich trommele die Mannschaft zusammen«, lenkte Cengiz schnell ein. Statt sich einen Tee zu kochen, gab sie ihren Kollegen Bescheid.

# 32

Bei dem Opfer in der Duschkabine habe ich im Mund- und Rachenraum wie auch im Vaginalbereich Spuren von Heroin nachgewiesen.«

Demirbilek verzog skeptisch die Miene und registrierte Leipolds unschlüssigen Blick. Die beiden Kommissare waren nach Cengiz' Anruf direkt von Franziska Saums Wohnung ins Präsidium gefahren. Demirbilek wollte im Anschluss die Eltern der verunglückten Arzu aufsuchen.

»Nachweis auf Drogenkonsum?«, fragte er.

»Nein. Bei beiden Opfern negativ. Beide waren kerngesund. Bauchtanz scheint fit zu halten. Da ist aber etwas Ungewöhnliches.«

Die Gerichtsmedizinerin reichte Cengiz ihren Fotoapparat. »Schließt du die an? Ich habe Fotos mitgebracht. Ist schwer zu glauben. Mir ist es lieber, ihr seht es mit eigenen Augen.«

Cengiz verkabelte die Digitalkamera mit ihrem Computer und klickte das erste Foto an. Es zeigte Deniz Aralik auf dem Seziertisch. Nackt.

»Sie ist ein Mann«, verkündete die Gerichtsmedizinerin.

Die Beamten verzogen das Gesicht. Alle hatten die Tote gesehen, auf die Idee, dass sie ein Mann sein könnte, war niemand gekommen.

»Ach geh, das war doch so eine Hübsche«, bemerkte Leipold als Erster.

»Es gibt eine Tradition in der Türkei von Männern in Frauen-

kleidern, die abgöttisch verehrt werden«, erklärte Cengiz. »Bülent Ersoy zum Beispiel.«
Außer Zeki kannte niemand die Grande Dame, die seit über vierzig Jahren als Showstar bei Jung und Alt beliebt war.
»Wusste wirklich niemand, dass er eine Transsexuelle war?«, fragte Vierkant überrascht.
»Offenbar nicht. Sonst würde es ja wohl bei den Vernehmungen zur Sprache gekommen sein«, meinte Demirbilek und mahnte seine Leute zur Ruhe. »Also, wenn es niemand wusste, dann spielte es womöglich auch keine Rolle. Trotzdem, wir haben einen neuen Ermittlungsansatz. Fragt bei den Tänzerinnen und den anderen noch mal nach.« Er wartete ab, bis alle genickt hatten. Dann richtete er das Wort an Ferner. »Was noch?«
Ferner blickte auf die Uhr. »Frisch gespültes Ejakulat habe ich zu bieten. Sie – beziehungsweise er – hatte mit einem Mann vor der Ermordung Oralverkehr. Allerdings hat sie sich den Mund ausgespült. Das DNA-Material reicht leider für eine Analyse nicht aus.«
»Hat der Täter seine Spuren beseitigt, oder warum spült sie sich den Mund aus?«, fragte Leipold nach.
»Wie hätte das der Täter denn anstellen sollen? An den Händen und Fingern hatte das Opfer auch Spülmittel. Sie wird sich die Hände gewaschen, danach den Mund ausgespült haben. Das Zeug schmeckt ja auch eigenartig, oder etwa nicht?«
Die Frage war an Cengiz und Vierkant gerichtet. Leipold wartete gebannt auf eine Antwort, doch Demirbilek ging dazwischen.
»Danke, Sybille, das könnt ihr meinetwegen in aller Ruhe und Ausführlichkeit in der Kantine diskutieren. Zurück zu Meral. Das Heroin ist über das gestohlene Kostüm mit dem Opfer in Berührung gekommen. Richtig?«
»Wahrscheinlich. Sie war nicht abhängig. Und dass jemand sich über das Geschlechtsorgan Heroin zuführt oder über den

Mund einnimmt?« Sie schüttelte den Kopf. »Nein, mir fällt da auch keine plausiblere Erklärung ein, als dass sie über das Kostüm, das in Mund und Vagina gestopft war, mit Heroin in Berührung gekommen ist.« Dann räusperte sie sich und richtete den Blick auf Leipold. »Es tut mir leid, Pius. Dass die Chefin dich wegen des Beutels abserviert hat, ist nicht in Ordnung. Wenn, dann bin ich schuld.«

»Vergiss es, Sybille. Es ist, wie es ist«, meinte Leipold larmoyant. »Was hast du noch zu berichten?«

Abermals kontrollierte Ferner die Uhrzeit. »Wir haben keine verwertbaren Fingerabdrücke gefunden. Also solche, die im Tatzusammenhang stehen könnten. Das gilt für beide Tatorte und Tatwaffen. Der Tisch in der Teeküche wurde abgewischt. Auf einer Weinflasche aus dem Mülleimer und einem Glas auf der Spüle befinden sich Meral Sez' Fingerabdrücke. Sie muss in der Teeküche gewesen sein. Dagegen haben wir auf dem Taschenmesser, dem Duschkopf und Schlauch nichts finden können. Wir sind dran, was DNA-Spuren angeht. Das dauert. Bei dem Abdruck vor der Duschkabine sind wir weitergekommen. Es handelt sich um den Abdruck eines rechten Schuhs. Kennt ihr die Laufschuhe mit den Zehen vorne dran?«

Vierkant war die einzige Joggerin im Team. »Ja, ich. Wollte mir schon welche besorgen. Müssen gut sein. Man hat das Gefühl, barfuß zu laufen. Deswegen der Name ›Barfußschuhe‹. Das ist, als würde man Handschuhe anziehen, nur für die Zehen eben.«

»Genau die, Isabel. Aber ein Jogger, der vorbeiläuft und die Frau erschlägt?«

»Du lieferst wissenschaftlich gesicherte Fakten, Sybille, wir verwerten sie. Wenn uns danach ist, wird auch spekuliert, um voranzukommen«, unterband Demirbilek die aufkommende Diskussion. »Du sagtest Jogger. Ein Mann also?«

»Ja, zumindest der Schuhabdruck gehört zu einem Männerfuß. Aber wer weiß das schon heutzutage?«
»Hast du noch mehr für uns?«
Das schlechte Gewissen der Gerichtsmedizinerin offenbarte sich. Normalerweise hätte sie Demirbileks Kommentar nicht unbeantwortet gelassen. Sie fuhr, ohne zu murren, mit ihrem Bericht fort. »Was den zeitlichen Ablauf angeht, kann ich jetzt mit Gewissheit sagen, dass zwischen beiden Taten dreißig bis sechzig Minuten vergangen sind. Mehr nicht. Von der Reihenfolge her die Tänzerin in der Teeküche, mit entsprechend zeitlichem Abstand die Tänzerin in der Duschkabine.«
»Was zu den Tatwaffen?«
»Nichts, was ihr nicht schon wisst oder ahnt. Das Schweizer Taschenmesser steckte ja im Hals des Opfers. Sie – beziehungsweise er …«
»Sie«, unterbrach Demirbilek sie. »Deniz Aralik lebte als Frau, lassen wir ihr ihren Willen.«
»Gut, du hast recht, Zeki«, willigte Ferner ein und nickte anerkennend. »Also, sie hat sich mit aller Kraft gewehrt, das zeigen Spuren an ihrem Körper. Sie ist ausgeblutet wie ein geschächtetes Tier. Nach Hilfe schreien konnte sie mit der Verletzung nicht. Duschkopf und Schlauch sind eindeutig die Tatwerkzeuge beim zweiten Opfer. Sie war ohne Bewusstsein, als ihr mit dem Schlauch die Luftröhre abgeklemmt wurde. Mit enormer Kraft übrigens. Bei ihr haben wir keine Abwehrspuren gefunden. Nach Spritzern und Fließmuster des Blutes auf Körper und Kachelwand muss das Wasser abgestellt gewesen sein, als sie getötet wurde.«
»Sie war gerade fertig mit dem Duschen«, meinte Vierkant.
»Später«, wies Demirbilek Vierkant zurecht. »Was gibt es über den Todeszeitpunkt zu berichten? Wir wissen noch nicht genau, wann die Opfer getötet worden sind.«

»Das ist ein guter Punkt, Zeki«, erwiderte Ferner aufgeregt. »Ich bin der festen Überzeugung, dass Meral Sez, die erste Tote, die wir gefunden haben, um zwanzig Uhr herum ermordet wurde, praktisch als die Show begann. Das andere Opfer entsprechend vorher, also zwischen sieben und halb acht. Die Zeitangaben bitte nicht wortwörtlich nehmen.«
Kaum hatte sie zu Ende gesprochen, blickte sie entsetzt auf die Uhr. »Das war alles von meiner Seite. Ich melde mich, wenn es Neuigkeiten gibt.«

# 33

Nachdem Ferner Hals über Kopf den Raum verlassen hatte, stand Demirbilek auf und schritt mit verschränkten Armen im Rücken zum Fenster.

»Der Pascha denkt«, flüsterte Leipold amüsiert.

Cengiz und Vierkant bemühten sich, sich ein Lächeln zu verkneifen. Auch sie kannten seine Art, sich in seiner Gedankenwelt abzukapseln, wenn er versuchte, Puzzleteile für die Lösung eines Falles im Kopf hin und her zu schieben. Es dauerte eine Zeitlang, bis er sich an das Team wandte.

»Theorien?«

»Ja, ich«, meldete sich Cengiz zu Wort.

»Ein oder zwei Täter?«, fragte Demirbilek nach.

Prompt kam Cengiz ins Stocken und suchte nach den passenden Worten. »Das weiß ich nicht, ehrlich gesagt. Wir müssen so oder so beide Tathergänge separat analysieren.«

»Dann tu das«, forderte Demirbilek sie auf.

»In Ordnung, ich mache es kurz …«

»Nein! Ausführlich. Lass dir Zeit«, unterbrach er sie barsch.

»Na gut. Wenn Meral Sez nicht selbst Drogen konsumiert hat, dann gehe ich davon aus, dass sie in dem Kostüm …«

»Sehr gut, Jale«, unterbrach Demirbilek sie erneut und griff zum Telefonhörer. Er wartete, bis sein Gegenüber abgehoben hatte. »Servus, Zeki hier. Schick einen Beamten in das Appartementhotel zu den Tänzerinnen und lass ihre Kostüme holen. Alle, ja. Nein, nicht konfiszieren. Sag leihweise. Ja genau, freundlich, mit Grüßen von Jale, die sie heute verhört hat. Jetzt sofort, oder klinge ich wie jemand, der Zeit hat? Wir warten. Beeil dich.« Er legte auf und schenkte dem Team wieder seine Aufmerksamkeit.

Cengiz war aus dem Konzept geraten und rang nach Worten, bis Leipold einschritt. »Warum machst du nicht selbst weiter?«, fragte er entnervt.

»Also gut«, willigte Demirbilek schnell ein. »Jale und ich haben wahrscheinlich dieselbe Theorie. Wir können nach dem Obduktionsergebnis annehmen, dass sich in Merals Kostüm Drogen befanden. Ob sie davon wusste oder nicht, ist für uns erst einmal nicht von Belang. So oder so, sie hat Drogen geschmuggelt. Vermutlich aus Istanbul, weil sie von dort angereist ist und, wie Jale herausgefunden hat, dort das neue Kostüm ausgehändigt bekommen hat. Wahrscheinlich vom Veranstalter der Show.« Demirbilek machte eine Pause. »Ich frage mich, ob der Täter das Kostüm in den Körper gesteckt hat, um uns auf die Drogen zu bringen. Die Frage hängt natürlich mit dem Diebstahl zusammen.«

»Warum Diebstahl?«, hakte Cengiz nach.

»Weil ich Ferners Leuten glaube. Sie haben alle dasselbe gesagt. Der Beutel ist am ersten Tatort vergessen worden. Also muss ihn jemand entwendet haben. Einverstanden?«

Cengiz nickte.

»Und wenn der Täter nichts von den Drogen im Kostüm wusste, warum sollte er zurückkehren und das Beweisstück stehlen?«

Die Beamten blickten sich gegenseitig an.

»Du meinst, Merals Tod hat nichts mit dem gestohlenen Kostüm zu tun. Also nichts mit den Drogen?«, wollte Leipold wissen.

»Möglicherweise.«

»Sie wird getötet, aus welchem Motiv auch immer, der Täter stopft den Stoff in den Körper …«

»Später stiehlt ein weiterer Unbekannter das Kostüm. Der Dieb muss demnach nicht zwangsläufig der Mörder sein«, fasste Cengiz weiter zusammen.
»Bravo, Jale«, gratulierte Demirbilek. »Wenn wir die Polizeibeamten außen vor lassen, kommen nur wenige in Frage. Gesetzt den Fall, der Dieb war vor Ort, als wir die Arbeit aufgenommen haben.«
»Die Tänzerinnen, das Personal vom Veranstaltungsort, die Musiker, der Showmaster und der Tourmanager natürlich«, zählte Vierkant auf. »Wer kommt von denen in Frage?«
»Als Dieb des Beweisbeutels alle, nicht aber als Mörder. Ich gehe von einer emotional motivierten Tat aus. Dass bei Meral ein Teil in den Mund gestopft wurde, um ihre Schreie zu unterdrücken, meinetwegen. Aber einen Teil in den Unterleib zu plazieren, das deutet auf eine emotionale Tat hin.«
»Ist ja bei dem anderen, ich meine der anderen auch so«, trug Leipold bei. »Für mich sprechen alle Indizien für Meral Sez. Die Tatwaffe gehört ihr, Fingerabdrücke am Tatort, was willst du mehr? Sie hat die Mannfrau abgestochen, weil sie etwas mit ihrem Typen hatte. Du weißt ja, wer ihr Freund ist«, half er ihm auf die Sprünge.
»Aber wir wissen es nicht!«, beschwerte sich Vierkant.
»Das ist dieser Okan Gök. Laut Franziska Saums Aussage waren die beiden ein Paar«, erwiderte Leipold.
»Worauf warten wir dann noch? Laden wir Okan vor und nehmen ihn in die Mangel«, forderte Cengiz ungeduldig.
»Okan Gök«, verbesserte Leipold.
Cengiz schnitt eine Grimasse. »Übrigens liegt es ja wohl auf der Hand, dass Okan die Drogen schmuggeln ließ.«
»Langsam, Jale. Was wir zusammengetragen haben, sind nichts weiter als Spekulationen. Lasst uns abklären, wo er zur Tatzeit war.«

Vierkant machte sich eine Notiz. »Ich übernehme das.«
»In Ordnung. Und Jale bringt alles über seine geschäftlichen Aktivitäten in Erfahrung, danach laden wir ihn vor.«
Cengiz war plötzlich stinksauer. »Ich bin schwanger, aber das heißt nicht, dass ich den ganzen Tag vor dem Computer sitzen möchte …«
»Du und das Baby hattet gestern Abend genug Aufregung«, unterbrach Demirbilek sie abermals und wandte sich dann zu Leipold. »Wir suchen die Eltern des verunglückten Mädchens auf.«
»Ich fahre«, seufzte sein Kollege.

# 34

Als Leipold eine halbe Stunde später den Blinker setzte, um in die Landsberger Straße einzubiegen, dachte Demirbilek nicht an eine Verbindung zu dem ausgerissenen Mädchen. Auch als sie vor dem mehrstöckigen Wohnhaus in der Westendstraße hielten, stellte er keinen Zusammenhang her. Wie auch? Der deutsch-türkische Doppelmord hatte mit Elifs Verschwinden nichts zu tun.

Entsprechend groß war sein Erstaunen, als er Elif mit einer Tasche auf dem Treppenabsatz vor der Haustür sitzen sah. Sie las wieder in ihrem Buch. *Der Fänger im Roggen.*

»Elif, was machst du hier?«, fragte er verwundert.

»Auf meine Mutter warten«, antwortete sie, ohne preiszugeben, ob sie ihrerseits überrascht war, den Kommissar zu sehen.

»Wohnst du hier?«

»Ja, warum? Sie sind nicht meinetwegen gekommen?«

Demirbilek wollte Leipold später einweihen und setzte sich zu Elif auf den Treppenabsatz. »Nein, nicht deinetwegen. Kennst du Arzu? Das Mädchen, das vor zwei Jahren verunglückt ist?«

»Sie hat neben uns gewohnt. Sind Sie ihretwegen hier?«

»Ja. Wir wollen mit ihren Eltern sprechen.«

»Frau Kara ist nicht da, und er spricht kaum Deutsch. Na dann, viel Spaß«, sagte sie schnippisch und vertiefte sich wieder in ihre Lektüre.

Demirbilek zuckte mit den Schultern und bedeutete Leipold, sich ebenfalls zu setzen.

Dann wandte er sich erneut an Elif. »Warst du nicht schon auf den letzten Seiten des Buches?«
»Das lese ich seit einem Jahr. Wenn ich fertig bin, fange ich wieder vorne an«, sagte sie leise.
»Ein guter Roman, ja. Aber kannst du uns was über Arzu sagen?«
»Ich mag nicht über Arzu reden. Sprechen Sie mit den Eltern, wenn Ihnen das gelingt.«
»Komm, Elif. Ich habe dir auch geholfen.«
Empört hob sie den Kopf. »Geholfen? Erpresst haben Sie mich! Von wegen Gastfreundschaft!«
Leipold zuckte angesichts des Temperamentsausbruchs leicht zusammen.
Demirbilek dagegen schmunzelte, sie war wirklich ein intelligentes und selbstbewusstes Persönchen. Er startete einen letzten Versuch. »Hat sich dein Vater aus der Türkei gemeldet?«
Das Thema interessierte sie verständlicherweise mehr. »Nein, wir wissen nicht, wo er ist. Angeblich bei seinem Bruder, meinem *amca* in Istanbul.«
»Wie wäre es, wenn ich einen Kollegen in Istanbul bitte, nachzufragen, ob dein Vater dort ist?«
Elifs Gesicht verwandelte sich. »Würden Sie das wirklich tun?«
»Wenn du mir Namen und Adresse gibst«, sagte Demirbilek und beobachtete verblüfft, wie sie im selben Moment die letzte, unbedruckte Seite des Romans herausriss und schnell die Informationen aufschrieb. Er nahm die Seite entgegen, dann schlug er Leipold auf den Oberschenkel, um ihren Aufbruch zu signalisieren. »Ich melde mich, sobald ich etwas weiß.«
»Arzu war ein Miststück«, sagte plötzlich Elif. »Wer etwas anderes behauptet, lügt.«
»Auch ihre Eltern?«, beteiligte sich nun Leipold.
»Gerade die«, meinte Elif resolut. »Ich habe zwölf Jahre neben ihr gewohnt. Ich muss es wissen.«

»Sie war ein paar Jahre älter als du. Hattest du denn mit ihr viel zu tun?«

Elif blickte ihn selbstherrlich an. »Verhalte ich mich wie eine Vierzehnjährige?«

»Aber ja. Nur Vierzehnjährige sind dumm genug, zu behaupten, schwanger zu sein«, warf Demirbilek ein.

Elif verstummte. Ein Treffer ins Schwarze, wie ihn der türkische Kommissar mochte. »Was war mit Arzu?«

»Sie war hinterfotzig und gemein.«

»So schlimm?«

»Hören Sie sich in der Nachbarschaft um. Bis auf die Eltern werden alle dasselbe sagen. Sie war ein bösartiges, geiles Miststück.«

»Wieso geil? Hat sie Jungs den Kopf verdreht?«

»Jungs haben sie nicht interessiert. Sie hatte es auf Mädchen abgesehen, egal, wie alt sie waren. So eine war das.«

# 35

Demirbilek beschloss nach Elifs Behauptungen kurzerhand, den Vater allein aufzusuchen, um das Gespräch auf Türkisch zu führen. Leipold überließ er den Dienstwagen und beauftragte ihn, Franziska Saums Aussage zu überprüfen, Arzu habe Bauchtanz gelernt, um Männern den Kopf zu verdrehen.

Der Kommissar fuhr mit dem Aufzug in den vierten Stock und läutete an der Wohnungstür. Es dauerte eine geraume Weile, bis eine männliche Stimme durch die verschlossene Tür in gebrochenem Deutsch fragte, wer da sei. Demirbilek stellte sich vor und wiederholte mehrmals seinen Namen, bis er eingelassen wurde.

Er folgte dem hageren Mann, der sich beim Gehen mit einer Hand an der Flurwand abstützte, in das Wohnzimmer und wartete vergebens darauf, einen Platz angeboten zu bekommen.

Mit Befremden beobachtete er, wie der Mann mit tippelnden Schritten weiter Richtung Küche ging. Dabei stützte er sich, wie eben im Flur, mit ausgestrecktem Arm an einer unsichtbaren Wand ab.

Er nahm trotzdem auf dem Ecksofa Platz und blickte sich um. Die Wohnung glänzte nicht mit übertriebenem türkischen Schick. Es war ordentlich und sauber. Neben gehäkelten Tischläufern und Dekorationsgeschirr im Wandschrank entdeckte er Fotos der Verunglückten, die in mit Engelsflügeln gesäumten Rahmen steckten. Arzus Geburtsfoto, als Kleinkind im Prinzessinnenkleid, als Turnerin im Gymnastikdress bei einer Sportveranstaltung und als Jugendliche im Bauchtanzkostüm.

Mit zwei Gläsern und einer Flasche Orangensaft unter einem Arm geklemmt, den anderen wieder ausgestreckt, um Balance zu halten, kehrte Herr Kara zurück und setzte sich an den Wohnzimmertisch.
»Erlauben Sie mir, mein Beileid zum Tod Ihrer Tochter auszusprechen«, kondolierte Demirbilek.
Der Vater nahm die Anteilnahme wortlos entgegen. Er hatte nicht gefragt, warum ihn der Kommissar aufsuchte.
»Ist Ihre Frau nicht da?«
Herr Kara sah ihn verständnislos an, dann blickte er sich nach allen Seiten um. Demirbilek geduldete sich, doch der Mann hörte nicht auf, nach seiner Frau zu suchen. Schließlich machte er mit der Befragung weiter. »Sie waren gestern Abend bei der Bauchtanzveranstaltung, bei der Meral Sez aufgetreten ist.«
Die Worte beendeten immerhin Karas sinnlose Suche, aber eine Reaktion war in dem versteinerten Gesicht nicht auszumachen. Demirbilek wartete diesmal nicht länger, sondern fuhr gleich fort. »Sie wissen, dass sie ermordet wurde?«
Da griff der Mann plötzlich unter den Wohnzimmertisch und zog von der Ablage türkische Klatschblätter hervor. Demirbilek nahm die Zeitungen entgegen, in denen groß über den Doppelmord berichtet wurde.
»Laut Aussage, die Sie und Ihre Frau gestern Abend gemacht haben, sind Sie kurz vor Beginn, also gegen zwanzig Uhr, zum Veranstaltungsort gekommen. Sie hatten Karten im Vorverkauf besorgt.«
Demirbilek wartete wieder vergebens auf eine Antwort. »Warum waren Sie dort?«
Schweigend schenkte der Mann dem Kommissar Orangensaft ein. Aber nur so viel, dass der Boden des Glases bedeckt war. Sich selbst dagegen schenkte er randvoll ein.
»Ich habe selbst Kinder«, fügte Demirbilek hinzu, auch wenn er

über das eigentümliche Verhalten zusehends irritiert war. »Natürlich kann ich Ihren Schmerz nicht nachempfinden. Ich würde aber gerne verstehen, weshalb Sie und Ihre Frau glauben, Meral sei schuld am Tod Ihrer Tochter.«
Mit zitternden Fingern umfasste Herr Kara sein Glas und trank es in einem Zug aus. Als ob der Saft ihm das Sprechen ermöglichte, antwortete er diesmal. Was er sagte, war kaum zu verstehen, denn er schnappte andauernd nach Luft. »Sie hat mit Arzu gestritten.«
»Was ist daran schlimm? Das kann vorkommen.«
»Meine Frau hat Privatunterricht bei Sez gebucht und sie instruiert.«
Demirbilek schenkte Herrn Kara vom Saft nach und reichte ihm das Glas. »Instruiert?«
»Arzu war ein besonderes Kind. Sie konnte Kritik nicht verkraften. Meine Frau hat die Tanzlehrerin instruiert, ihr recht zu geben, auch wenn sie nicht recht haben sollte.«
Demirbilek lachte leise bei der Vorstellung auf, was aus Özlem oder Aydin geworden wäre, wenn er ihnen alles hätte durchgehen lassen oder ihnen bei jedem Unsinn recht gegeben hätte. Währenddessen erhob sich der Mann und trat in den Flur, um sich, den Geräuschen nach zu urteilen, eine Jacke überzuziehen.
»Das Taxi ist da. Ich muss zur Dialyse«, rief er, dann hörte Demirbilek die Wohnungstür ins Schloss fallen und wie von außen mit zwei Umdrehungen abgesperrt wurde.
Der Kommissar blieb regungslos sitzen. Offenbar hatte Elif recht, was die Einschätzung von Arzus Eltern betraf. Zumindest die des Vaters. Er bereitete sich innerlich auf die Begegnung mit der Mutter vor, nahm den winzigen Schluck Orangensaft zu sich und blickte auf ein kupferfarbenes Relief an der gegenüberliegenden Wand.

Im Nachhinein erinnerte er sich nicht mehr, wie lange er auf das Panoramabild von Istanbul gestarrt hatte. Es mussten etliche Minuten vergangen sein, bis er sich von der Sogkraft der Moscheen und des Goldenen Horns wieder lösen konnte. Die Stimmen seiner Eltern, Selmas Stimme, vertraute Geräusche und Düfte übermannten seine Sinne.
Irgendwann stand er auf und öffnete das Fenster. Er entdeckte Elif, die nach wie vor auf dem Treppenabsatz auf ihre Mutter wartete. Er rief ihren Namen. Erst verhalten, dann laut.
Später schloss der Hausmeister der Wohnanlage die Tür auf. Demirbilek bedankte sich wortlos und verließ die Wohnung der Karas, ohne seinem Drang nachgegeben zu haben, sich genauer umzusehen.

# 36

Nach ein paar Telefonaten überraschte Vierkant ihre türkischstämmige Kollegin mit der Neuigkeit, dass Okan Gök am gestrigen Morgen aus Berlin angereist war und einen reservierten Audi bei einer Autovermietung am Flughafen abgeholt hatte. Verwunderlich war, dass er den geplanten Rückflug am Abend verstreichen ließ.

Cengiz griff daraufhin zum Hörer und telefonierte mit dem Modegeschäft in der Maximilianstraße. Die Modeberaterin gab sich freundlich und zuvorkommend, da sich die Ermittlerin mit falschem Namen als Okans Bekannte vorstellte und vorgab, todtraurig zu sein, ihn nicht anzutreffen. Ohne Verdacht zu schöpfen, bestätigte die Modeberaterin, dass Gök am gestrigen frühen Abend das Geschäft verlassen hatte, um seinen Rückflug nach Berlin nicht zu verpassen. Sie bot der Anruferin an, vorbeizusehen. Als eine Freundin des Chefs könne sie ihr Rabatt einräumen. Cengiz fragte nach Umstandsmode und kündigte an, im Laufe des Tages zu kommen.

Indessen kehrte Leipold von seinem zweiten Verhör mit Franziska Saum in das Migra-Büro zurück.

»Ihr glaubt nicht, was ich herausgefunden habe«, schnaubte er.

»Wir haben auch Neuigkeiten«, kündigte Cengiz an.

»Was?«, fragte Leipold und hörte zu, was seine beiden Kolleginnen über Gök zu berichten hatten.

»Das macht alles keinen Sinn«, resümierte er gerade, als Demirbilek in das Büro trat.

»Was macht keinen Sinn, Pius?« Demirbilek lehnte sich an eine Tischkante und erwartete mit verschränkten Armen den Bericht.
»Unsere Orienttante und die echte Bauchtänzerin, also die der liebe Herrgott als Frau auf die Welt geschickt hat, hatten eine Beziehung«, gab er bekannt. »Die zwei waren ein Paar, bevor Meral Sez München verließ. Freilich nie öffentlich. Macht sich in der Bauchtanzbranche wohl nicht gut, wenn Frauen mit Frauen anbandeln. Aber das Beste kommt noch. Aufgepasst! Das verunglückte Mädchen war in Sez verschossen. Arzu hatte ihre Mutter überredet, bei Sez Privatunterricht zu buchen. Arzu war lesbisch. Mit siebzehn, stell dir das mal vor.«
»Warum nicht mit siebzehn?«, meldete sich Cengiz erbost zu Wort.
Leipold zuckte mit den Achseln.
»Deshalb der Streit vor dem Unfall?«, forderte Demirbilek auf, weiterzumachen.
»Ja, das haben die Damen Sez und Saum aber beim Prozess verschwiegen. Sez' Karriere und berufliche Existenz als Tanzlehrerin standen auf dem Spiel. Was Saum behauptet hat, nämlich den Männern den Kopf verdrehen zu wollen, war eine glatte Lüge. Arzu hat die beiden an dem bewussten Unglückstag beim Küssen oder noch Ärgerem erwischt, Details hat sie mir erspart. Sez hat dem jungen Ding wohl klipp und klar gesagt, dass sie nichts mit ihr anfangen werde. Das war der wahre Grund, weshalb Arzu Hals über Kopf auf die Straße gelaufen ist.«
»Nicht schlecht, Pius. Erzähl, wie hast du das aus ihr herausgebracht?«, lobte Demirbilek ihn übertrieben freundlich.
»Du glaubst wohl, du bist der Einzige, der Verhöre führen kann. Ich war immerhin zwei Tage lang Interimschef, weil ich mehr

Dienstzeit auf dem Buckel habe als du«, erwiderte Leipold pikiert.
Demirbilek ignorierte Leipolds Verärgerung. »Also, wie hast du das so vorbildlich ermittelt?«
»Knallharte Konfrontation mit vorgetäuschten Fakten. Ich habe behauptet, wir hätten läuten gehört, dass sie, also Saum, was mit dem jungen Hupfer hatte. Da ist sie zusammengebrochen, hat wie heute Mittag geheult und sich die schwere Seele leicht gebeichtet.«
Nun reichten auch Cengiz und Vierkant ihre Informationen über Gök an den Dezernatsleiter weiter.
»Er war gestern in München? Zur Tatzeit?«, vergewisserte sich Leipold sicherheitshalber.
»In München, ja. Ob er allerdings in dem alten Theater war, wissen wir nicht«, fasste Vierkant genauer zusammen.
»Wenn Meral auf Frauen stand, warum hatte sie dann Gök zum Freund?«, nahm Demirbilek den Faden wieder auf.
»Bi?«, fragte Cengiz.
»Vielleicht. Wissen wir, wo Gök steckt?«, erwiderte Demirbilek.
»Nein«, sagte Vierkant, »den Mietwagen hat er nicht zurückgegeben. Wir bekommen Bescheid, wenn er das tut. Die Firmenzentrale ist informiert. Richterlicher Beschluss wird nachgereicht.«
»Mach mal Druck wegen der Fahndung, Isabel, und gib den Berlinern Bescheid, dass wir ihn schnellstmöglich verhören wollen.«
In dem Moment klopfte es an der Tür. Ein uniformierter Beamter betrat den Raum. Er war nicht allein.
»Der da wollte unbedingt mitkommen, um seine Aussage zu machen«, sagte der Polizist zu Demirbilek. »Ich habe die Bauchtanzfummel beschlagnahmt, hat ein wenig gedauert.«

Der Polizist wollte Demirbilek die Tasche überreichen, doch der deutete zu Cengiz.
»Sie hätten sich wenigstens duschen und umziehen können«, sagte Demirbilek mit Blick auf Farhaad, der in der Tür wartete. Der Tourmanager nahm einen Schluck aus seiner Trinkflasche. Er trug einen viel zu weiten Trainingsanzug, der seinen dicken Bauch verschwinden ließ.
Vierkant warf einen neidischen Blick auf seine Barfußschuhe.

# 37

Auf dem Holztisch vor Farhaad befanden sich Getränkeflaschen und Gläser, daneben eine Schale mit Obst und Keksen. Da Demirbilek den Körperschweiß des Zeugen nicht ertrug, stand er am geöffneten Fenster des Vernehmungszimmers, das er nach langwieriger Diskussion seinen Vorstellungen entsprechend eingerichtet hatte.

Dazu hatte es nicht weniger als fünf Besprechungen unter Einbeziehung von Kriminalpsychologen bedurft, eines immensen Kraftaktes in Form von Anträgen und Gesprächen mit Kommissariatsleiter Weniger unter vier Augen, bis der sein eigenwilliges Vorhaben genehmigt hatte. Der ehemals spartanische, kalt und abweisend wirkende Raum, in dem vier Stühle um einen wackligen Metalltisch plaziert waren, hatte sich mit ein paar günstig erworbenen Möbeln und Accessoires zu einer gemütlichen Verhörsuite verwandelt, die mehr Ähnlichkeit mit einem Wohnzimmer als mit einem Verhörraum des Münchner Polizeipräsidiums hatte.

Demirbilek begründete seine Maßnahme mit der einschlägigen Erfahrung, die er im Laufe seiner Polizeijahre gemacht hatte. Nicht ohne Grund vernahm er am effektivsten Tatverdächtige oder Zeugen in ihren eigenen vier Wänden.

Resultate erzielte er dort entweder einfacher oder schneller. Je wärmer und vertrauenerweckender die Umgebung wirkte, desto offener und direkter verhielten sich die Verhörten. Das Lügen, hatte der Kommissar festgestellt, fiel schwerer, wenn man nicht das Gefühl hatte, im Vorraum zur Gefängniszelle zu sitzen. Dass dem keineswegs immer so war, wusste er, hatte jedoch bei seinem Antrag auf Umgestaltung die Tatsache nicht allzu sehr betont.

Den Abgeklärten wie Farhaad, der sich gerade von seinem gepolsterten Stuhl erhob und nach einem Apfel griff, war aller Wahrscheinlichkeit nach die Umgebung vollkommen einerlei. Demirbilek sog etwas kräftiger von der frischen Luft ein und ordnete im Kopf die von Vierkant zusammengetragenen Informationen über den Tourmanager. Er führte ein hochinteressantes Leben.

»Sie kommen viel herum«, begann er das Verhör.

»O ja. Die Show, die ich gerade mache, ist ja ein Witz. Mache ich nur für Okan, weil wir befreundet sind. Sieben Städte in zehn Tagen. Ich habe ganz andere Produktionen gestemmt.«

»Und was für welche?«

»Welttourneen von Bands. Rock, Jazz. Die Richtung. Mit anständigem Licht und ordentlicher Show auf der Bühne. Das ist meine Spezialität. Da kommt man herum. Ich liebe es!«

»Da bleibt wenig Zeit zum Laufen«, stellte Demirbilek lächelnd fest. Er kippte das Fenster und setzte sich auf das Sofa neben der Kaffee- und Teetheke.

»Das stimmt. Ich jogge erst seit ein paar Monaten«, gestand Farhaad und klopfte sich auf den Bauch. »Mein Arzt in Paris hat mir Sport verordnet.«

»Die Laufschuhe hat er empfohlen?«

»Ja. Ich habe ja keine Ahnung davon. Er meinte, sie seien gut wegen des Laufgefühls und ich würde meinen Körper besser spüren.« Er lachte und klopfte sich noch mal auf den dicken Bauch.

»Dann ist das wohl Ihr Schuhabdruck, den wir in Merals Garderobe sichergestellt haben.«

»Deshalb lassen Sie gerade meine Laufschuhe untersuchen? Die Mühe können Sie sich sparen. Das sind meine Abdrücke. Hat ja sonst niemand solche albernen Dinger«, bekannte er leichten Herzens.
»Dann erzählen Sie mal, wie Sie an den Tatort gekommen sind.«
»Als ich dort war, war es noch kein Tatort, Herr Kommissar. Es war nämlich so, dass Meral vor dem Auftritt duschen wollte. Als Tourmanager bin ich Mädchen für alles, glauben wenigstens meine Püppchen. Aus dem Duschkopf kam nur ein Rinnsal. Der sogenannte Facility Manager war nicht greifbar, da habe ich mir das angesehen.«
»Mit Joggingschuhen?«
»Seit ich sie habe, trage ich sie auch bei der Arbeit. Sie sind wirklich bequem.«
Demirbilek versuchte, sich zu erinnern, ob er die Schuhe an dem Abend getragen hatte. Er konnte sich nicht entsinnen.
»Wie spät war es da?«
Farhaad dachte nach. »Meine Püppchen sind alle brav um halb sieben eingetroffen. Sie haben ja gelost wegen der kleinen Garderobe. Das wissen Sie ja bereits. Meral hat sich irrsinnig gefreut, ich weiß nicht genau, warum. Wir sind ja schon paar Tage zusammen unterwegs. So ein Hühnerhaufen ist anstrengend. Meral ist gleich hinüber und hat sich eingerichtet. Ich denke, es war etwa eine halbe Stunde später, als sie wegen der Dusche zu mir kam.«
»Sie haben für die Reparatur die Kabine betreten?«
»Nein, nein. Ich stand davor, habe mir den Duschkopf geschnappt. Er war verkalkt. Bin ja kein Hausmeister, der Werkzeug mit sich herumschleppt.«
»Wie haben Sie die Düsen frei bekommen?«
»Meral hat nach ihrem Schweizer Messer gesucht, es aber nicht gefunden. Sie wollte es später in der Teeküche suchen. Da hatte

sie mit dem Messer ihre Flasche Wein geöffnet. Mit einer Fingernagelfeile ging es dann. Provisorisch zumindest.«
Demirbilek verzog keine Miene bei dieser höchst relevanten Aussage. Die Tatwaffe gehörte Meral Sez, dass wussten sie bereits. Neu aber war, dass sie das Messer verloren oder verlegt hatte. Weder an Presse noch sonst jemanden war die Information über die Tatwaffe weitergegeben worden. Farhaad entlastete also – bewusst oder unbewusst – mit seiner Aussage Meral Sez als mutmaßliche Mörderin.
»Ist Meral gleich in die Dusche?«
»Aber nein. Bauchtänzerinnen sind eigen, haben es nicht gerne, wenn man beim Duschen zusieht.« Er grinste anzüglich.
»Und als Sie gegangen sind, hat sie dann geduscht?«
Farhaad überlegte. »Denke schon, ich habe sie ja in der Duschkabine identifiziert, das wissen Sie doch. Aber da ist etwas, was ich in der Aufregung bei der Vernehmung gestern vergessen habe zu erzählen.«
»Ja?«
»Als ich gehen wollte, habe ich die Putzfrau fast über den Haufen gelaufen. Sie wollte in Merals Garderobe.«
»Die Putzfrau?«, hakte Demirbilek überrascht nach.
»Ja, ich habe mich auch gewundert.«
»Was wollte sie? Die Garderobe sauber machen, so kurz vor Beginn der Veranstaltung?«
Farhaad zuckte mit den Achseln. »Keine Ahnung. Ich habe sie weggescheucht.« Dann erst schien er zu verstehen, auf was der Kommissar hinauswollte. »Tut mir leid, das hätte ich gestern schon sagen sollen. Glauben Sie, ich bin Merals Mörderin begegnet?«
Kommissar Demirbilek erklärte die Vernehmung für unterbrochen.

# 38

Der Kommissar vertrat sich im Hof die Beine und wies Cengiz telefonisch an, einen Phantomzeichner zu organisieren und die angebliche Putzfrau, sollte sie wirklich existieren, zu suchen. Ihm war danach, den Worten des Zeugen zu glauben. Trotzdem war er auf der Hut, als er in den Verhörraum zurückkehrte. Farhaad hatte sich nicht vom Stuhl bewegt.

»Sie haben die Tour abgebrochen, nicht wahr?«, fragte er.

»Okan hat das entschieden. Er zahlt die Show. Wie ich ihn kenne, hat er eine gute Versicherung abgeschlossen. War ja nur noch Wien auf dem Programm.«

»Wir wollen Herrn Gök sprechen. Wissen Sie, wo er ist?«

»Ich erreiche ihn selbst nicht. Normalerweise ist sein Handy immer an. Sehr komisch«, gab Farhaad seine Sorge offen zu.

Demirbilek setzte sich ihm gegenüber. »Wir haben erfahren, dass Okan und Meral ein Paar waren. Können Sie das bestätigen?«

»Schwierig. Bei Okan weiß man nie genau, mit wem er etwas hat. Ein türkischer Macho, wie er im Buche steht. Er liebt sie alle, die Frauen. Nach dem Casting für die Show hat er sich für Meral interessiert, das stimmt. Jede andere wäre vor Freude in die Luft gesprungen, aber Meral …«

»Wollte nicht?«

»Gewissermaßen. Rückschläge bei Frauen kennt Okan nicht. Er ist ein gutaussehender Geschäftsmann. Vielleicht machte es ihn an, dass sie lesbisch war. So eine zu erobern macht sicher Spaß, wenn man so schwanzgesteuert ist wie Okan.«

»Sie wissen ja gut Bescheid.«
»Ist mein Job. Bin ja nicht nur für den Ablauf der Show zuständig. Alle meine Püppchen sind mir wichtig und kostbar.«
»Okan ist also ein richtiger Mann. Typ Chef, der sagt, wo es langgeht.«
»Am liebsten sagt er Frauen, wo es langgeht.«
»Deshalb die Tour mit Bauchtänzerinnen?«
»Das würde ich daraus nicht schlussfolgern, Herr Kommissar. Er umgibt sich gerne mit hübschen Frauen, das schon. Sein Modegeschäft spielt da eine Rolle. Über die Show macht er Werbung für das Label Turkmoda. Das funktioniert. Clevere Idee, finden Sie nicht?«
Demirbilek ignorierte die Frage. »Wie hat sich Meral überzeugen lassen?«
»Weiß ich nicht, Okan ist mein Chef, kein Busenfreund. Meral war ja solo, soviel ich weiß.«
»Gut. Lassen Sie uns über Deniz sprechen. Sie passte ja auch in sein Beuteschema, oder?«
Farhaad lachte auf. »Deniz? Äußerlich auf alle Fälle. Sie wissen ja wohl, dass sie keine Frau war.«
»Auch das wussten Sie?«
»Natürlich. Ich kannte sie seit Jahren, früher als Mann hat sie in einer Band gesungen. Schöne Stimme. Aber nichts Besonderes. Als Bauchtänzerin war sie bedeutend besser.«
»Wusste denn Okan davon?«
»Okan? Nein, glaube ich nicht. Deniz ist nicht damit hausieren gegangen. Sie sind ja Türke, Sie wissen, dass ihr Name weiblich und männlich sein kann.«
»Ja, das weiß ich.«
»Und Sie wissen auch, wie Schwule und Lesben in islamischen Ländern behandelt werden? Wollen Sie ein paar Geschichten hören?«

»Auch darüber weiß ich Bescheid.«
»Gut, dann wissen Sie ja, dass die meisten aus Todesangst gewisse Vorsicht walten lassen.« Farhaad schluckte, als würde er an eine Begebenheit denken.
»Was geht Ihnen durch den Kopf?«
»Ich habe mir Gedanken gemacht, Herr Kommissar. Das muss ein Psychopath gewesen sein. Ein durchgeknallter Fan, der es auf Tänzerinnen abgesehen hat.«
»Warten Sie«, sagte Demirbilek abrupt. Er musste an den Freigänger aus Stadelheim denken und griff zum Telefon, um mit Herkamer zu sprechen.
Leipolds Mitarbeiter wunderte sich über den Anruf. Er hatte ihm eine Mail geschickt, wonach der Freigänger laut mehrerer Zeugen zur Tatzeit im Zuschauerraum saß.
Der Kommissar legte auf und wandte sich wieder an Farhaad. »Eine interessante Theorie. Wir ermitteln in eine andere Richtung. Was halten Sie von Drogen als Mordmotiv?«
»Welchen der Morde meinen Sie jetzt, Herr Kommissar? Geht es um Deniz oder Meral? Oder beide?«
Selbst auf die Falle fiel der Verhörte nicht herein, stellte Demirbilek mit Respekt fest. »Sagen Sie es mir.«
Farhaad warf ihm einen pikierten Blick zu. »Wir sprechen von harten Drogen? Heroin oder Kokain?«
»Ja.« Er wog ab, ob er ihn in die Fakten aus dem Obduktionsbericht einweihen sollte, entschied sich aber dagegen. »Wir haben Hinweise, dass eine der Tänzerinnen Drogen geschmuggelt hat.«
»Eine meiner Püppchen? Wie kommen Sie auf die absurde Idee? Von denen hat keine mit Drogen zu tun. Egal, ob Sie die Toten oder Lebendigen meinen. Ich allerdings schon, falls Sie darauf hinauswollen.«
Nach Vierkants Informationen war Farhaad in London wegen

Kokainhandel verhaftet worden. Demirbilek lenkte seine Aufmerksamkeit auf die Unterlagen, um sein Erstaunen über die Art, wie der Verhörte die Fäden in der Hand behielt, zu verbergen. Seine Drogenvergangenheit offensiv ins Spiel zu bringen, zeugte von Cleverness und taktischem Gespür. Auf den Punkt gebracht, sagte sich Demirbilek, hatte er es mit einem Meister der Lüge zu tun.

»Welche Beziehung hatten Meral und Deniz zueinander?«, wechselte er scheinbar das Thema. »Ist auf der Tour etwas geschehen?«

In diesem Moment klopfte es an der Tür. Cengiz steckte den Kopf herein und wartete, bis ihr Chef zu ihr kam. »Die Putzkolonne war für den nächsten Tag bestellt. Der Vermieter weiß nichts von einer Putzfrau, die abends sauber gemacht haben soll«, flüsterte sie. »Bei den Kostümen …«

»Später, Jale«, unterbrach Demirbilek sie und schloss die Tür wieder. »Waren Meral und Deniz verfeindet?«, wollte er von Farhaad wissen.

»Meral und Deniz? Nicht dass ich wüsste. Haben Sie die anderen danach gefragt? Die müssten das eher wissen.«

Natürlich hatte Cengiz bei ihren Vernehmungen die Routinefrage nicht vergessen. Die Beziehung der zwei Türkinnen wurde von allen als normal und freundschaftlich charakterisiert. »Also ist nichts vorgefallen? Denken Sie nach.«

Farhaad schien angestrengt sein Erinnerungsvermögen zu konsultieren. »Doch, da war was«, sagte er schließlich. »Am Nachmittag der Show in Istanbul kam Deniz mit einem neuen Kostüm zu Meral, um es ihr zu zeigen. Ziemlich turbulente Angelegenheit. Meral war stinksauer, weil das Kostüm für sie bestimmt war und nicht für Deniz. Ist ihr wohl aus Versehen ausgehändigt worden.«

»Sie sprechen von dem roten, das funkelt?«

Farhaad nickte.
Demirbilek fragte sich, ob er wusste, dass das Beweisstück entwendet worden war, als ihm ein Gedanke kam, den er eigentlich als zu spekulativ beiseiteschieben wollte.
»Wissen Sie, wo das Kostüm ist?«
Der Tourmanager reagierte wie erwartet. Er zog vorbildlich die Augenbrauen hoch. Bevor er antwortete, stoppte der Kommissar ihn mit einem Handzeichen. Die Lüge, die Farhaad ihm auftischen würde, wollte er sich ersparen. Im selben Atemzug wunderte er sich über seine Redseligkeit. Den Vorfall in Istanbul hätte er nicht zu erwähnen brauchen. Entweder war er wirklich interessiert, der Polizei zu helfen, oder er verfolgte mit seiner Kooperationsbereitschaft ein anderes Ziel. Nur welches, war ihm nicht klar. Wie Wahrheit von Lüge unterscheiden bei dem Mann?
»Kam es wegen des Kostüms in Istanbul zum Streit?«
»Ja, Meral war richtig wütend und hat Deniz den Hüftschleier vom Leib gerissen. Wie gesagt, so viele Frauen auf einem Haufen, da kann es schon zu Streitereien kommen.«
»Noch etwas, womit Sie uns helfen können?«
»Nein, leider nicht. Sonst verlief alles ganz normal. Meine Püppchen sind Profis. Sie tanzen für ihren Lebensunterhalt. Die Tour hat ihnen gutes Geld eingebracht.«
»Verstehe. Die Mauschelei mit dem Publikumspreis? Wessen Idee war das?«
»Meine«, gab Farhaad erschrocken zu. »Woher wissen Sie das?«
»Von den Tänzerinnen.«
Farhaad schüttelte amüsiert den Kopf. »Vor meinen Püppchen kann man auch nichts geheim halten. Ja, das war meine Idee. Okan war es egal. Ich aber wollte nicht, dass eine leer ausgeht. Sie sind alle gut. Und das Publikum, das entscheidet, darauf

gebe ich nicht viel. Die meisten haben keine Ahnung. Deniz und die Aserbaidschanerin hätten die Preise abgeräumt.«
Demirbilek merkte an Farhaads Worten, wie viel ihm an seinen Püppchen lag. Er schien ein großes Herz für sie zu haben.
»Was ich noch wissen wollte. Sind Sie schwul?«, fragte er, um seine Vermutung für das Protokoll bestätigen zu lassen.
»Und wie!«, rief der Zeuge aus tiefster Überzeugung.

# 39

Den meisten Platz auf der Abbildung der Putzfrau, die der Phantomzeichner mit Hilfe von Farhaads Angaben am Computer erstellte, beanspruchten die beiden Kopftücher. Die Tücher waren in unterschiedlichen Grüntönen gehalten. Gesicht und Augen der Frau hatte der Zeuge an der Garderobentür nicht genau sehen können, um dienliche Angaben zu machen. Entscheidend war der Hinweis, dass er die Frau auf fünfzig Jahre schätzte und sie bei dem kurzen Wortwechsel akzentfreies Deutsch gesprochen hatte.

Nachdem Demirbilek Farhaad entlassen hatte, machte er sich auf den Weg zurück ins Migra-Büro. Auf dem Gang stöckelte ihm seine Chefin entgegen. Gut gelaunt grüßte sie freundlich und blieb stehen.

»Schön, dass ich Sie treffe, Kommissar Demirbilek. Ich war gerade auf dem Weg zu Ihnen.«

»Frau Kommissariatsleiterin, selbstverständlich ist die Freude ganz auf meiner Seite«, meinte er übertrieben charmant. »Haben Sie meinen Antrag erhalten?«

»Deshalb so freundlich«, lächelte sie. »Sie brauchen meine Unterschrift für die freien Tage.«

»Überstundenabbau. Sie haben meinen Antrag nicht unterschrieben?«

Sonja Feldmeier schien überrascht. »Wir sind mitten in einer Mordermittlung, wie stellen Sie sich das vor?«

»Verstehe. Vergessen Sie den Antrag.«

»Eine gute Entscheidung. Ich wollte Sie in einer anderen Angelegenheit sprechen. Es gibt Überlegungen, das Sonderdezernat Migra zusammenzulegen mit …«

»Ich weiß.«

»Wie bitte?«, stutzte sie.

»Jetzt nicht, Frau Feldmeier, wie Sie schon sagten, ich bin inmitten einer Mordermittlung«, gab der Kommissar zurück und ließ seine Chefin stehen. Er war nicht erpicht darauf, sich aus seinen Gedankengängen bringen zu lassen. Noch weniger Lust hatte er auf eine Debatte über Personalpolitik. Auf den Titel Sonderdezernatsleiter konnte er auch gerne verzichten.

Vierkant hantierte an der Protokolltafel herum, die sie mit Vorher-nachher-Fotos der Opfer bestückt hatte. Das Phantombild der Putzfrau hing neben dem Porträt des einzigen Verdächtigen Okan Gök, der nach wie vor zur Fahndung ausgeschrieben war.

»Bist du allein?«, fragte Demirbilek, lehnte sich an die Tischkante und wischte sich mit den Handflächen über das Gesicht.

»Müde?«

»Nein. Frustriert wegen dem Algerier. Zu nett, zu gesprächsbereit. Entweder hat er mir Lügenmärchen untergejubelt oder sagt tatsächlich die Wahrheit. Ich sehe mir das Vernehmungsvideo später an.«

»Hat er beim Verhör geweint?«

»Warum sollte er?«

»Heute Vormittag war ich am Apparat, als er anrief, um seinen Termin zu verschieben. Da hat er geweint.«

»Geweint?«

»Ja, am Telefon. Ich glaube nicht, dass er mir etwas vorgegaukelt hat. Er scheint wirklich freundlich und einfühlsam zu sein. Ich habe selbst miterlebt, wie er sich um die Tänzerinnen gesorgt hat. Gerade dicke Menschen sind oft sensibel.«

»Sensibel?«, wiederholte Demirbilek und war versucht, Vier-

kant Naivität vorzuwerfen. »Du glaubst, er hat die Wahrheit gesagt?«
»Das weiß ich nicht. Ich würde es nur schön finden, wenn er so wäre, wie er tut«, meinte Vierkant mit einem Schimmer Hoffnung in der Stimme. »Vielleicht einen *kahve* aus der Kantine?«
Demirbilek lächelte dankbar. »Nein, Isabel, jetzt nicht. Hat Ferner etwas für uns?«
»Leider nicht. Ich habe nachgefragt. Besser, wir warten, bis sie sich meldet.«
»Gut«, gab sich Demirbilek schnell einverstanden. Er merkte, wie seine Gedanken vom Fall abglitten und seine Motivation nachzulassen drohte.
»Pius und Jale sind unterwegs«, nahm Vierkant das Gespräch wieder auf.
»Gut.«
»Wollen Sie nicht ein Nickerchen machen? Auf dem Sofa im Verhörraum?«
Wieder lächelte Demirbilek. Isabels fürsorgliche Art hatte nie etwas Aufgesetztes oder Erdrückendes. In ihr steckte nicht nur eine gute Polizistin, sie wäre auch eine gute Mutter.
»Weck mich in einer halben Stunde«, sagte er und verließ das Büro.
Auf dem Gang vergewisserte er sich, dass Feldmeier nicht zu sehen war, und huschte in die Verhörsuite. Kaum hatte er Sakko und Schuhe ausgezogen und die Augen geschlossen, fand er sich auf dem Sofa in Istanbuls historischem Stadtteil Sultanahmet wieder.
Die unterirdische byzantinische Kirche Yerebatan Sarnıcı war berühmt für die beiden verkehrt herum aufgefundenen Medusenköpfe. In seinem Traum erwachten sie zum Leben und nahmen die Gestalt von Selma und Derya an. Körperlos flogen sie durch das Tausende Jahre alte Höhlensystem und bekämpften

sich mit wehenden Haaren. Er betrat, als osmanischer Feldherr gekleidet, im Stechschritt die Kirche, verfolgte die fauchenden Frauenköpfe und ermahnte sie mit erhobener Stimme zum friedlichen Miteinander. Doch statt sich zu vertragen, machten sie gemeinsam Jagd auf ihn. Zeki rannte mit wehendem Feldherrenmantel um sein Leben, kauerte schutzsuchend in der hintersten Ecke einer Höhle und wäre durch die Wucht der auf ihn zurasenden Steinköpfe zermalmt worden, hätte ihn nicht jemand aus dem Schlaf aufgeschreckt.

Vierkant schüttelte ihn leicht. »Frau Merve Kara ist gerade gekommen.«

»Wer ist das?«, fragte er erschrocken und richtete sich auf.

Vierkant reichte ihm eine Tasse *kahve,* den sie vom Küchenchef aus der Kantine geholt hatte. Dankbar nahm er die Mokkatasse entgegen, trank einen Schluck und wartete auf die Beantwortung seiner Frage.

»Merve Kara ist die Mutter des verunglückten Mädchens. Sie ist da und möchte Sie sprechen.«

# 40

Farhaad täuschte sich nicht, als er beim Betreten seines Hotelzimmers einen Geruch wahrnahm, von dem er glaubte, ihn aus seinem persönlichen Umfeld verbannt zu haben: Lavendel. Und im Flurspiegel entdeckte er auch den Übeltäter. Okan Gök war im hoteleigenen Bademantel auf der Couch über einem Wirtschaftsmagazin eingeschlafen.

Farhaad kam das Shampoo in den Sinn, das er in der Schublade des Badezimmerschranks verstaut hatte, weil er das industriegefertigte Zeug, das das Hotel zur Verfügung stellte, verschmähte. Er hatte sich vor Jahren für Mangoduft entschieden. Das erfasste auf harmonische Weise seinen Charakter und seine Seele, fand er.

Einen lasziven Moment lang nahm er sich für Okans schönes Gesicht Zeit, dann betrat er leise das Badezimmer. Beim Duschen grinste er zum wiederholten Male über die Fügung, die es ihm ermöglicht hatte, Merals Kostüm an sich zu nehmen. Nach der Entdeckung von Deniz' Leiche waren die Beamten wie ein Haufen Hühner in Aufregung geraten. Es war unverschämt einfach gewesen, den Beutel mit dem Kostüm einzustecken.

Hochzufrieden über seine Heldentat, fieberte er nach der Belohnung, die Okan ihm versprochen hatte. Er brauchte die Geldspritze dringend. Dann fragte er sich, wie Okan sich überhaupt Zutritt zu seinem Zimmer verschafft hatte. Irgendeine Lügengeschichte wird ihm sicher eingefallen sein, dachte er beim Ab-

trocknen und kehrte in das Zimmer zurück. Das Magazin war zu Boden gerutscht, Okan schien noch zu schlafen.
»Macht dich das geil?«, fragte der Geschäftsmann plötzlich, ohne die Augen zu öffnen.
»Ich war gestern nach dem ganzen Wahnsinn unterwegs. Die Versorgung im Glockenbachviertel ist selbst für gut gebaute Kerle wie mich paradiesisch«, erwiderte er selbstironisch. »Außerdem, du und Männer! Das kann ich mir selbst in meinen schmutzigsten Phantasien nicht vorstellen.«
Was er mit der leichtfertigen Bemerkung bei Okan auslöste, konnte Farhaad nicht ahnen. Verängstigt bemerkte er, wie sich Okans Gesicht verfinsterte und er einen scharfen Ton in seine Stimme legte. »Wo ist das Kostüm?«
Farhaad deutete schnell auf die Couch. Dann zog er nervös den Gürtel des Bademantels enger.
Okan stand auf und entfernte das Polster. Er warf einen Blick auf den amtlichen Beweismittelbeutel der Spurensicherung mit Merals Kostüm darin und verstaute ihn in seinem ledernen Aktenkoffer. Dann schien er seine Fassung wiedergewonnen zu haben. Farhaad beobachtete, wie sich sein Gesicht erhellte. »Gut gemacht.«
Der Algerier war erleichtert über das Lob und wollte das Geld ansprechen, da zeigte ihm Okan das Kuvert in der Bademanteltasche und fragte unvermittelt: »Hast du Meral getötet?«
»Nein«, krächzte der Tourmanager verwundert. »Wie kommst du darauf? Du weißt, wie sehr ich sie alle mag.«
»Dreh dich weg, Schwuchtel!«, schrie Okan plötzlich schroff.
Der Machotürke hatte, was er brauchte, dachte Farhaad verschreckt. Er drehte sich wie befohlen um und schloss die Augen. Wie hatte er sich nur derart von ihm ausnutzen lassen können?, schimpfte er sich und hörte dabei, wie Okan in seinem Rücken die Kleider anlegte.

Urplötzlich bauten sich die Bilder von Merals Identifizierung in seinem Kopf auf. Er biss sich auf die Lippen, um die schrecklichen Erinnerungsfetzen zu vertreiben. Doch sie wollten nicht weichen. Vor seinem geistigen Auge verwandelte sich Merals blutüberströmter Körper in Okans. Er trat mit den Barfußschuhen sein zu schön geratenes Gesicht zu Brei. Die Gedanken behielt er für sich, stattdessen sprach er Richtung Wand. »Deniz ist auch tot. Nach ihr fragst du nicht.«
»Deniz hat mich nie interessiert.«
»Weil du sie kaum gekannt hast.« Farhaad schluckte. Deniz war sein Liebling gewesen. Er hatte oft versucht, sein Interesse zu gewinnen. »Was machst du eigentlich hier? Ist das nicht zu gefährlich? Die Polizei sucht dich doch«, fragte er, weiterhin zur Wand gerichtet.
»Kümmere dich um deinen eigenen Dreck oder um den, den ich dir anschaffe. Noch arbeitest du für mich.«
Plötzlich spürte er Okans Hand auf seiner Schulter. Er drehte sich zu ihm und blickte direkt in sein braun gebranntes Gesicht. Die goldene Halskette blitzte zwischen den Knöpfen seines geöffneten Hemdes. Sein selbstgefälliges Lächeln machte ihm Angst.
»Sie wissen von dem Heroin«, sagte Farhaad tonlos und bat gleichzeitig Allah, an den er nicht glaubte, Okan wie erhofft reagieren zu lassen. Als die Reaktion tatsächlich eintraf, fiel es ihm schwer, die Freude über die Furcht in Okans Augen zu unterdrücken.
»Was?«, stieß sein Chef hervor.
»Der Türke hat mich nach dem Heroin gefragt. Ich hätte mir sparen können, das Kostüm für dich zu klauen.«
Okans Selbstsicherheit war verflogen. »Woher weiß die Polizei davon?«
»Keine Ahnung.«

»Das kann nicht sein. Das Heroin war im Kostüm versteckt.«

»Die Polizei kann heutzutage alles Mögliche nachweisen. Sie hatten übrigens wegen der Festnahme in London mich in Verdacht.«

»Woher weißt du das alles?«

Farhaad schritt zur Minibar und schnappte sich zwei Fläschchen Whisky. Mit geübter Handbewegung drehte er beide Verschlusskappen gleichzeitig auf und ließ den Inhalt in die Kehle fließen. »Woher wohl? Sie haben mich verhört. Dein Landsmann leitet die Ermittlungen.«

»Der türkische Kommissar?«

»Ja, kennst du ihn?«

»Nein, und ich will ihn auch nicht kennenlernen.«

Farhaads Gesicht erblasste, ein Gedanke kam ihm.

»Was ist?«, fragte Okan irritiert.

»Nichts, nur der Whisky auf leeren Magen.«

»Sauf nicht so viel«, befahl Okan und zog seine Jacke an. »Ich war nicht hier, verstanden?«

»Hier nicht, schon klar. Aber warst du am Abend nicht bei der Show?«, sprach er den Gedanken nun doch aus.

»Wie kommst du denn darauf?«

»Ich dachte, weil du seit gestern in München bist und gerne mal unangemeldet …«

Okan machte einen Satz auf ihn zu und bohrte unvermittelt Zeigefinger und Mittelfinger in Farhaads Nasenlöcher. Dann zog er seinen Kopf nach unten. Der dickliche Mann rang mit weit aufgerissenem Mund nach Luft.

»Besser, du machst dir nicht so viele Gedanken über mich, Fettsack«, brüllte er in sein Ohr. Dann stieß er die Fingernägel ruckartig tiefer in die Nasenlöcher und schleuderte ihn von sich. Farhaad fiel zu Boden und massierte sich die schmerzende Nase. Er hörte, wie sich Okan die Hände im Badezimmer

wusch, dann seine Schritte auf dem Flur und die zuschnappende Hotelzimmertür.
Als er allein war, kroch er auf allen vieren zur Minibar. Mit den Restbeständen an Whiskyfläschchen setzte er sich auf die Couch und schrie sich den Schmerz mit Verwünschungen über den Scheißtürken aus dem Körper. Vergebens versuchte er, die Tränen zurückzuhalten. Er wusste, dass der Grund nicht nur die schmerzenden Nasenflügel waren. Er dachte an seinen Flug nach Paris, daran, wie sehr er sich danach sehnte, endlich wieder nach Hause zu kommen.
Da schreckte er plötzlich auf. Es klopfte mehrmals. Warum erschrickst du?, fragte er sich besorgt. Es war nicht das erste Mal, dass er gegen das Gesetz verstieß. Obwohl der Diebstahl von Beweismitteln kein Kavaliersdelikt war, machte er sich deshalb keine Sorgen. Auch Okans Wutanfälle kannte er, er hätte ihn nicht provozieren dürfen. Er schielte zum Kuvert, das aus der Tasche des Bademantels auf dem Boden lugte. Das Schwein hatte Wort gehalten, immerhin, beschwichtigte er sich. Dann stand er auf und öffnete dem Zimmerservice die Tür.
Bei der Ankunft im Hotel hatte er an der Rezeption à la carte bestellt. Der Anblick des T-Bone-Steaks versöhnte ihn mit der Welt. Das Stück Fleisch war groß, saftig und medium raw. Perfekt. Nach dem Essen trank er noch einen Whisky, kontrollierte die Uhrzeit und wollte sich eine Stunde Schlaf gönnen, bevor er für den Heimflug packte. Auf dem Weg zum Bett bückte er sich nach dem Bademantel und holte das Kuvert heraus. Es war etwas dünn, fand er beim Aufreißen und befürchtete schon, Okan habe ihm allen Ernstes einen Scheck ausgestellt. Was er darin fand, war jedoch nicht das versprochene Geld. Es war ein Foto, auf dem sein Hintern zu sehen war. Mit vollem Magen fiel ihm das Atmen noch schwerer als sonst. Er würgte und schluckte. Sein brauner Teint verblasste.

# 41

Höflich erhob sich Demirbilek vom Tisch, als Merve Kara in dunklem Kleid mit Strichmustern in die Verhörsuite trat. Über den Haaren trug sie zwei übereinandergelegte Kopftücher. Eines war grau, das andere schwarz. Das Gesicht und die tief liegenden Augen waren von Trauer und Schmerz gekennzeichnet. Sie hätte die Mutter der Medusen aus seinem Alptraum sein können, dachte er und redete sich gleichzeitig ein, sich nach der Pause besser zu fühlen, obwohl es ihm schlechter ging. Er wartete, bis sie Platz genommen hatte.

»Wollen Sie etwas trinken? Tee oder Kaffee?«

»Nein danke. Ich habe nicht viel Zeit, mein Mann wartet unten im Taxi.«

»Ich kann nicht sagen, wie lange unser Gespräch dauern wird.«

»Sie haben zehn Minuten, *Komiser Bey*. Wir fliegen nach Istanbul. Ihretwegen werde ich nicht die teuren Flugtickets verfallen lassen.«

Demirbilek gab ihr in Gedanken recht. Er hatte auch zu viel bezahlt. »Umso schöner, dass Sie sich die Mühe machen, vorbeizukommen. Sonst hätte ich einen Kollegen in Istanbul beauftragt, Sie zu vernehmen«, konterte er.

»Mein Mann hat mir gesagt, dass Sie bei uns waren, und der Hausmeister hat mich informiert«, fuhr sie einfach fort.

»Richtig. Ich habe mit Ihrem Mann gesprochen.«

»Wie haben Sie das geschafft?«

Die Verblüffung in ihrer Stimme überraschte ihn, dennoch be-

hielt er die wundersame Wirkung des Orangensaftes lieber für sich. »Weshalb erstaunt Sie das?«
»Mein Mann redet seit Arzus Tod kaum mehr. Er ist krank. Sehr krank.«
Er wartete, ob sie ihm weitere Erklärungen geben wollte, doch die türkische Mutter machte keine Anstalten dazu. »Ihr Mann behauptet, Meral Sez sei die Mörderin Ihrer Tochter. Laut Gerichtsurteil war es ein Unfall.«
»Wir waren bei der Urteilsverkündung, das wissen wir. Egal, wie der Richter entschieden hat. Der Fahrer hatte keine Schuld. Der arme Mann hatte sich an die Verkehrsvorschriften gehalten. Mein Mann hat Ihnen von unserer Abmachung damals erzählt. Meral Sez hätte unserer Tochter recht geben müssen, sie war für den Streit verantwortlich. Arzu war so aufgebracht, dass sie, ohne nach links und rechts zu sehen, auf die Straße gelaufen ist. Meral ist schuld an ihrem Tod. Allah hat unsere Gebete erhört und die Hure zu sich geholt.«
Wie sehr er es hasste, wenn Allah oder Gott herhalten mussten, um menschliche Rachegelüste zu rechtfertigen, behielt Demirbilek für sich. »Arzu war in Meral verliebt. Sie war lesbisch.«
Er hatte mit einer emotionalen Reaktion gerechnet, natürlich, deswegen die ansatzlose Provokation. Die Schallwellen des Schreis aber, die Haut und Knochen durchdrangen, hatte er nicht erwartet. Dass die Frau aufsprang und ihm über den Tisch hinweg eine Ohrfeige versetzte, hatte Demirbilek auch nicht vorhergesehen. Er erinnerte sich, im Alter von dreizehn oder vierzehn von seinem Vater die letzte derartige Bestrafung bekommen zu haben. Ob sie oder sein Vater fester zugeschlagen hatte, vermochte er nicht abzuschätzen. Jedenfalls brannte die Wange derart, dass er beinahe die zweite Hand, die auf ihn zuflog, zu spät abfing. Er umklammerte ihr Handgelenk, fühlte Schweiß und Kälte.

Voller Verzweiflung rief sie: »Arzu war normal! Wer das behauptet, was Sie gesagt haben, soll verflucht sein!«
Bevor Demirbilek weitermachen konnte, öffnete sich die Tür. Aufgeschreckt von dem Geschrei platzten zwei uniformierte Beamte in den Vernehmungsraum.
»Alles in Ordnung«, stoppte er die Kollegen. »Isabel soll mir die Zeichnung bringen.«
Merve Kara blickte ins Leere. Der Kommissar überlegte, ob sie möglicherweise an die letzte Begegnung mit ihrer Tochter dachte. An die letzte Berührung, den letzten Kuss. Das letzte Lachen.
Vierkant trat ein und legte eine Mappe auf den Tisch. »Soll ich bleiben?«
»Nein«, erwiderte Demirbilek. »Nicht nötig.«
Er hätte die Zeichnung nicht gebraucht, um sich sicher zu sein, die Person, die Farhaad als Putzfrau bezeichnet hatte, vor sich zu haben. Dennoch holte er das Phantombild heraus und verglich das Porträt mit ihr. Farhaad hatte angegeben, dass sie zwei übereinanderliegende Kopftücher getragen hatte. Die Art, Kopfbedeckungen auf diese Weise anzulegen, war nichts Besonderes. Nur kannte er sonst niemanden, der am Veranstaltungsort gewesen war – möglicherweise gar am Tatort – und augenscheinlich den Drang verspürte, Allah bei seinem vermeintlichen Wunsch, eine seiner Gläubigen zu sich zu holen, behilflich zu sein.
»Was machen Sie beruflich?«
»Warum wollen Sie das wissen?«
Demirbilek stand abrupt auf. »Tun Sie nicht, als wüssten Sie nicht, um was es hier geht. Wenn Sie mich in meiner Intelligenz beleidigen, vergesse ich die Erziehung meiner Eltern, die mich gelehrt haben, respektvoll mit Mitmenschen umzugehen. Also, was für einen Beruf üben Sie aus?«

Sie räusperte sich. »Ich bin Sachbearbeiterin im Schulreferat.«
»Sie sprechen ein überaus korrektes Deutsch. In München haben Sie das nicht gelernt.«
Arzus Mutter sah ihn verwundert an. »Bevor wir nach München gezogen sind, waren wir mehrere Jahre in Hannover. Ich habe dort einen Deutschkurs belegt.«
Das Deutsch, das sie sprach, war gestochen scharf, ohne die Spur eines Dialektes, wie bei einer Nachrichtensprecherin. Akzentfreies Deutsch, wie die angebliche Putzfrau, mit der Farhaad den kurzen Wortwechsel hatte.
»Frau Kara, wann waren Sie am Veranstaltungsort?«
»Das haben wir bereits ausgesagt.«
»Ach ja, stimmt. Eine halbe Stunde vor Vorstellungsbeginn, nicht wahr?«
»Nein, ein paar Minuten vor Beginn. Wir waren spät dran.«
Damit hättest du ein Alibi, willst du mir weismachen, sagte er sich, ohne zu erwähnen, dass die Bilder der Überwachungskamera am Eingang zu nichts zu gebrauchen waren. »Richtig, danke. Wie sind Sie zu der Bauchtanzshow gekommen? Sie scheinen oft Taxi zu fahren.«
»Mein Mann hat seinen Führerschein abgegeben. Unseren Wagen haben wir verkauft. Ich selbst habe keinen Führerschein.«
»Sind Sie mit dem Taxi gefahren?«
»Ja, das ist mit meinem Mann einfacher.«
Demirbilek dachte an seinen trippelnden Schritt, die ausgestreckte Hand, die nach Halt suchte. »Verstehe. Nach Abbruch der Show und nachdem Sie Ihre Aussage bei den Kollegen gemacht hatten, wie sind Sie heimgekommen?«
»Auch mit dem Taxi.«
»Beide Male Taxi.«
»Ja, warum nicht?«
»Gut, dass Sie ein Taxi genommen haben, Frau Kara. Das kön-

nen wir überprüfen, wissen Sie. Wären Sie mit der U-Bahn gekommen …«

Bevor sie die Worte aussprach, wusste Demirbilek, dass sie in seine Falle getappt war. Amateure logen meist nicht nur schlecht, sie waren auch schnell aufs Glatteis zu führen. »Warten Sie, mir fällt gerade ein, dass wir nach der Show mit dem Taxi nach Hause gefahren sind, das stimmt. Zur Show aber haben wir die U-Bahn genommen. Wir waren vorher in einem türkischen Restaurant am Goetheplatz essen.«

»Ach, doch U-Bahn. An welcher U-Bahn-Station sind Sie ausgestiegen?«

Kara musste nicht überlegen. »Am Stiglmaierplatz.«

»Danke, Frau Kara.«

»Kann ich jetzt gehen?«

»Nein, und Sie und Ihr Mann fliegen jetzt auch nicht nach Istanbul …«

Demirbilek brachte seinen Satz nicht zu Ende, da Merve Kara sich erneut über den Tisch beugte und versuchte, ihm mit den Fingernägeln das Gesicht zu zerkratzen.

# 42

Als Demirbilek nach dem Verhör in das Migra-Büro trat, benötigte er einen Moment, um sich zu orientieren. Er wurde vollkommen unerwartet mit Cengiz' elegantem Tanzstil konfrontiert, den sie zu einem türkischen Popsong aus den scheppernden Lautsprechern ihres Smartphones zum Besten gab. Wie jedes türkische Mädchen hatte seine angehende Schwiegertochter als Kind gelernt, Hüften, Hände und Finger kreisen zu lassen. Sei es auf Hochzeiten, Beschneidungen, Opfer- oder Zuckerfest – jede Gelegenheit wurde für einen Bauchtanz genutzt.

Mit einer ausladenden Hüftbewegung versuchte Cengiz gerade, Leipold zum Mittanzen zu bewegen. Herkamer, Stern und Vierkant klatschten begeistert zum Rhythmus, sichtlich angetan von den Tanzkünsten ihrer schwangeren Kollegin. Mit Hüfttuch über der Jeans und paillettenbesetztem Büstenhalter über der Bluse machte sie einen ungewohnt komischen Eindruck in den grauen Diensträumen. Demirbilek wartete, bis das Lied zu Ende war, dann nickte er anerkennend.

»Ich freue mich auf deine Hochzeitsfeier«, sagte er und beließ es bei dem Kommentar. »Ist das eines der Bauchtanzkostüme?«

»Ja«, erwiderte Cengiz außer Atem und zog die zwei Teile aus. »Wir haben es untersucht.«

Leipold nahm ihr das Hüfttuch aus der Hand und deutete auf die zahlreichen Perlen, die mit Häkchen an den Saum des Kostüms

genäht waren. »Sieh mal, da hängen sicher zweihundert Kügelchen dran. Alle hohl.«
Demirbilek nahm ihm das Hüfttuch ab und begutachtete es.
»An dem gestohlenen Kostüm hingen die gleichen«, fuhr Leipold fort und öffnete seine Hand. Eine einzelne halbierte Kugel kam zum Vorschein. »Unser Teststück. Das sind so viele, die Tunesierin merkt bestimmt nicht, wenn eine fehlt.«
Demirbilek sah sich die Halbkugel genauer an. »Zwei Gramm?«
»Etwa drei passen hinein. Wir haben es ausprobiert, jemand vom Drogendezernat hat mit Heroin aus der Asservatenkammer ausgeholfen«, sagte Vierkant.
»Und wie ist der Stoff in die Perlen gekommen?«, fragte Demirbilek nach.
»Durch das Loch für die Häkchen. Wir haben es mit einer Kanüle probiert. Nicht einfach. Eine Sauarbeit, lohnt sich aber, denke ich«, erklärte Leipold. »Wenn alle gefüllt waren, sind das pro Hüfttuch etwa vierzigtausend Euro Marktpreis, in München jedenfalls.«
»Gut. Vierkant, du kümmerst dich gleich morgen früh darum. Bereite eine neue Hausdurchsuchung vor.«
»Ich? Nicht Pius?« Sie blickte zu ihrem Kollegen, der keine Anstalten machte, sich einzumischen.
»Nein, du.«
Vierkants Gesicht erstrahlte, aber nur kurz. »In Ordnung. Nur etwas konkretere Anweisungen wären mir lieber.«
»Du durchsuchst nochmals die Tatorte auf Drogenspuren. Danach die Zimmer im Appartementhotel. Die Tänzerinnen fliegen morgen Abend nach Hause, oder?«
Vierkant nickte und packte ihre Tasche, um zu gehen.
»Warte, interessiert euch nicht, was Frau Kara ausgesagt hat?«
»Ist sie nicht die vom Phantombild?«, fragte Cengiz, als sei das von Anfang an klar gewesen.

»Woher willst du das gewusst haben?«, entgegnete Demirbilek vorwurfsvoll.
Spekulieren schön und gut. Aber vorgeben, aus Spekulationen resultierten immer verwertbare Fakten oder gar eine heiße Spur, das mochte er nicht.
»Hat sie nicht ein starkes Motiv? Eine türkische Mama, die ihre Tochter verloren hat, von der sie nicht glauben wollte, dass sie lesbisch ist?«, gab Cengiz als Grund an. Auch sie wusste, dass in traditionell muslimischen Familien Homosexualität mehr als verachtet wurde.
»Wir werden sehen«, lenkte Demirbilek mürrisch ein, dann klopfte er Herkamer auf die Schulter. »Du führst Frau Kara dem Haftrichter vor.«
»Gestanden hat sie aber nicht?«, hakte Cengiz nach.
»Nein, sie hat angegeben, mit dem Taxi zur Veranstaltung gekommen zu sein, dann die Aussage zurückgenommen und behauptet, sie sei in einem türkischen Restaurant gewesen, dann mit ihrem Mann U-Bahn gefahren.« Er wandte sich wieder an Vierkant. »Die Überwachungsbilder vom Eingang sind wirklich nicht zu gebrauchen?«
»Nein, nichts zu machen. Sprühlack auf der Optik, mindestens ein halbes Jahr alt«, bedauerte Vierkant.
Demirbilek dachte nach. »Jale, ich will wissen, wie und wann die Karas bei der Veranstaltung eingetroffen sind. Stern, du hilfst ihr dabei.«
Cengiz nickte dem Kollegen Stern zu. »Klar, Alibi checken.«
Vierkant wollte erneut aufbrechen, um die Vorbereitungen für die Durchsuchungen anzugehen, aber Demirbilek hielt sie zurück.
»Einen Moment noch, Isabel. Was wir hier gerade machen, nennt sich Lagebesprechung. Hör zu, damit auch du Bescheid weißt.«

Er wartete, bis sich Vierkant wieder gesetzt hatte. »Farhaad hat ausgesagt, dass Meral und Deniz wegen des verschwundenen Kostüms in Istanbul gestritten haben. Meral hat es von Turkmoda bekommen. Neue Kreation, irgendwie so etwas. Angeblich sollte sie es bei ihrem Auftritt in München tragen. Entweder will der Algerier seinen Chef Okan Gök hinhängen, oder er weiß von nichts.«

»Könnte er nicht selbst dahinterstecken?«, gab Leipold zu bedenken.

»Könnte sein. Er ist ja wegen Drogenhandel vorbestraft. Aber für mich steckt Okan dahinter. Er ist nach Farhaads Beschreibung ein Macho übelster Sorte und hält Geschäftsbeziehungen nach Istanbul. Wie er auf die Idee kommt, in Mode und Bauchtanz zu machen, ist mir allerdings schleierhaft.«

»Durch seine Cousine und …«, begann Cengiz und verstummte plötzlich. Die Augen der Teammitglieder richteten sich auf sie. Sie verzog das Gesicht und hielt sich den Bauch. »Entschuldigt«, erklärte sie selig lächelnd. »Das Kleine hat gerade um sich getreten. Wo war ich? Ach ja, ich habe mich bei Turkmoda umgehört. Okan Göks Cousine ist Modeschöpferin und arbeitet unter dem Künstlernamen Filiz Taylor. Ich habe sie selbst nicht gesehen, muss aber eine illustre Persönlichkeit sein. Sie entwirft islamische Haute Couture. Frauen als wandelnde Stoffballen, wenn ihr mich fragt. Sind aber auch schöne Sachen darunter. Klassischer Schnitt, elegant. Vom Hochzeitskleid bis zur Abendgarderobe entwirft sie ziemlich alles für die gehobene, Allah gefällige Dame. Gefertigt wird in Manufakturen in der Türkei. Nur hochwertige Stoffe. Die Kollektion ist überschaubar, auf Masse ist Taylor als Modemacherin nicht aus.«

»Wer zum Kuckuck kauft denn da ein?«, jaulte Leipold auf.

»Überwiegend arabische Kunden. Scheichs, Geschäftsleute und ihre Frauen. Touristen aus entsprechenden Ländern. Die

normale Münchnerin mit islamischem Background geht eher am Hauptbahnhof einkaufen oder besorgt sich, was sie braucht, im Ausland oder über das Internet«, erläuterte Cengiz.
»Wenn du dort warst, ohne mich um Erlaubnis zu fragen, hast du wenigstens etwas über Gök in Erfahrung gebracht?«, erkundigte sich Demirbilek etwas verärgert. Ihn interessierte Mode nicht besonders – bis auf seine Taschentücher, die er sorgsam auswählte. In seiner stattlichen Sammlung hatte jedes Tuch seine Berechtigung.
Die Kritik steckte Cengiz ohne Regung weg. »Natürlich habe ich das, Chef. Okan Gök ist alleiniger Eigentümer von Turkmoda und für das Marketing zuständig. Er steckt hinter der Idee mit der Bauchtanzshow. Wohl eine gute Imagewerbung, weil Turkmoda die aufgeschlossene Muslima ansprechen will. Verhüllte Erotik, moderne Weiblichkeit im Einklang mit religiösen Richtlinien. Kann man und frau gut in der Unterwäscheabteilung feststellen. Seht!« Sie griff zu einer Einkaufstasche mit dem Logo von Turkmoda und holte einen mit feinem Silberrand besetzten Büstenhalter und den passenden Slip hervor. »Teurer Laden, übrigens. Mehr als das war nicht drin.«
Dass ihr Prozente gewährt worden waren, verschwieg sie geflissentlich.
»Wahnsinnig schön«, gratulierte Vierkant.
Demirbilek und Leipold tauschten einen pikierten Blick aus. Dann kontrollierte der Sonderdezernatsleiter die Uhrzeit und hatte es plötzlich eilig.
»Pius, mach mal Druck bei der Fahndung nach Gök. Der muss doch irgendwo stecken. Jale, du findest heraus, wo die Karas in Istanbul wohnen. Ich muss jetzt weg.«
»Können wir Sie erreichen?«, rief Vierkant hinterher, doch Demirbilek hatte schon die Tür hinter sich geschlossen.
»Was ist denn mit unserem Pascha los?«, fragte Leipold, an

Cengiz gewandt. »Du bist die Schwiegertochter. Du musst doch was wissen. Oder redet ihr zu Hause nicht miteinander?«

»Ich glaube, es hat mit Selma zu tun«, antwortete Cengiz mit einer Mischung aus Mitleid und Sorge.

»Die Ehe ist seit einer Ewigkeit aus und vorbei. Außerdem lebt sie in Istanbul«, erwiderte Leipold verständnislos.

»Genau das treibt ihn um.«

# 43

Aydin und Özlem hatten ratlos auf die Nachricht ihres Vaters reagiert. Er hatte sie um ein Gespräch gebeten. Wobei Özlem die Einladung mehr als Vorladung zu einem Verhör empfand und beinahe nicht gekommen wäre. Ohne einen Grund zu nennen, gab er Ort und Zeit bekannt und mahnte zum pünktlichen Erscheinen. Das letzte Familientreffen war nach Aydins Ankunft in München vor ein paar Monaten gewesen. Zeki wollte mit ein paar Regeln das familiäre Zusammenleben neu gestalten. Die Absprachen, wie der Schweinebraten jeden zweiten Sonntag oder der Großeinkauf am Monatsanfang, blieben bestehen, auch wenn Jale im Familienleben der Demirbileks eine Rolle zu spielen begann.

Weshalb sie in das Café im Hofgarten bestellt worden waren, konnten sie sich denken, zumindest erahnen. Sicherlich hatte es, vermuteten die Geschwister, damit zu tun, dass Aydin Vater wurde. Somit er Großvater. Beide sahen einer neuen Lebensphase entgegen. Özlem hatte den Eindruck, der angehende Großvater reagiere kopfloser als ihr Bruder, der Jale liebte und das ungeborene Kind, auch wenn es nicht geplant gewesen war, akzeptiert hatte.

Özlem und Aydin genossen die angenehme Frühlingssonne an einem Tisch am Rande des vollbesetzten Cafés. Unter den Augen der Steinnymphe, die auf dem Brunnen thronte, warfen Boulespieler Kugeln durch die Luft. Das Klacken vermischte sich mit den Unterhaltungen an den Nachbartischen.

Mit etwas Verspätung tauchte ihr Vater auf. Sie beobachteten ihn, wie er auf das Café zueilte. Ohne Rücksicht auf die laufenden Partien der Boulespieler zu nehmen, marschierte er quer durch die Spielbahnen. Das Meckern nahm er kommentarlos zur Kenntnis und setzte sich zu seinen Kindern.

»Hallo, ihr zwei«, sagte er kurzatmig und wedelte mit der Hand, um den Kellner auf sich aufmerksam zu machen.

»Alles klar, Herr Kommissar«, witzelte Aydin.

Zeki schien den Scherz nicht bemerkt zu haben, jedenfalls schenkte er ihm keine Beachtung.

»Hast du etwas gegessen, *baba?*«, fragte Özlem mit Bedacht. Mit leerem Magen war er oft unerträglich.

»Wann und was hätte ich denn essen sollen?«, brummte er und wedelte abermals nach dem Kellner.

Özlem hatte mit der Antwort gerechnet; sie holte aus ihrer Tasche warme, frisch zubereitete *bohca.* Zeki blickte verblüfft auf die Teigtaschen. Sie waren nicht gekauft, da war er sich sicher. Woher, fragte er sich – wie beim Abendessen mit Derya –, nahm die viel beschäftigte Studentin Zeit zum Kochen? Hungrig, wie er war, stellte er die Frage hintan und biss herzhaft in die mit Schafskäse gefüllte Köstlichkeit. Özlem hatte viel Petersilie verwendet. Er rechnete es ihr hoch an, den Rezepten ihrer Mutter treu zu sein.

»Schmeckt hervorragend, *eline sağlık*«, bedankte er sich symbolisch bei den Händen der Köchin und biss erneut ab. Trotz ihrer offensichtlichen Neugier warteten seine Kinder geduldig, bis er heruntergeschluckt und beim Kellner einen Espresso bestellt hatte.

»Also, was ist los? Warum treffen wir uns?«, fragte Aydin schließlich.

»Ich war im Hamam«, erklärte Zeki und hielt inne, um aus Aydins Tasse einen Schluck Cappuccino zu nehmen.

»Schön für dich«, sagte Özlem und reichte ihm eine weitere Teigtasche, als der Kellner den Espresso servierte und dem Gast einen tadelnden Blick zuwarf, weil der mitgebrachtes Essen verzehrte.
Zeki scherte sich nicht darum. »Ja, das war gut im Hamam. Ich habe mir überlegt, wie wir eure Mutter nach München holen.«
»Was hast du?«, riefen die Geschwister fast gleichzeitig. Nicht Überraschung, sondern eher Sorge lag in ihren Stimmen. Was hatte ihr Vater nur wieder ausgeheckt?
»Du hast *wir* gesagt. Wie meinst du das?«, schob Aydin nach.
Zeki legte sein Flugticket auf den Tisch. »Ich nehme mir ein paar Tage frei und besuche Selma. Ich frage sie, ob sie nicht in München arbeiten will. Wir werden gemeinsam für sie etwas finden. Das muss ja nicht sofort sein. Hauptsache, sie kommt zurück und ist bei uns. Sie sollte für ihr Enkelkind da sein, oder?«
»Jetzt mal langsam, *baba*. Jale und ich wissen gar nicht, ob wir in München bleiben oder nach Istanbul gehen oder sonst wohin«, machte Aydin deutlich.
»Darüber habe ich auch nachgedacht«, erwiderte Zeki. »Warum nicht dein Musikstudium hier in München zu Ende bringen? Es fehlen ja nur zwei oder drei Semester, ich habe mich an der Musikakademie erkundigt. Das ist eine reine Formalität. Als Musiker kannst du überall auf der Welt arbeiten. Bei der Mutter deines Kindes ist es problematischer. Jale ist deutsche Polizeibeamtin. Mit dem Beruf ist es nicht einfach, in einem anderen Land Arbeit zu finden.«
»Viele, die nach Istanbul zurückgekehrt sind, haben Arbeit gefunden«, erklärte Aydin verstört und blickte zu seiner Schwester, die sich bislang nicht geäußert hatte.
Unbekümmert machte Zeki weiter. »Das stimmt, viele aber fin-

den sich nicht zurecht, das weißt du. Und was Jale betrifft, sie fühlt sich wohl in meiner Abteilung und macht einen guten Job. Glaub mir, wenn du sie vor die Entscheidung stellst, wird sie nicht in die Türkei zurückgehen. Außerdem, was bedeutet denn zurück? Sie ist in Berlin geboren. Istanbul kennt sie von den Sommerferien – wie du, Özlem. Warum sagst du eigentlich nichts?«

Er blickte seine Tochter an, deren Stirn seltsam in Falten lag. Zeki kam eine Begebenheit in den Sinn, da war Özlem vielleicht neun Jahre alt. Selma und er waren aufgeschreckt, als sie mitten in der Nacht von ihr geweckt wurden. Mit demselben Stirnrunzeln, das er jetzt sah, hatte sie sich entschuldigt, ins Bett gemacht zu haben, und informierte sie darüber, Schlafanzug und Bettwäsche in die Waschmaschine gesteckt zu haben. Dann wünschte sie mit erleichtertem Gesicht gute Nacht. Özlem hatte etwas auf dem Herzen, das spürte er.

»Was ist los? Wenn du etwas zu erzählen hast, dann tu es jetzt«, forderte er sie, so einfühlsam es seine Neugier zuließ, auf.

Özlems Blick wanderte zu einem Boulespieler, der sich nach seiner Stahlkugel bückte.

»Was ist, Özlem?«, fragte nun auch Aydin besorgt nach.

»Ich habe das Studium geschmissen«, brach es aus ihr heraus. Wie sehr sie die Entscheidung belastete, zeigten die Tränen, die prompt zu fließen begannen.

Betroffen blickte Zeki zu seinem Sohn, dessen verdutztes Gesicht offenbarte, dass auch er nichts davon gewusst hatte. Er holte gleich zwei seiner Taschentücher hervor und reichte sie seiner Tochter.

»Bist du dir sicher, dass dein Entschluss richtig ist?«, fragte er, ohne eine Notwendigkeit zu sehen, sich aufzuregen. Özlem war schon als Kind vernünftiger als Aydin gewesen. Wenn sie eine derart gravierende Entscheidung getroffen hatte, dann nicht ohne Bedacht. Außerdem, und darüber wunderte er sich viel mehr, hatte er sich in ihr Kunststudium nie eingemischt. Wenn sie nicht wegen des abgebrochenen Studiums weinte, warum dann?

Özlem schneuzte sich, dann sprang sie plötzlich auf und rannte los. Eine Boulekugel, die sie beim Überqueren des Platzes nicht beachtete, verursachte um Haaresbreite ein Unglück. Ohne die Gefahr bemerkt zu haben, lief sie den Fußweg in Richtung Dianatempel weiter.

Zeki sprang nun seinerseits auf und stellte den Boulespieler zur Rede, der Özlem mit erschrockenem Gesicht hinterherschimpfte. Wütend schlug er ihm eine Kugel aus der Hand und rannte seiner Tochter nach.

Aydin wartete ungeduldig auf den Kellner, dann legte er Geld auf den Tisch und folgte ihnen.

Ein Akkordeonspieler machte gerade Musik, die passender nicht hätte sein können. Elegische Tangotöne durchströmten den offenen Tempel, als Zeki seine Tochter auf einem der steinernen Bänke entdeckte. Er setzte sich zu ihr.

»Was ist, mein Kind? Was ist los?«, fragte er voller Anteilnahme.

Sie hörte zu schluchzen auf und nahm alle Kraft zusammen. »Ich verlasse München, ich ziehe zu Mama nach Istanbul.«

Zeki lächelte betroffen. Mit einem Schlag wurde ihm bewusst, dass die Pläne, die er für die Familie geschmiedet hatte, einzig und allein Pläne für ihn selbst gewesen waren. Der Schmerz über die Erkenntnis traf ihn, als hätte die Stahlkugel, die Özlem knapp verfehlt hatte, ihm den Kopf gespalten.

Wortlos stand er auf und ließ seine Tochter mit ihrem schlechten Gewissen und ihren Tränen zurück. Grußlos schritt er an seinem Sohn vorbei, der ihn verdutzt musterte und nicht wagte, ihn anzusprechen.

Auf den Treppenstufen des Brunnens blieb er unvermittelt stehen. Er setzte sich direkt unter die Nymphe, deren geneigter Kopf ihn von oben zu beobachten schien. Den Boulespielern war es unmöglich, unter den Augen des stumm vor sich hin starrenden Mannes mit den wuchtigen Augenbrauen weiterzuspielen.

# 44

Am nächsten Morgen betrat Demirbilek missgelaunt das Büro. Er hatte eine furchtbare Nacht hinter sich, in der er mehrfach versucht hatte, Selma wegen der Umzugspläne ihrer Tochter zu erreichen.

Herkamer erwartete ihn bereits.

Abgespannt nahm der Dezernatsleiter an seinem Schreibtisch Platz, in Erwartung einer Information, die sein Gemüt erfreute, nicht aber die schlechte Laune schürte.

Mit stoischer Ruhe berichtete Herkamer, wie er Merve Kara dem Haftrichter vorgeführt hatte. Trotz ausführlicher Darlegung der Verdachtsmomente gab der Richter Karas Anwalt in der Einschätzung der Faktenlage recht. Kara sei aus freien Stücken zu der Befragung gekommen, wurde aber von Kommissar Demirbilek ohne Anhaltspunkte einer harten Befragung unterzogen. Die vermeintliche Verdächtige nahm die unter Druck gemachte Aussage zurück und blieb bei der ursprünglichen Behauptung, vom türkischen Restaurant aus mit dem Taxi gefahren zu sein. Nachdem sie damit ein Alibi aufweisen konnte, beharrte ihr Anwalt auf Rückerstattung der Umbuchungskosten für die beiden Istanbulflüge. Auch diesem Antrag gab der Haftrichter statt.

Herkamers Entschuldigung, Demirbilek als Ermittlungsleiter nicht informiert zu haben, erfolgte erst, nachdem dieser von seinem Stuhl aufgesprungen war und den Kollegen schreiend fragte, ob er mit den Karas unter einer Decke stecke. In diesem

Moment platzte Leipold in das Büro, wohl durch die Schreie aufgeschreckt, und ermahnte seinen türkischen Kollegen, die Beherrschung zu bewahren.
Nachdem wieder Ruhe eingetreten war, präsentierte Leipold seine Ermittlungsergebnisse. Er hatte die Aufnahmen der Sicherheitskameras vom Stiglmaierplatz überprüft, doch die Karas waren nicht unter den Passagieren gesichtet worden. Wohingegen ein Taxifahrer ausfindig gemacht worden war, der eine Frau mit Kopftuch und einen abwesend wirkenden Mann zum Veranstaltungsort der Bauchtanzshow gefahren hatte. An die Ankunftszeit konnte sich der Fahrer jedoch nicht genau erinnern.
»Unsere dringend Tatverdächtige im Mordfall Meral Sez ist mit ihrem Ehemann nach Istanbul geflogen, verstehe ich das richtig?« Demirbilek brachte unmenschlich viel Kraft auf, um sich zu beherrschen.
»So sieht es aus. Die Karas haben heute Morgen den ersten Flieger genommen.«
»Wann kommen sie wieder?«
»In drei Tagen. Sie besuchen das Beschneidungsfest eines Verwandten.«
»Lass sie bei der Rückkehr am Flughafen abholen. Wir verhören beide zusammen.«
»In Ordnung.«
»Ich gehe jetzt in die Maximilianstraße, um mit Göks Cousine zu reden. Oder ist Okan aufgetaucht und ich weiß nichts davon?«
Leipold verkniff sich eine Antwort darauf. »Die Chefin will uns sprechen.«
»Sprich du mit ihr«, gab Demirbilek wütend zurück und schritt zur Tür, als würde er die Flucht ergreifen. »Gib Jale Bescheid, ich warte unten auf sie.«

# 45

Auf dem Weg zum Modegeschäft fiel es Cengiz schwer, mit Demirbileks Tempo mitzuhalten. Die beiden marschierten durch den nicht enden wollenden Strom von Touristen über den Marienhof am Rathaus vorbei. Auf dem Max-Joseph-Platz blaffte der Kommissar jeden Fahrradfahrer und Rikschataxler an, der sich seinem Empfinden nach nicht an das Schritttempo in der Fußgängerzone hielt. Cengiz zählte insgesamt sieben Verwarnungen. Als ihr Chef einen motorbetriebenen Rollstuhlfahrer stoppte, um ihm die Leviten zu lesen, hielt sie ihn zurück.

»Einen Moment, *lütfen*«, bat sie außer Atem und setzte sich auf die Treppenstufen der Staatsoper. »Ich brauche eine Pause«, rief sie ihrem Chef nach, der stramm weitergegangen war.

Aus Sorge um das Baby zeigte sich Demirbilek einsichtig und kehrte zurück. »Geht's dir nicht gut? Quengelt es?«

Cengiz lachte auf und tätschelte ihren Bauch. »Nein, mit ihr ist alles in Ordnung.«

»Ein Mädchen?«

»Nur eine Vermutung«, beruhigte sie ihn.

Erleichtert setzte sich Demirbilek zu ihr. »Also gut, ruh dich ein wenig aus.«

»Willst du dich nicht erst beruhigen? Dann gehen wir in das Geschäft?«

Es hatte den Anschein, als würde Demirbilek angestrengt über die Frage nachdenken, bevor er den Kopf schüttelte.

Cengiz schmunzelte, dann wurde sie ernst. »Das mit Özlem tut mir leid.«
»Wusstest du davon?«
»Nein.«
»Aydin auch nicht«, bemerkte er leise. Sein Blick schweifte zu der Trambahn, die gerade durch die Fußgängerzone rumpelte. »Özlem weiß, was sie tut.«
»Das glaube ich auch.«
Er war versucht, Cengiz nach ihren eigenen Plänen zu fragen, fand aber den Zeitpunkt nicht angebracht. Stattdessen sah er sie aufmunternd an. »Komm, wir werden nicht fürs Herumsitzen bezahlt.«
Dann richtete er sich auf und streckte ihr die Hand entgegen. Cengiz nahm sie und stand unter einem Stöhnen auf.
In dem Schaufenster von Turkmoda hing eine Fotowand, die die Bauchtänzerinnen vor dem Museum Brandhorst zeigte. Zwischen ihnen war auf dem Foto Platz gelassen worden, um zwei Schaufensterpuppen einzufügen. Die eine Puppe trug ein elegantes Abendkleid mit goldverziertem Gürtel, dazu eine Kopftuch-Gesichtsschleier-Kombination und Handschuhe, die mit funkelnden Steinen besetzt waren. An der zweiten Puppe wurde ein Kleid für die gehobene muslimische Dame mit Küchenpersonal und Chauffeur präsentiert, wie Demirbilek phantasierte, die viel Zeit beim Shoppen verbringen und dabei unter allen Umständen auffallen wollte. Es strotzte vor Stickereien und Farbverläufen im Stoff, die schreiender nicht sein konnten.
»Wie findest du das?«, fragte er skeptisch.
»Das war gestern nicht im Schaufenster und …«
»Es ist laut und geschmacklos«, fiel ihr Demirbilek ins Wort und betrat das Geschäft.
Ein dezenter Duft nach Minze hing in der Luft. Auf der Verkaufsfläche betreuten bei gedämpfter Musik drei elegante Kopftuch-

schönheiten eine Reihe Kunden. Auserlesene Porzellanteller mit arabischen Schriftzügen hingen wie Ausstellungsstücke eines Orientmuseums an den Wänden. Zwischen den Kleidern auf Garderobenständern baumelten Mäntel an glänzenden Kilidschs, osmanischen Säbeln, die mit einer unsichtbaren Vorrichtung an der Decke festgemacht waren.

Dass der Sicherheitsmann einen dunklen Anzug und keine Paradeuniform eines osmanischen Wachmanns trug, bemängelte der Kommissar als Stilbruch. Er hielt dem Hünen seinen Dienstausweis vor die Nase.

»Grüß Gott. Wo ist die Chefin?«

Übertölpelt versuchte der Sicherheitsmann, einen Blick auf den Ausweis zu werfen, doch der Kommissar hatte ihn wieder eingesteckt.

»Also, wo ist die Chefin?«, drängte er.

»Suchen Sie mich?«, hörte Demirbilek aus dem hinteren Bereich eine Frauenstimme.

Cengiz und er drehten sich um. Mit gemächlichen Schüben näherte sich auf einem Cityroller die lebende Ausgabe der Modepuppen im Schaufenster. Demirbilek schätzte sie auf um die dreißig. Die Modedesignerin hätte gut und gerne die Frontfrau einer islamischen Heavy-Metal-Band sein können, wäre er nach ihrem zerfetzten Outfit und dem Kopftuch, das in raffinierter Weise um Haare und Hals gebunden war, gegangen. Die filigranen Henna-Tätowierungen auf Handgelenken und Händen reichten bis zu den Fingerspitzen. Nur ihr Gesicht, das denen der Schaufensterpuppen zum Verwechseln ähnlich sah, war frei von Körperverzierungen.

»Herzlich willkommen, ich bin die Chefin, Filiz Taylor«, grüßte sie freundlich und wartete, bis der Sicherheitsmann den Roller entgegengenommen hatte. »Was kann ich für Sie tun? Ein Hochzeitskleid? Heiraten Sie?«

Demirbilek und Cengiz sahen sich perplex an. Beiden war nie in den Sinn gekommen, für ein Paar gehalten zu werden. »Nein, wir heiraten nicht«, stellte Cengiz schnell klar und zeigte ihren Dienstausweis. Demirbilek verzichtete darauf.
»Ach, Sie sind von der Polizei?«, gab sie sich verwundert. Demirbilek hätte die Gebetskette, die ihm sein Vater zum zehnten Geburtstag geschenkt hatte, verwettet, dass sie ihnen etwas vorspielte. »Tun Sie nicht so überrascht«, antwortete er deshalb. »Wir wollen Sie sprechen.«
Die Designerin behielt die Nerven. »Mich? Nicht Okan?«
»Nein«, gab Demirbilek gereizt zurück. Natürlich hätte er gerne ihren Cousin, nach dem gefahndet wurde, gesprochen.
»Sie haben Glück, er ist gerade da. Wenn Sie einen Moment warten, lass ich ihn rufen«, erwiderte sie charmant und wollte eine Mitarbeiterin damit beauftragen.
»Bemühen Sie sich nicht. Eine Streife kommt gleich, um ihn abzuholen.« Er nickte Cengiz zu, das Notwendige zu veranlassen. Sie verließ den Laden, um zu telefonieren.
»Aber das ist nicht nötig …«, versuchte Taylor, sie aufzuhalten.
»Sagen Sie mir nicht, was ich für notwendig zu erachten habe, Frau Taylor«, maßregelte Demirbilek sie mit einem alles andere als freundlichen Ton.
»Haben Sie ein Problem mit mir oder mit meinem Aussehen?«, entgegnete die Designerin belustigt.
Demirbilek lachte spöttisch. »Ein Problem? Mit Ihnen? Wie kommen Sie darauf?«
»Sie führen sich wie ein anatolischer Bulle auf, der sein monatliches *bahşiş* nicht bekommen hat.«
»Das ist ein hübscher Vergleich. Sie sind wohl vertraut damit, Schmiergelder zu zahlen?«
Die Modemacherin lächelte bemüht. Da bemerkte der Kommissar den Mann, den er von den Fotos her als Okan Gök wieder-

erkannte und der gerade durch eine Tür im hinteren Bereich eintrat. Er wirkte aufgeräumt und lachte. In seiner Begleitung befand sich ein Anzugträger, dem Demirbilek das zu lang geratene Jurastudium von weitem anmerkte.
»Wie schön, Herr Gök, dass Sie sich Zeit nehmen wollen für uns!«, schrie er ihm entgegen. »Die Polizeistreife wird gleich da sein.«
Die wenigen Kunden, die Deutsch verstanden, drehten sich bei Demirbileks Ruf irritiert um. Die zwei arabischen Paare dagegen machten ungestört mit ihren Einkäufen weiter.

# 46

Herausforderungen – wie Demirbileks unerwarteter Auftrag – passten Vierkant gar nicht in das berufliche Konzept. Die in Niederbayern gebürtige Beamtin sah sich mehr im Hintergrund agieren, gerne auch Protokolle verfassen, denn als Führungspersönlichkeit, die einen Trupp Kollegen bei einer Polizeiaktion leitete. Umso erstaunter war sie darüber, wie leicht ihr das freundliche Kommandieren von der Hand ging. Mit wachsender Enttäuschung überwachte sie die zweite, am Ende ergebnislos verlaufende Durchsuchung der Tatorte in dem ehemaligen Theater.

Als Vierkant im Anschluss mit der Einsatzmannschaft am Appartementhotel eintraf, fand sie die zwei Ukrainerinnen schlafend vor. Nach einfühlsamen Erklärungen gaben die Tänzerinnen ihr Einverständnis, die persönlichen Habseligkeiten durchsuchen zu lassen. Die zwei Tunesierinnen verhielten sich ebenfalls kooperativ, nachdem ihnen Vierkant auf der Armbanduhr aufzeigte, dass mit jeder Verzögerung die Wahrscheinlichkeit stieg, ihren Flug nach Tunis zu verpassen.

Als hartgesottene Leiterin bewies sich Vierkant auch bei der Aserbaidschanerin, indem sie in angemessenen Worten mit Beugehaft drohte, weil sie sich auf pampige Weise unkooperativ zeigte. Die junge Tänzerin flehte schließlich um ein vertrauliches Gespräch, für das die Beamtin die männlichen Kollegen hinausschickte. Der Spürhund fand keine Hinweise auf Drogen im Koffer, dafür ein Sortiment an neu erworbenem Sexspiel-

zeug. Die Aserbaidschanerin verzog verschämt das Gesicht, während Vierkant verständnisvoll nickte.
Obwohl die beiden Zimmer der Mordopfer bereits am Tag zuvor durchsucht worden waren, ließ Vierkant den Spürhund dort ebenfalls alles überprüfen. Als auch dort keine Drogenspuren gefunden wurden, eilte sie mit den Kollegen in das nahe gelegene Hotel, in dem der Tourmanager abgestiegen war.
Die Gruppe von zehn Beamten sorgte bei den Passanten für Aufsehen. Vierkant, die vorneweg schritt, genoss zu ihrer eigenen Verwunderung die für sie ungewöhnliche Aufmerksamkeit.
Laut Auskunft an der Hotelrezeption hielt sich Farhaad in seinem Zimmer auf. Sie bat die Kollegen, in der Lobby zu warten, und stieg mit Drogenhund und zwei Beamten in den Aufzug. Der Hotelleiter ließ es sich nicht nehmen, sie zu begleiten. Da Farhaad nicht auf das Klopfen an der Tür reagierte, versuchte Vierkant, ihn auf dem Handy und über das Zimmertelefon zu erreichen. Auch das vergebens. Unentschlossen, was sie machen sollte, rief sie sich Demirbilek in Erinnerung, der sicher nicht klein beigegeben hätte.
Nach einer freundlichen Plauderei, bei der sie dem Hotelleiter nahelegte, lieber auf die Gesellschaft ihres türkischstämmigen, oft übellaunigen Vorgesetzten zu verzichten, öffnete der überforderte Mann das Zimmer. Vierkant trat als Erste ein und erschrak fürchterlich. Sie bekreuzigte sich, um die Fassung wiederzugewinnen.
Farhaad lag auf der Couch, mit der Bauchseite gegen die Rückenlehne, der verrutschte Bademantel verhüllte nur eine Hälfte seines nackten Hinterns. Der erste Eindruck, Farhaad sei tot, bestätigte sich zu ihrem Trost nicht. Ein melodisches Schnarchen surrte durch den Raum. Dankbar bekreuzigte sich die Polizeibeamtin ein weiteres Mal. Dann schob sie den Bademantel behutsam zurück und kontrollierte seinen Atem. Bei seinem

aufgerissenen Mund fiel das nicht schwer. Er roch nach Alkohol. Kein Wunder bei dem Sortiment an Schnaps- und Whiskyflaschen, die verstreut auf Tisch und Boden lagen.
Die Beamten geduldeten sich an der Tür, der Drogenhund hechelte in Vorfreude über die anstehende Aufgabe, während Vierkant überlegte, was sie tun sollte. Da entdeckte sie einen Fotoabzug unter dem Körper des Betrunkenen. Sie zog ihn hervor und betrachtete ihn eingehend. Dann lüftete sie den Bademantel ein Stück und verglich den Hintern auf der Fotografie mit Farhaads Hintern direkt vor ihr. Es war eindeutig derselbe. Sie schätzte den Jungen auf dem Foto, der Farhaad sexuell zu Diensten stand, auf vielleicht zehn, höchstens zwölf Jahre.
Mit einem Schlag war die Sympathie verflogen, die sie für den bauchtanzenden Tourmanager empfunden hatte. Sie nickte den Beamten zu, mit der Durchsuchung zu beginnen. Dann weckte sie den Schlafenden mit einem Stoß in die Seite. So unsanft es ihr spitzer Ellbogen erlaubte.

# 47

Ich war doch unterwegs zum Präsidium! Das ist reine Schikane! Ich werde Sie anzeigen!«, schrie Okan Gök fassungslos und wurde dabei von zwei unbeeindruckten Beamten zum Streifenwagen geführt.

Der Kommissar stand mit verschränkten Armen am Eingang des Modegeschäftes und verfolgte, wie der Tatverdächtige den Abtransport zu einer Vernehmung als Spektakel inszenierte.

Passanten blieben aufgeschreckt stehen, Fahrgäste der Trambahn, die in der Maximilianstraße im Stau steckte, gafften durch die Fenster. Am auffälligsten gebarte sich der Sicherheitsmann, der mit dem Handy wie ein Paparazzo serienweise Fotos schoss. Demirbilek ging davon aus, dass der Anwalt, der im Streifenwagen bereits Platz genommen hatte, die Presse einschaltete. Er erwartete nicht zum ersten Mal Schlagzeilen, die ihn und seine Methoden verurteilten. Jedoch lag es ihm fern, sich Sorgen zu machen. Sollte sich die neue Chefin mit der Presse herumschlagen, dafür war sie ja schließlich seine Vorgesetzte.

Er selbst wollte nicht in dem Streifenwagen mitfahren und machte sich zu Fuß auf den Rückweg. Filiz Taylors Befragung überließ er Cengiz, weil er keine Lust hatte, seine Vorahnung bestätigt zu hören. Natürlich würde sie ihrem Familienmitglied und Geschäftspartner ein Alibi geben. Er stellte sich vor, wie sie aussagte, Okan sei bei ihr gewesen, sie hätten zusammen gegessen und einen Film angesehen. Das war die eine Variante. Eine

andere, spekulierte er weiter, war eine abendliche Geschäftsbesprechung unter vier Augen.
Der Kommissar war ein Stück die Straße entlanggelaufen, als Vierkant anrief.
»Was gibt es, Isabel?«
»Farhaad ist geflohen!«, schrie sie aufgeregt.
»Langsam. Warum das? Habt ihr Drogen bei ihm gefunden?«
»Nein, das nicht. Aber ein Foto …«, begann Vierkant, doch der Kommissar hörte schon nicht mehr zu. Er hatte gerade den Mann entdeckt, über den sie sprachen. Schnell drückte er Vierkants Anruf weg und überquerte die Straße.
Farhaad saß auf der Rückbank einer Rikscha, die mit viel Phantasie zu einer Art Raumschiff umdekoriert worden war. Vor allem Touristen benutzen das Transportmittel, um sich in der Innenstadt herumfahren zu lassen. Mit den indischen Vorbildern hat das Fahrzeug jedoch nicht viel gemein.
Demirbilek verfolgte, wie das Raumschiff sich auf ihn zubewegte, offenbar wollte Farhaad zu dem Modegeschäft. Als das Touristentaxi auf seiner Höhe angelangt war, lief er einige Schritte nebenher und sprang dann auf den freien Platz neben den Flüchtigen. Erschrocken versuchte der Tourmanager abzuspringen, doch Demirbilek hakte sich bei ihm unter und verdrehte ihm den Arm. Farhaads Aufschrei blieb im Straßenlärm ungehört.
Demirbilek klopfte dem Rikschafahrer auf den Rücken. »Ins Polizeipräsidium. Lass dir Zeit«, wies er ihn an und war für den einen Moment abgelenkt. Farhaads Faust traf ihn unvermittelt in den Magen. Der Kommissar krümmte sich vor Schmerzen. Der Algerier nutzte die Chance und sprang aus der fahrenden Rikscha, kam dabei unvorteilhaft auf dem Asphalt auf und überschlug sich zweimal, bevor er wieder auf die Beine stolperte.

Nach der Schrecksekunde hüpfte auch Demirbilek aus dem Gefährt und rannte ihm nach. Verfolgungsjagden gehörten nicht zu seiner beruflichen Lieblingsbeschäftigung. Dennoch hetzte er dem Flüchtigen hinterher, der sich schneller, als er ihm zugetraut hätte, durch das Menschengewühl schlängelte. Demirbileks Rufe ließen den einen und anderen Passanten interessiert stehen bleiben. Einzugreifen wagte aber niemand.
Auf Höhe des Tabakwarengeschäftes an der Ecke zur Residenzstraße drehte der Verfolgte seinen Kopf. Demirbilek konnte ihm für einen Moment lang direkt in die Augen sehen. Entschlossenheit und Angst lagen in seinem Blick. Was treibt den Mann an?, fragte er sich und verlangsamte unmerklich sein Tempo. Da rammte plötzlich ein zu schneller Fahrradfahrer den Flüchtenden von der Seite.
Als Demirbilek den leicht verletzten Algerier in Gewahrsam nahm, tauchte in seinem Rücken Cengiz auf. Statt ihm bei der Festnahme zur Hand zu gehen, strahlte sie über beide Ohren. Worüber, erfuhr der Kommissar auf dem Weg zum Präsidium.

# 48

Am Monitor im Nebenraum verfolgte Cengiz, wie Leipold und Demirbilek mit abgeklärter Gelassenheit die Verhörsuite betraten. Okan Gök flüsterte, mit einer Hand das Tischmikrofon abdeckend, seinem Anwalt etwas ins Ohr, als Leipold das Foto mit Farhaad und dem Jungen auf den Tisch knallte.

»Wo haben Sie die Sauerei aufgenommen?«, fragte er angeekelt.

»Das war ich nicht«, behauptete Gök ebenso angewidert.

»Stehlen Sie mir nicht meine Zeit.«

Göks Blick wanderte verunsichert zu Demirbilek, offenbar hatte er angenommen, vom türkischen Kommissar verhört zu werden. Demirbilek sprach die Informationen für das Protokoll in das Mikrofon ein und setzte sich, ohne eine Miene zu verziehen.

»Also gut. Dann von vorne. Wo und wann haben Sie das Foto aufgenommen?«, begann Leipold wieder.

Der türkische Geschäftsmann vergewisserte sich bei seinem Anwalt, ob er antworten solle. Der nickte ihm zu. »In Paris. Ich weiß nicht mehr, irgendein Park in der Nähe eines Cafés«, gab er dann zu.

Der Anwalt räusperte sich zufrieden. Offenbar hielt sich sein Mandant nun an die abgesprochene Strategie.

»Weiter, ich habe nicht den ganzen Tag für Sie Zeit«, verlangte Leipold, während Demirbilek aufstand, um an der Theke Kaffee zu holen.

»Ich habe ihn wegen der Tournee in Paris getroffen. Das war vor ein paar Wochen. Der Junge vom Foto kam an unseren Tisch. Er und Farhaad haben sich unterhalten. Ich verstehe kein Französisch, mir kam aber merkwürdig vor, was die zwei tuschelten. Mir war, als hätten sie sich verabredet.«
Gök verstummte und beobachtete Demirbilek, wie er mit einer Kaffeetasse an den Tisch zurückkehrte. Er stellte die Tasse vor dem Anwalt ab und lächelte einladend. Überrascht bedankte sich der Jurist. Auf dem Unterteller lagen Kondensmilch und eine Minischokolade.
Leipold wandte sich entnervt an Demirbilek. »Zeki, setz dich.« Dann zu Gök: »Also, weiter.«
Der Tatverdächtige starrte irritiert auf Demirbilek, der ihm in Leipolds Rücken aufmunternd zunickte. »Ich bin Farhaad nachgegangen, weil ich wissen wollte, was er treibt. Der Junge war vielleicht zehn. Wenn wir in Deutschland gewesen wären, hätte ich etwas unternommen. Aber in Paris? Das war mir zu heikel, ich wollte nichts mit der französischen Polizei zu tun haben. Das Päderastenschwein hat ihn bezahlt, das habe ich mit eigenen Augen gesehen.«
»Mit Ihrer schwulen Halskette sehen Sie aus, als würden Sie auch für minderjährige Jungs bezahlen«, behauptete Leipold ernst.
»Spinnen Sie!«, grölte Gök. Der Anwalt legte beruhigend eine Hand auf den Arm seines Mandanten. »Lass das! Oder bist du auch so eine Schwuchtel?«, spie dieser seinem Rechtsbeistand ins Gesicht.
»Beruhigen Sie sich«, freute sich Leipold über seine gelungene Provokation. »Ist mir herausgerutscht. Ist ja auch klar, ein hübscher Kerl wie Sie braucht nicht für Sex zu zahlen, oder stecken Sie mit Ihrem Freund unter einer Decke? Verkaufen Fotos an Päderasten?«

Geistesgegenwärtig reagierte der Anwalt und hielt seinen Mandanten von einer Tätlichkeit ab. »Antworten Sie nicht. Kommissar Leipold will Sie nur aus der Fassung bringen, weil er nichts gegen Sie in der Hand hat. Er ist verzweifelt, das ist alles.«
»Sind wir fertig mit der Ansprache?«, fragte Leipold uninteressiert. »Zurück zu Ihrem Freund, dem Algerier.«
»Wir sind keine Freunde«, stellte Gök klar.
»Ach, Sie sind gar nicht schwul, oder was wollen Sie damit andeuten?«, fragte Leipold sachlich nach.
Der Anwalt nickte Gök beruhigend zu, erst daraufhin antwortete er. »Ich bin nicht schwul.«
»Dass der Dicke schwul ist, wissen Sie aber?«
»Ja, das weiß ich. Werden Sie ihn denn nicht verklagen? Er ist ja wohl eindeutig zu erkennen.« Er deutete auf das Foto.
»Ich sehe einen dicken Arsch, aber kein Gesicht, Sie Meisterfotograf«, war Leipolds einziger Kommentar. Die französische Polizei war längst informiert.
Da schob sich Demirbilek mit einer Tasse Kaffee zwischen Anwalt und Mandant.
*»Şekeriniz var mı?«,* fragte Gök mit belegter Stimme.
»Zucker? Aber ja, entschuldigen Sie«, erwiderte Demirbilek. »Du auch, Pius?«
»Milch und Zucker, wenn du schon dabei bist. Aber dann setzt du dich gefälligst wieder«, befahl Leipold, der ganz in seinem Element zu sein schien.
Demirbilek kam mit einer weiteren Tasse Kaffee und Zuckerbeuteln zurück und nahm Platz. Er faltete die Finger ineinander und neigte den Kopf zu dem Foto. In dem Moment läutete das Telefon. Cengiz war am Apparat. Demirbilek hörte zu und legte auf.
»Pius, wir müssen unterbrechen. Frau Feldmeier, die Chefin«, gab er als Grund an.

»Auch eine rauchen?«, fragte Leipold den Anwalt, nachdem er fürs Protokoll die formalen Informationen über die Unterbrechung des Verhörs ins Mikrofon gesprochen hatte. Währenddessen gab Demirbilek dem Verdächtigen – unbemerkt von den anderen – ein Zeichen, seinen Rechtsbeistand hinauszuschicken. Gök sah ihn irritiert an. Demirbilek ermutigte ihn mit einem Lächeln, ihm Folge zu leisten. Erst dann schickte der Verdächtige seinen Anwalt hinaus.

# 49

Nachdem die Tür zugeschnappt war, wandte sich Demirbilek sofort an Gök. »So was geht nicht.« In seinen Augen funkelte der unbedingte Wille, den Mann hinter Gitter zu bringen, der Minderjährige missbrauchte.

»Sie sprechen mir aus der Seele, *Komiser Bey*«, sagte Gök in verschwörerischem Ton und stellte seine Tasse ab. »So einer darf nicht frei herumlaufen.«

Der Kommissar hatte Gök mit der einen Bemerkung auf seiner Seite, dort, wo er ihn haben wollte. »Warum gerade jetzt das Foto?«

Gök antwortete spontan. »Er ist mir dumm gekommen. Er bestand auf seine Prämie.«

»Was für eine Prämie?«

»Eine Bonuszahlung nach erfolgreichem Abschluss der Tournee in Wien. Ich weiß, das ist nicht ganz in Ordnung, aber ich bin nun mal Geschäftsmann.«

»Keine Prämie, weil die Tour nicht bis zum Ende ging?«

»Ja, wir hatten eine Vereinbarung. Das ist eine klare Sache, finden Sie nicht?«

Demirbilek wollte es mit seiner vorgetäuschten Solidarität nicht übertreiben. »Na ja. Er kann nichts für den Abbruch.«

»Sind Sie da sicher?«

Demirbilek verzog erstaunt das Gesicht. Dann sah er zur Tür und beeilte sich, sein Anliegen vorzubringen. »Hören Sie, ich sage Ihnen das jetzt nur, weil wir Landsleute sind.«

Bevor er weitersprach, kontrollierte er, ob das Mikrofon ausgeschaltet war. »Farhaad beschuldigt Sie, Meral und Deniz getötet zu haben.«
Der Angesprochene schoss wie ein Pfeil vom Stuhl auf und fluchte in derbstem Türkisch eine Tirade sexistischer und schwulenfeindlicher Äußerungen.
Demirbilek hatte genau auf den Moment gewartet. Das gesamte, mit Leipold abgesprochene Verhör zielte darauf ab, eine authentische Reaktion auf die eben vorgebrachte Anschuldigung zu erarbeiten. Die Kamera war nicht ausgeschaltet. Sollte er sein Gesicht nicht genau sehen können, wollte er es auf der Aufzeichnung kontrollieren. Doch er hatte seinen entsetzten Ausdruck fest im Blick und stellte nüchtern fest, dass Gök die Wahrheit zu sagen schien.
»Das ist doch absurd!«, plärrte der Beschuldigte verzweifelt.
»Nicht, wenn Farhaad bei seiner Aussage bleibt, Sie am Abend der Show hinter der Bühne gesehen zu haben. In der Nähe der Tatorte.«
»Das wird ja immer absurder.«
»Waren Sie nicht dort?«
»Aber nein. Ich war bei Filiz, hat sie denn keine Aussage gemacht?«
Demirbilek ignorierte die Frage. »Wer lügt nun? Sie oder Farhaad?« Er neigte den Kopf zum Foto.
Der türkische Geschäftsmann verstand die Geste, wie Demirbilek beabsichtigte, und fragte: »Wer wohl?«
»Farhaad?«
»Natürlich Farhaad!«
»Ja, natürlich.«
Demirbilek nickte bedächtig und atmete erleichtert auf.
Gök schien nun sicher zu sein, den Kommissar als Verbündeten gewonnen zu haben. »Hören Sie, Meral und ich waren zusam-

men. Nichts Ernstes, eine Affäre. Aber ich mochte sie wirklich.«

»Und Ihre Beziehung zu Deniz?«

»Eine rein geschäftliche. Sie wurde von der Jury beim Casting ausgewählt. Ich habe sie als Tänzerin engagiert. Mehr war nicht. Was sollte ich für einen Grund gehabt haben, sie zu töten?«

»Wussten Sie, dass sie keine Frau war?«

»Aber natürlich wusste ich das«, behauptete Gök. »Aber was soll die Frage? Ich war nicht bei der Show!«

»Ich habe nicht nach Ihrem Alibi gefragt, sondern welche Beziehung Sie zu der transsexuellen Deniz hatten.«

»Ich hatte keine Beziehung zu ihr«, stellte er erzürnt klar.

»Wir haben Sperma in Deniz Araliks Mundhöhle sichergestellt«, stellte Demirbilek sachlich fest. Auf das Laborergebnis wartete er noch.

»Na und?«, gab Gök nun gefasster zurück.

Demirbilek ahnte, warum der Vorbestrafte keine Sorge wegen seines DNA-Materials hatte. Seine Jugendstrafe lag zu lange zurück, damals war die DNA-Analyse kein fester Bestandteil der Gerichtsmedizin gewesen. Außerdem, auch das war dem Kommissar klar, war Gök bewusst, dass kein Zusammenhang zwischen dem sichergestellten Sperma und dem Täter bestehen musste.

»Was sagen Sie dazu, dass wir Ihre Fingerabdrücke in Farhaads Hotelzimmer entdeckt haben. Sie waren bei ihm.«

»Ja, um ihm das Foto zu geben«, wandte Gök ein.

»Das mag sein. Aber nach Farhaads Aussage auch, um Merals Kostüm zu holen, das er für Sie gestohlen hat.«

»Wieder eine Lüge!«, behauptete er. »Für mich hat er es ganz sicher nicht gestohlen. Wenn, für sich selbst! Keine Ahnung, vielleicht hat die Päderastensau die beiden getötet. Ich weiß es nicht! Ich war es jedenfalls nicht!«

Demirbilek musterte seine Augen. Anders wie Meisterlügner Farhaad war Gök nur durchschnittlich begabt. »Sie beteuern die ganze Zeit Ihre Unschuld. Dabei vergessen Sie etwas.«

»Ja?«

»Sie waren gar nicht am Tatort.«

»Ja, natürlich.«

»Oder waren Sie vielleicht doch dort? Denken Sie darüber nach, mein Kollege ist gleich zurück. Er wird Sie danach fragen.«

Dann stand er schnell auf und ging zur Tür. Er hörte, wie Gök ein Glas mit Wasser füllte. Trink einen ordentlichen Schluck, dachte der Kommissar, du wirst ihn brauchen.

# 50

Cengiz fuhr zusammen, als ihr Chef in den Nebenraum platzte. Hastig setzte sich Demirbilek neben sie und konzentrierte sich auf den geteilten Monitor. Die rechte Bildseite, dort, wo er gesessen hatte, war leer. In der linken Hälfte war Gök zu sehen. Der Verdächtige war regungslos sitzen geblieben. Nach einer Weile nippte er nacheinander am Wasser und am Kaffee. Fieberhaft schien er nachzudenken, wie er mit den Informationen des türkischen Kommissars umgehen sollte.
»Ist sie da?«, fragte Demirbilek, ohne seinen Blick vom Monitor abzuwenden.
»Ja, soll ich sie holen?«
»Nein, wir warten ab, bis Leipold ihn so weit hat.«
»Pius macht das gut«, freute sich Cengiz.
»Hoffentlich nicht zu gut«, gab ihr Demirbilek etwas skeptisch recht. »Gib ihm in fünf Minuten Bescheid.«
Er hatte vor, Göks Verunsicherung gären zu lassen. Ein paar Minuten allein mit sich und den nagenden Sorgen wegen der Anschuldigung konnte für jemanden, der unter Mordverdacht stand, eine Ewigkeit bedeuten, ganz egal, wie wohnlich der Verhörraum eingerichtet war. Am Monitor beobachtete Demirbilek weiter, wie Göks Finger die Tasse umklammerten. Erneut nippte er an dem Kaffee und spielte mit seiner Goldkette am Hals.
Nach der verabredeten Zeit gab Cengiz Leipold Bescheid. Zusammen mit dem Anwalt betrat der Münchner Kommissar den Verhörraum. Er sprach die Informationen über die Fortführung

des Verhörs ins Mikrofon und schleuderte, kaum war das Gerät eingeschaltet, dem Verdächtigen entgegen, dass er am Tatort gesehen wurde.

Gök blieb ruhig. »Wer will mich gesehen haben?«

»Na, wer wohl? Ihr algerischer Freund.«

»Ich war bei Filiz. Ich habe ein Alibi.«

»Ja, ja«, wiegelte Leipold seinen Einwand ab. »Und meine Oma fährt im Hühnerstall Motorrad. Haben Sie was mit Ihrer Cousine, dieser Filiz? Ich meine sexuell? Sind Sie ein Paar? Vögeln Sie miteinander?«

Gök schwieg, sein Blick wanderte zu seinem Anwalt, der ihm bedeutete, Ruhe zu bewahren.

Leipold klopfte auf das Mikrofon. »Eine Antwort für die Nachwelt, wenn es recht ist, Herr Gök.«

»Nein.«

Leipold beugte sich näher zum Mikrofon. »Das letzte Nein des Befragten bezieht sich auf die Frage, ob er eine intime Beziehung zu seiner Cousine Filiz Taylor hat. Richtig?«

Gök nickte.

»Sprechen Sie ins Mikrofon. Seien Sie nicht so begriffsstutzig!«

Demirbilek konnte sehen, wie schwer sich Gök tat, seine Wut in Zaum zu halten.

»Ich habe keine sexuelle Beziehung zu meiner Cousine«, wiederholte er in das Mikrofon.

»Vergelt's Gott, Herr Gök! Dann gehen wir einmal davon aus, dass Frau Taylor die Wahrheit sagt. Sie waren also am besagten Abend im Showroom Ihres Modegeschäftes in der Maximilianstraße. Zusammen mit Ihrer Cousine. Sonst keine weiteren Zeugen. Ist das richtig?«

»Ja«, bestätigte Gök.

»Was haben Sie besprochen?«

»Geschäftliches.«
»Natürlich. Was sonst. Ehrlich gesagt ist mir das auch völlig egal, und zwar deshalb, weil Ihr schwuler Freund Sie um dieselbe Zeit hinter der Bühne bei den Tatorten gesehen hat.«
»Das ist eine Lüge.«
»Warten wir es ab, wer hier lügt. Es steht Aussage gegen Aussage. Stimmt's, Herr Anwalt?«
»Glauben Sie im Ernst, Sie kommen mit dieser Nummer durch?«, fragte der Anwalt überfreundlich.
»Wie meinen Sie das?«
»Sie haben nichts in der Hand. Rein gar nichts. Mein Mandant hat ein Alibi vorzuweisen. Aus welchem Grund halten Sie ihn überhaupt fest? Sie wollen nicht etwa auf eine Mordanklage hinaus, oder doch?«, bemerkte der Anwalt sarkastisch.
Im Nebenraum fand es Demirbilek an der Zeit, Cengiz ihren Überraschungsgast zum Verhör holen zu lassen.
»Bring sie hierher, ich gehe mit ihr hinein«, sagte er mit Blick auf den Monitor.
»Kann ich das nicht tun? Ich war ja schließlich diejenige, die sie zum Reden gebracht hat«, erwiderte sie kämpferisch.
Demirbilek dachte nach. Sie hatte gute Arbeit geleistet, den Lohn dafür wollte er ihr nicht vorenthalten.
»Sag ihr aber nicht, auf wen sie im Verhörraum trifft«, gab er seiner baldigen Schwiegertochter mit auf den Weg. Das selige Lächeln bestärkte ihn in seiner Entscheidung. Dann konzentrierte er sich wieder auf die Videoübertragung. Gerade stand der Anwalt auf, um seinen Mandanten hinauszuführen.
»Stopp. Hinsetzen. Beide, und zwar sofort«, fuhr Leipold dazwischen und kramte aus den Unterlagen ein Protokoll. »Eine letzte Frage, Herr Gök, bevor wir entscheiden, ob wir Sie dem Haftrichter vorführen.«
Der Anwalt lächelte bemüht und bedeutete seinem Mandanten,

sich wieder zu setzen. Geduldig beobachteten sie, wie Leipold die Unterlagen sortierte. Nach einer geraumen Weile öffnete sich die Tür.
Filiz Taylor und Jale Cengiz betraten den Raum. Kaum entdeckte die Designerin ihren Cousin, eilte die komplett in Schwarz gekleidete Frau voraus und kniete sich zu ihm auf den Boden. Sie nahm seine beiden Hände in die ihren.
»Okan, es tut mir leid. Sie hat mich reingelegt.«
Göks Freude, seine Cousine zu sehen, wich prompt purer Angst. Er schien zu ahnen, was sie meinte. Sein nervöser Blick wanderte zu der türkischen Beamtin.
»Langsam, Frau Taylor«, hielt Leipold sie zurück und deutete auf den Stuhl, den Cengiz für sie hingestellt hatte. »Setzen Sie sich.«
Während Leipold die Formalien einsprach, nahm Taylor neben dem Anwalt Platz und zog aus ihrer Handtasche eine runde Plastikdose. Blitzschnell drehte sie die Dose auf und griff nach einem Beutelchen Tabak, das sie unter die Oberlippe schob. Leipold verhaspelte sich beim Einsprechen der Personalien, fasziniert von der Zunge, die über die rot geschminkten Lippen glitt. Er verkniff sich die Frage, was sie ihrem Körper zuführte.
»Frau Taylor, lassen Sie uns klären, wo Ihr Cousin Okan Gök gestern Abend war«, begann er leutselig.
»Kann ich kurz mit Okan allein reden?«, fragte sie, anstatt zu antworten.
Leipold war darüber derart irritiert, dass er nicht mehr als ein verstörtes Grinsen hervorbrachte.
»Das wird nicht gehen, Filiz. Bitte wiederholen Sie, was Sie mir gegenüber bei der Vernehmung ausgesagt haben«, griff Cengiz ein.
Taylor holte Atem, zögerte aber, wie Demirbilek auf dem Monitor in ihrem Gesicht sehen konnte. Auf dem kristallklaren Video-

bild bemerkte er, wie sie die Oberlippe bewegte, um das Nikotin des Tabakbeutelchens, den Snus, mit Speichel zu tränken und es in ihr Nervensystem zu befördern.

Was im Anschluss geschah, hätte nie passieren dürfen, warf sich Demirbilek später vor.

Er verfolgte, wie Gök, der mit dem Eintreten seiner Cousine keine Silbe mehr über die Lippen gebracht hatte, aufstand und den Raum verlassen wollte. Mit einem nach innen gerichteten Blick und glasig glänzenden Augen setzte er mechanisch einen Fuß vor den anderen.

Bei Demirbilek heulten sofort alle Alarmsignale auf. Auch wenn Leipold und Cengiz im Raum waren und sich zu helfen wussten, hetzte er hinaus.

Auf der Videoaufzeichnung, die er später anzusehen verweigerte, war dokumentiert, was in den zwanzig Sekunden passierte, die er brauchte, um die Verhörsuite zu erreichen: Leipold sprang auf, um den Verdächtigen aufzuhalten. Gök ließ sich zunächst ohne Widerstand an seinen Platz zurückführen, griff dort nach dem Mikrofonständer und jagte das Metallgestell in Leipolds Hals. Der Kommissar sackte zu Boden. Taylor schrie auf, gleichzeitig holte Cengiz ihre Waffe aus dem Holster. Unbeeindruckt packte Gök eine Kaffeetasse und hämmerte sie in das Gesicht seiner Cousine. Die Oberlippe platzte auf. Gök ignorierte Cengiz' Schreie und die auf ihn gerichtete Dienstwaffe, stattdessen griff er nach der Thermoskanne auf der Theke. Damit schlug er auf den Hinterkopf seines Anwalts, der zu flüchten versuchte. Cengiz, die ununterbrochen warnte, dass sie schießen würde, es aber nicht tat, reagierte nicht schnell genug, als Gök ihr mit einem gezielten Tritt die Waffe aus der Hand schleudern wollte, die Waffe verfehlte und mit voller Wucht ihren Bauch traf. Die Polizistin krümmte sich vor Schmerzen und sackte zusammen.

Während der endlosen zwanzig Sekunden schrie Gök ununterbrochen auf Türkisch, er werde nicht wieder ins Gefängnis gehen. Wenn es emotional oder gefährlich wurde, bemühten seine Landsleute ihre Muttersprache, erklärte sich Demirbilek die Sprachwahl.
Als Demirbilek die Tür zum Verhörraum aufriss, sprang ihn Gök wie ein tollwütiges Tier an. Demirbilek bemerkte aus den Augenwinkeln seine Kollegin, die am Boden kauerte, dann zog er aus Angst, mit einem Fehlschuss die Schwangere zu treffen, dem Tatverdächtigen seine Dienstwaffe über den Kopf.

# 51

Aufgeschreckt von einem Containerzug, der über seinem Kopf hinwegdonnerte, blieb Demirbilek abrupt stehen. Er sah sich benommen um. Er konnte sich nicht entsinnen, wie er von der Frauenklinik in der Maistraße bis zur Zugbrücke an der Lindwurmstraße gekommen war. Mit Sicht auf die Bavaria schleppte er sich weiter, bis er an den Treppen der bronzenen Statue haltmachte und den Kopf in den Nacken legte. Die weibliche Symbolgestalt der Bayern zog ihn in den Bann; er war ihr in all den Jahren in München nie so nahe gewesen. Insbesondere der Eichenkranz war ihm bislang nicht aufgefallen.
Sein Blick schweifte über die Theresienwiese und blieb an zwei städtischen Müllfahrzeugen hängen. Elif schummelte sich kurz in seine Gedanken, er verscheuchte sie jedoch und durchkämmte das Gelände, das in einigen Monaten wieder das größte Volksfest der Welt beherbergte. Plötzlich – er bemerkte es spät – spürte er, wie ihm das Atmen schwerfiel. Ohne es zu beabsichtigen, hielt er die Luft an. Die Anstrengung half, den unerträglichen Schmerz und die Sorgen um Jale und das Baby, das in Lebensgefahr schwebte, loszuwerden. Er presste gewissenhaft eine Hand um die Nase, die andere um den Mund, damit er die Luft länger anhalten konnte, als es die Natur erlaubte.
Schließlich, als er glaubte, rot anzulaufen, versagten trotz aller Willensanstrengung die Kräfte. Er löste seine Hände von Nase und Mund und schnappte nach Luft wie jemand, der vor dem Ertrinken gerettet worden war. In rasender Geschwindigkeit

füllte sich seine Lunge mit Sauerstoff. Sofort dachte er wieder an das Baby, das sterben könnte, daran, wie Aydin ihn aus Jales Krankenzimmer geworfen hatte. Sein Sohn hatte Übung darin, ihm Vorwürfe zu machen. Meist zu Recht. Oft zu Unrecht. Er war nicht böse auf ihn, vielmehr froh, genötigt worden zu sein, nicht auf den Ausgang der Untersuchung warten zu müssen.
Sein Telefon läutete. Er nahm den Anruf an und lauschte seinem Sohn. Aydin weinte. Die leidende Stimme überschlug sich, bis er nicht mehr imstande war, zu reden. Zeki legte auf und wandte sich mit einem stummen Gebet an Allah. Als das Telefon erneut läutete, schaltete er es aus. Er wollte später Aydin anrufen, um zu erfahren, wie die Untersuchung ausgegangen war. In der Verfassung wollte er mit niemandem auf der Welt reden. Außer mit Selma.
Irgendwann wurden ihm die Menschen zu viel, er stand auf und ging an der Ruhmeshalle vorbei, um auf der Straße ein Taxi anzuhalten. Wo Derya wohnte, wusste er von der Nacht, als er schwer betrunken bei ihr übernachtet hatte. Ob sie zu Hause war, wusste er dagegen nicht.
Das Taxi hielt vor einer Häuserzeile in einer der unansehnlichen Straßen in Sendling. Er stieg aus und wies den Fahrer an, zu warten. Sobald er ihren Namen auf dem Klingelschild entdeckte, bezahlte er für die Fahrt.
Die Haustür war nicht verschlossen. Er schlich in das zweite Stockwerk und klingelte. Ein Gefühl der Erleichterung ergriff ihn, als Derya nicht öffnete. Auf den ersten Treppenstufen zurück nach unten hörte er ein Keuchen, dann erblickte er sie, wie sie vom Laufen zurückkehrte und die letzte Etappe spurtete.
Kaum entdeckte Derya den Kommissar, befreite sie sich von den Kopfhörern und erstrahlte über das ganze Gesicht. Doch seine düstere Miene schrie ihr entgegen und verbot ihr die Freude, ihn wiederzusehen. Instinktiv, ohne zu ahnen, was gesche-

hen oder ihm zugestoßen war, veränderte sich auch ihr Gesichtsausdruck. Bis er wie seiner düster und traurig wurde.
»*Hoş geldin,* komm herein«, sagte sie behutsam und schloss die Tür auf.
Zeki folgte ihr wortlos in den Flur. Ein befremdliches Gefühl erfasste ihn. Er bereute es fast, seinem Drang nachgegeben zu haben, Derya in seiner Not aufzusuchen. Wäre alles normal, wäre alles wie sonst, läge er jetzt in Selmas Armen oder würde Robert um Beistand bitten. Doch seit der Nacht bei Derya waren seine Gefühle nicht mehr normal.
Da hörte er sie sagen: »Leg dich auf das Sofa. Du siehst müde aus.«
In dem Augenblick wusste er, dass es gut war, bei ihr zu sein.
Später schlummerte Zeki wohlig. Er hatte auf Deryas Sofa seinen Platz und seine Bestimmung gefunden. Zumindest für den Augenblick, räumte er mit schlechtem Gewissen ein. Eine Wolldecke war über ihn gebreitet. Derya musste ihn zugedeckt haben, nachdem er in den Schlaf gefallen war.
Während er aufwachte, drangen Geräusche aus der Küche. Derya summte eine Melodie. Er glaubte, die Tonfolge zu erkennen, war sich aber nicht sicher, ob sie eines von Sezen Aksus melancholischen Liedern summte. Nun drang auch der herbe Duft von *çay* zu ihm. Er dachte an die Nächte, in denen er aufgewacht war, gepeinigt von schweren Träumen oder Sorgen wegen der Arbeit. *Çay* zu kochen, ihn heiß und zuckrig zu trinken, beruhigte. Wie Universalmedizin. Zeki starrte auf die offen stehende Tür, um den Augenblick nicht zu versäumen, wie Derya in das Wohnzimmer trat. Sie kam mit einem leichten Lächeln um den Mund.
»Besser jetzt?«, fragte sie.
»Ja, viel besser. Danke.«
»Du hast zwei Stunden geschlafen.«

Er streckte sich und schob die Decke zur Seite. »Mir war, als hätte ich einen Spaziergang über den Wolken gemacht. Dein Sofa ist bequem.«
Seine Worte verweilten im Raum, bis sie mit sanfter Stimme erklärte: »Jale ist zu Hause und ruht sich aus. Dem Baby fehlt nichts. Mutter und Kind geht es gut.« Derya hatte mit Zekis Überraschtsein gerechnet und erklärte weiter: »Ich habe im Dezernat angerufen. Dein Sohn hatte Herrn Leipold Bescheid gegeben, dass die Untersuchung gut verlaufen ist, weil er dich nicht erreichen konnte. Dein Handy ist aus. Ich hoffe, das war in Ordnung.«
Er wusste nicht, ob es in Ordnung war. »Wie geht es Pius?«
»Eine ziemlich heftige Quetschung am Hals, aber nicht schlimm.«
»Das hat dir Pius am Telefon erzählt?«
»Ja, ich habe gefragt, was passiert ist. Er kennt mich vom Biergarten.«
Zeki war noch nicht zufrieden mit der Erklärung.
»Du hast dich schlafen gelegt, ohne ein Wort zu sagen. Ich habe mir Sorgen gemacht. Weißt du, wie du ausgesehen hast?«
Zeki schwieg.
»Wie ein Selbstmörder, der es sich kurz vor dem Sprung in die Tiefe anders überlegt hat. Genau so hast du ausgesehen.«
Zeki erschrak. Wie konnte sie seinen Gemütszustand derart treffend beschreiben?
»Ich bringe dir jetzt einen *çay,* den trinkst du in Ruhe, dann werfe ich dich hinaus. Meine Schicht beginnt in einer Stunde. Ich muss zur Arbeit. Wie viel Zucker nimmst du?«
»Einen halben.«
»Immerhin. Ohne Zucker schmeckt *çay* nicht.«
Was für eine bemerkenswerte Frau, sagte er sich. Dann fuhr er sich mit den Händen übers Gesicht, um seine Gefühle unter

Kontrolle zu halten. Dem Baby und Jale ging es gut, er dankte Allah für seine Güte und öffnete wieder die Augen. O nein, stöhnte er im selben Atemzug.
Der Wimpel einer Fußballmannschaft grüßte von der gegenüberliegenden Wand. Derya entpuppte sich nicht nur als umsorgend und selbstbewusst, obendrein war sie Anhängerin seines Istanbuler Fußballvereins Fenerbahçe. Allmächtiger, was willst du mir damit sagen?, flehte er gen Himmel und ließ sich auf das Sofa zurückfallen.

# 52

Zwei arbeitsreiche Tage vergingen, bis die Ermittlungen in den beiden Mordfällen eine Wendung nahmen, die allein deshalb bemerkenswert war, weil es Okan Göks Gewaltausbruch bei seinem Verhör noch weniger erklärbar machte.

In einem Tagescafé in der Durchgangspassage im Tal war eine Unterhaltung wegen der hallenden Schritte und des Stimmengewirrs der durchlaufenden Passanten schwer zu führen. Kommissar Demirbilek hielt ein Kuvert in der Hand, das ihm Göks Rechtsanwalt – der selbst auf eine Anzeige wegen Körperverletzung gegen seinen Mandanten verzichtet hatte – persönlich hatte überbringen wollen.

»Was steht da drin?«, fragte der Kommissar schlecht gelaunt.

»Lesen Sie, bitte.«

»Sagen Sie mir einfach, was drinsteht. Ich höre.«

»Na schön«, holte der Anwalt aus, verstummte aber umgehend, da er Kommissar Leipold erblickte.

Er trug einen Schal um die Quetschung am Hals, der farblich nicht zu seiner Lederjacke passte. Demirbilek vermutete, dass seine Frau ihn ausgesucht hatte. Abgehetzt setzte sich sein Kollege und grüßte, was beim Anwalt ein entnervtes Augenrollen verursachte. Offenbar wäre es ihm lieber gewesen, den türkischen Kommissar allein zu sprechen.

»Was trink ich denn?«, fragte sich Leipold laut und starrte auf Demirbileks Espresso und den Milchkaffee des Anwalts. Es war früher Nachmittag. Er zog in Erwägung, ein Bier zu trinken, und entschied sich für ein alkoholfreies. Nach der Bestellung nahm er das Kuvert in die Hand und riss es mit Daumen und Zeigefinger auf.

»Ist doch für uns, oder?«, meinte er und überflog das Schriftstück. Sein Gesicht wurde bleich, bis er schließlich brummte: »Das ist gekauft. Hundertprozentig.«

»Jetzt reicht es aber, Kommissar Leipold. Was Sie in den Händen halten, ist eine eidesstattliche Erklärung.«

»Ein Scheißdreck ist das«, zürnte Leipold weiter. »Erstunken und erlogen.«

»Wer gibt ihm diesmal ein Alibi?«, fragte Demirbilek in die Espressotasse, aus der er mit dem Löffel die letzten Tropfen auskratzte und im Mund verschwinden ließ.

Bevor der Anwalt antworten konnte, spuckte Leipold die Worte heraus. »Der Sicherheitsmann von seinem Geschäft. Er war mit ihm Pokern, sagt er.«

»So plötzlich?«, hakte Demirbilek nach.

»Weil die Pokerrunde illegal war, hat Gök seine Cousine gebeten, ihm ein Alibi zu geben, steht hier. Ich kenne den Schuppen in Pasing, wo er angeblich war. Unsere Jungs vom illegalen Glücksspiel sind dort quasi Stammgäste, ich meine wegen der Razzien.«

Urplötzlich veränderten sich die Gesichtszüge des Anwalts zu einem sinnfreien Erstaunen.

»Sie haben Ihrem Mandanten nicht allen Ernstes den Blödsinn abgenommen?«, wollte Demirbilek wissen.

»Als Strafverteidiger muss ich ihm glauben. Das wissen Sie doch.«

»Natürlich. Gehen Sie jetzt. Den Milchkaffee übernehme ich.«

»Aber …«, wandte der Anwalt ein, doch Demirbilek war nicht bereit, seine Gegenwart weiterhin zu ertragen, und erhob sich, um seiner Aufforderung Nachdruck zu verleihen. Leipold hielt sich zurück und beobachtete, wie der Anwalt mit seinem Aktenkoffer in der Hand durch die Passage verschwand.

»Ich kümmere mich um das Alibi«, sagte Leipold und nippte an seinem Bier.

»Lügen anhören ist schwerer als lügen«, sinnierte Demirbilek mit Blick auf das geschäftige Treiben in der Passage.

Leipold dachte über die Worte nach. »Stimmt irgendwie. Mir ist schon ganz schwindlig. Wer sagt die Wahrheit, wer lügt wie gedruckt und warum.«

»Der Spruch ist nicht von mir. Eine türkische Redensart«, erklärte Demirbilek.

»Was glaubst du? War Okan Gök es überhaupt?«

»Das weiß ich erst, wenn ich Merve Kara und ihren Mann vernommen habe. Auch sie haben gelogen.«

»Sie kommen heute Abend zurück.«

»Bist du dir da sicher?«

Leipold zuckte mit den Achseln und wechselte das Thema. »Wie geht's Jale und dem Baby?«

»Dem Baby gut, Jale langweilt sich.«

Leipold lachte. »Das glaub ich. Gib ihr was zu tun, im Internet, das kann sie von zu Hause aus.«

»Von wegen. Aydin hat ihren Laptop konfisziert, weil sie sich unentwegt mit den türkischen Behörden ausgetauscht hat, statt auszuruhen.«

»Und?«

Demirbilek schüttelte den Kopf und musste schmunzeln. »Sie hat mir eine Mail geschickt. Über die Arbeit sprechen wir zu Hause nicht. Die Türken wissen jetzt, wo das Kostüm gefertigt wurde. Ein Schneideratelier in der Nähe des Ägyptischen Basars. Die Istanbuler Kollegen sind überzeugt, dass dort das Heroin in das Bauchtanzkostüm eingearbeitet worden ist. Wahrscheinlich ein Testlauf für größere Schmuggelaktionen.«

»Ein fehlgeschlagener«, berichtigte Leipold.

»Richtig, aber damit wir uns nicht falsch verstehen. Der Drogenschmuggel ist für mich nicht entscheidend bei den Mordermittlungen. Mich macht stutzig, dass Farhaad uns Gök als Täter präsentiert, nachdem der ihn mit dem Foto besucht hat.«

»Du meinst, der Dicke lügt, um sich zu rächen?«

»Möglich. Außer ihm hat niemand sonst Gök gesehen.«

»Wenn das mit der Pokerpartie doch stimmen sollte …«

»Dann lügt Farhaad.«

»Und Gök sagt die Wahrheit. Aber warum so umständlich? Und warum rastet er aus, wenn er die Morde gar nicht begangen hat?«

# 53

Wie vermutet rief der diensthabende Kollege der Polizeiinspektion Flughafen am Abend an, um sie darüber zu informieren, dass Herr und Frau Kara nicht mit der Maschine aus Istanbul eingetroffen waren.

Die Sonne war bereits untergegangen, als Demirbilek mit der Trambahn am Regerplatz eintraf. Vor seiner Wohnungstür hörte er Jales hohe Stimme und Aydins laut dagegengehaltene Schreie. Sie stritten sich zweisprachig. Sowohl in den deutschen als auch in den türkischen Ausdrücken hörte sich der Streit in Zekis Ohren ernst an. Er zögerte, ob er überhaupt eintreten sollte. In Gedanken holte er sich die Auseinandersetzungen mit Selma in Erinnerung. Erst als sie nicht mehr stritten, war es zu spät geworden, die Ehe zu retten.

Das Geräusch eines zerbrechenden Gegenstandes bewog ihn schließlich, dazwischenzugehen. Er öffnete die Tür und fiel prompt über Jales Koffer im Flur. Schnell rappelte er sich auf und eilte zur Küche. Auf dem Boden lag zerbrochenes Geschirr. Die Stühle waren umgekippt. Jale und Aydin aber waren nicht da. Er ging zu ihrem Zimmer, horchte, ob sie möglicherweise mit gesenkten Stimmen weiterhin stritten. Doch es war still. Zu still für sein Empfinden. Mit einem Klopfen machte er sich bemerkbar und bekam postwendend die Antwort, er solle ja nicht eintreten.

»In zwei Minuten in der Küche. Ich möchte euch sprechen«, befahl er erbost und drehte sich auf dem Absatz um.

Zeki hatte die Scherben aufgeräumt und die Stühle aufgestellt, als Jale schließlich auftauchte.
»Tut mir leid, *dede*«, entschuldigte sie sich und zauberte damit auf sein erzürntes Gesicht ein verdutztes Lächeln.
»Ich habe ja wohl noch ein paar Monate.«
»Sollen wir dich wirklich *dede* nennen, wenn es so weit ist? Für einen Opa bist du einfach zu jung.«
»Versuchst du, mich gerade abzulenken?«
»Ja«, gab sie mit Unschuldsmiene zu.
»Setz dich und sag mir, weshalb ihr gestritten habt, oder darf ich das nicht erfahren?« Er deutete auf den Stuhl an seiner Seite. In diesem Moment kam Aydin mit Jales Koffer herein.
»Und du setzt dich auch«, sagte er bestimmt.
Aydin stellte den Koffer ab und nahm Platz.
»Ich wollte morgen wieder zur Arbeit gehen«, begann Jale.
Zeki wunderte sich nicht über ihre Ankündigung. Ob medizinisch gesehen bei ihr alles in Ordnung war, konnte er nicht beurteilen. Auch wenn der Schock, das Baby in ihrem Bauch beinahe verloren zu haben, noch nicht überwunden sein konnte, verstand er ihren Drang, in die laufenden Ermittlungen wieder eingreifen zu wollen.
»Ich habe morgen früh einen Termin bei meiner Frauenärztin. Dem Baby und mir fehlt nichts, das weiß ich, deswegen gehe ich morgen wieder zur Arbeit«, erklärte sie genauer.
Zeki wandte sich mit möglichst neutraler Stimme an seinen Sohn. »Du willst nicht, dass Jale wieder arbeiten geht?«
»Wieso fragst du mich überhaupt? Du hast sie gehört. Sie wird morgen wieder zum Dienst erscheinen, egal, was die Frauenärztin sagt oder der Vater des Kindes«, meinte Aydin und erwiderte dabei Jales entschlossenen Blick.
Zeki dachte über die schwierige Situation nach. Er hätte am liebsten als Schlichter eine weise Entscheidung getroffen und

versuchte, diese mit einer salomonischen Idee vorzubereiten. »Lasst uns darüber sprechen.«

»Nein, *baba*«, erwiderte Aydin noch vor Jale.

»In Ordnung«, lenkte Zeki schnell ein. Sein Versuch war von Anfang an zum Scheitern verurteilt gewesen. »Dann klärt das untereinander. Aber wagt es nicht noch einmal, mit dem Geschirr um euch zu werfen, sonst …«

»Das war ich. Entschuldigung. Kommt nicht mehr vor«, fiel Jale ihm ins Wort und stand auf. »Ich decke den Tisch. Özlem kommt zum Abendessen.«

Aydin brachte den Koffer hinaus, während Zeki beim Decken des Tisches half.

»Wo wolltest du denn hin?«

»Nur weg«, sagte sie beiläufig, als hätte sie einen Spaziergang machen wollen. »Weißt du, wo ich die Teller nachkaufen kann?«

»Die Teller? Das Geschirr hat natürlich Selma besorgt, woher soll ich das wissen?«, erwiderte er, erstaunt über die Frage.

»Kein Problem. Ich kriege das heraus. Noch was. Elif hat angerufen. Sie wollte wissen, ob du wegen ihres Vaters etwas herausgefunden hast.«

Zeki hatte seinen Kollegen Selim Kaymaz in Istanbul um Hilfe gebeten. Bei seinem Bruder war Elifs Vater nicht aufgetaucht, sonst hätte ihn Kaymaz informiert.

»Ich wollte Selim *Bey* bis morgen Zeit geben. Ich telefoniere mit ihm, dann gebe ich der Kleinen Bescheid …« Mitten im Satz schien dem Kommissar etwas einzufallen. Er unterbrach von einer Sekunde auf die andere die häusliche Arbeit. »Deck für fünf. Ich gehe duschen.«

# 54

Direkt nach der Entlassung aus dem Untersuchungsgefängnis wollte Farhaad eigentlich seine Heimreise nach Paris organisieren. Doch weder die Kredit- noch die Maestro-Karte seiner Pariser Bank war zu bewegen, Geldscheine herauszurücken. Glaubte er zunächst an einen technischen Fehler, wurden seine schlimmsten Befürchtungen Wirklichkeit.
Ein Anruf hatte genügt, um zu erfahren, dass sein Konto überzogen war, einschließlich des Dispokredites, den er seit Jahren strapazierte, um sich über Wasser zu halten. Er war beraubt worden, stellte Farhaad mit einsetzenden Kopfschmerzen fest. Von dem Jungen auf dem Foto, mit dem Okan ihn erpressen wollte, jener Junge in Paris, der sich beim ersten Treffen als Sechzehnjähriger ausgegeben hatte. Auf Anhieb war er mit Haut und Haaren dem knabenhaften Körper verfallen.
Fieberhaft dachte Farhaad nach, wie der Junge an seine Geldkarteninformationen gekommen war. Es musste bei der Abreise zur Tournee passiert sein. Der Junge hatte im Gang seiner Wohnung auf ihn gewartet, neben dem Garderobenständer, wo seine Jacke mit der Geldbörse aufgehängt war. Und die Geheimnummern?, fragte er sich. Ihm fiel ein, dass sie in einem Büchlein notiert waren, das in einer Schublade seines Nachtschränkchens im Schlafzimmer lag. Wie konnte er ihm das nur antun?, bemitleidete er sich. Er war immer großzügig gewesen, immer freigiebig, liebevoll und zuvorkommend.
Beim Überqueren des Marienplatzes stieß er am Fischbrunnen

gegen eine Frau, die ihn entsetzt anstarrte und beinahe um Hilfe geschrien hätte. Er musste furchtbar aussehen, ärgerte er sich und sehnte sich nach einem heißen Schaumbad in seiner geliebten Badewanne. Doch wie nach Hause kommen? Seinen Flug nach Paris hatte er wegen der Whiskys und Okans Erpressung verpasst. An Bargeld in seiner Hosentasche waren ihm rund achtzig Euro geblieben.

Farhaad lachte in seiner verzweifelten Situation in sich hinein, weil er inzwischen selbst davon überzeugt war, Okan hinter der Bühne gesehen zu haben. Ein boshafter Trieb, sich zu rächen, hatte ihn zu der Aussage verleitet, die völlig aus der Luft gegriffen war. Natürlich hatte er es nicht anders verdient. Wie konnte er es wagen, ihn mit dem Foto zu erpressen? Warum hatte er sich nicht an den Handel gehalten? Okan war doch Geschäftsmann, wie er gerne betonte. Hätte er ihm die versprochenen fünftausend Euro gegeben, säße er jetzt in seinem Pariser Appartement, hätte seine Angelegenheiten geklärt und sich um einen neuen Auftrag gekümmert. Okan sollte büßen, dass er ihm das Geld für den riskanten Diebstahl des Kostüms mit dem Heroin nicht gegeben hatte. So billig sollte er nicht noch einmal davonkommen, schwor er sich. Nur das neue Alibi mit der Pokerrunde, von dem jeder, einschließlich des türkischen Kommissars, wusste, dass es erstunken und erlogen war, hatte seinen hübschen Arsch gerettet.

Farhaad schritt weiter die Fußgängerzone Richtung Staatsoper entlang und kam an einer bayerischen Traditionsgaststätte vorbei. Die blau-weiße Tischdekoration und die Körbe mit Brezen zwinkerten ihm einladend zu. Er studierte die Speisekarte am Eingang des Lokals. Bei der Zusammensetzung des Menüs, die ihm vorschwebte, rechnete er, dass er für fünfzig Euro satt werden würde. Als Vorspeise hausgemachte Sülze, dann Schweinshaxe mit zwei Extraknödeln, dazu Bayerisch Creme als Dessert. Trinken musste er natürlich Bier. Die Aussicht auf das Essen ließ sein Herz höherschlagen. Er setzte sich an einen freien Tisch und winkte die fesche Bedienung herbei. Mit vollem Magen würde er eine Lösung finden, wie er nach Hause kommen konnte, da war er sich sicher.

# 55

Özlem war früher zum Abendessen eingetroffen, um Zeit für eine Aussprache mit ihrem Vater zu haben. Zeki begrüßte sie wie immer mit einer innigen Umarmung an der Wohnungstür. Er hatte sich vorgenommen, ihr keine Vorhaltungen zu machen. Vater und Tochter zogen sich ins Schlafzimmer zurück, damit sie ungestört reden konnten. In der Wohnküche bereiteten Jale und Aydin das Essen vor.

Während Özlem aus dem Fenster blickte, erzählte sie von ihrem Entschluss, zu Beginn des neuen Jahres nach Istanbul zu ziehen. Dass sie plante, sich an der Fakultät ihrer Mutter für Orientalistik einzuschreiben, ließ Zekis Weltbild nicht zusammenbrechen. Sie hatte Selma immer für ihre Arbeit bewundert. Sein Polizeiberuf stieß dagegen nur während ihrer Phase als Kind auf ein gewisses Interesse, wenn er, was selten genug vorkam, als Gutenachtgeschichte von Räubern und Gendarmen erzählte. Aydin zeigte nicht einmal kindliche Neugier für den Beruf des Vaters. Er hatte von klein auf nichts anderes als seine Musik im Sinn. Umso erstaunlicher empfand es Zeki, dass er eine Polizistin zur Frau nehmen wollte. Diese Liebe musste stark sein.

»Du hast dich entschieden und wirst dich nicht umstimmen lassen. Ich will nur eines wissen, dann lass uns in die Küche gehen«, beschwor er seine Tochter.

»*Baba,* du bist manchmal ziemlich dramatisch. Ist dir das eigentlich klar?«

»Nein, ist mir nicht klar. Es geht um unser Leben. Das ist nun mal dramatisch. Wir haben nur eines.«
Özlem seufzte angesichts seiner Worte, die eine Frage einläuteten, bei der es um Leben und Tod zu gehen schien. »Was willst du wissen?«
»Warum gehst du weg aus München? Du kannst auch hier Orientalistik studieren. Am ehemaligen Institut deiner Mutter.«
Sie versuchte, die Fassung zu bewahren, die Tränen vor lauter schlechtem Gewissen zurückzuhalten.
»Es tut mir leid, glaub mir. Ich wusste nicht, wie sehr du dich um Mama bemühst.«
Zeki setzte sich auf das Bett. »Das ist mein Problem, nicht deines. Ich will wissen, warum du weggehst. Du bist hier geboren und aufgewachsen. München ist dein Zuhause.«
»Istanbul nicht?«
Zeki schwieg. Selma und er hatten bei der Erziehung ihrer Kinder darauf geachtet, ihnen beide Kulturen nahezubringen. So oft es möglich war, hatten sie Zeit mit den Kindern in ihrer Geburtsstadt verbracht, hatten in den eigenen vier Wänden Türkisch gesprochen, um sie mit der Sprache vertraut zu machen. Dennoch gab er die Antwort, die für ihn der Wahrheit am nächsten kam.
»Das, was du kennst oder glaubst zu kennen, ist ein Bild von Istanbul, das wir dir als Eltern eingeimpft haben.«
Seine Tochter reagierte erstaunt auf die Feststellung. »Kann es sein, dass du gerade über dich sprichst?«
Zeki fühlte sich ertappt. Er suchte nach den richtigen Worten. »Istanbul ist schon lange nicht mehr mein Zuhause. Das weiß ich.«
»Das verstehe ich. Aber was spricht dagegen, wenn deine Tochter die Stadt kennenlernen will, in der ihre Eltern aufgewachsen sind?«

»Nichts.«
»Wirklich nichts?«
»Es tut weh genug, dass Selma nicht da ist. Ob Aydin bleibt, steht in den Sternen. Wenn du jetzt gehst …« Er redete nicht weiter.
Özlem schluckte schwer und setzte sich zu ihm. Sie nahm seine Hand. »Was ist mit dir los? Du bist in letzter Zeit oft traurig.«
Zeki starrte vor sich hin. Die Bavaria tauchte vor seinem geistigen Auge auf. Ihr Kopf löste sich mit einem Mal und schwebte gespenstisch über München zu den beiden Medusenköpfen aus seinem Traum. Er versuchte, die Vorstellung loszuwerden, schüttelte den Kopf und drückte Özlems Hand, ohne ihr zu antworten.
»Aydin und ich müssen unseren Weg gehen. Du wirst immer unser Vater bleiben, egal was passiert«, tröstete sie ihn mit belegter Stimme.
Zeki sah sie verdutzt an, dann schmunzelte er. »Du hast mir schon als Kind die Welt erklärt.«
»Ja?«, fragte Özlem verunsichert. »Und wie?«
Zeki fasste sich an die Stirn. »Wir waren im Tierpark, in Hellabrunn. Du warst krank, glaube ich. Deine Mutter war weg und ich ausnahmsweise für euch da.« Er stockte kurz, dann sprach er weiter. »Jedenfalls waren wir beim Affengehege. Du warst auf meinem Arm und hast mir erklärt, warum einer der Schimpansen wild um sich schlug und brüllte, dass es in den Ohren weh tat.«
»Daran erinnere ich mich nicht. Wie alt war ich da?«
»Neun oder zehn. Auf keinen Fall älter. Du hast mich beruhigt, hast gesagt, dass ich manchmal auch so sei. Ich würde herumschreien und mit Worten wild um mich schlagen.«
»Ich habe dich mit einem Affen verglichen?«, fragte Özlem verblüfft.

Zeki lachte leise. »Ja, mit dem Schimpansenpapa. Du hast gemeint, ich wäre nicht viel anders. Ich würde auch alle wissen lassen, dass ich der Kopf der Familie bin, und alles dafür tun, sie zusammenzuhalten.«

Nun musste Özlem lachen. Aber nicht lange, ihr wurde schnell bewusst, was ihr Vater mit der Geschichte über sich selbst sagen wollte.

»Ich kämpfe, um Selma zurückzugewinnen. Da verliere ich dich«, fügte Zeki mit traurigem Lächeln hinzu.

»Du verlierst mich nicht, das weißt du. Außerdem gehst du früher oder später zurück nach Istanbul.«

Er musterte sie einen bedeutsamen Augenblick lang. »Du bist ihr sehr ähnlich«, sagte er schließlich voller Liebe.

Özlem wusste, wen er damit meinte, und ließ seine Feststellung stehen, um seine Wehmut nicht noch mehr anzustacheln. Verschämt blickte sie zur Tür. Aus der Küche drang das Klappern von Tellern und Besteck.

»Da ist noch etwas, oder?«, fragte er, als sie sich aufrichten wollte.

»Spricht jetzt wieder der Kommissar oder mein *baba?*«, erwiderte sie ernst.

»Dein Vater«, antwortete er mit fester Stimme.

Sie überlegte. Dann entschied sie, ihm auch den Rest zu erzählen. »Du hast recht. Wir bringen es besser hinter uns. Wie ich dich kenne, würdest du es sowieso herausbekommen.«

»Ein Mann?«

»Ja. Einer unserer Dozenten.«

Entsetzt dachte Zeki an einen Professor von mindestens sechzig Jahren, der seinen Studentinnen nachstellte.

Als würde Özlem seine Gedanken ahnen, klärte sie ihn schnell auf. »Dozent, Papa! Kein alter Professor. Er ist Künstler. Er war mit einem Seminar zu Gast an der Akademie.«

»Wie alt?«
»Wie bitte?«
»Wie alt dein Künstler ist, will dein Vater wissen.«
Wieder seufzte sie. »Weiß nicht, bisschen älter als ich.«
»Wie viel ist ›bisschen‹?«
»Zwei, drei Jahre vielleicht. Er wohnt in Istanbul.«
»Zwei, drei Jahre?«, wiederholte Zeki skeptisch.
»Vielleicht auch vier oder fünf. Ist das so wichtig?«
»Ja«, antwortete er knapp und wandte plötzlich den Kopf zu ihr. »Bist du schwanger?«
*»Baba!«,* hielt ihm Özlem entgegen.
Da läutete es an der Tür. Özlem wusste nicht, dass jemand außer der Familie zum Abendessen eingeladen war. Die Traurigkeit ihres Vaters wich einer Nervosität, die sie stutzig machte. Er zupfte sein Hemd zurecht und strich die Haare glatt.
»Wer kommt denn? Hast du Robert eingeladen?«
»Nein, nur eine Freundin.«
Özlems Mund öffnete sich leicht. Sie konnte sich nicht erinnern, wann ihr Vater das letzte Mal eine Freundin eingeladen hatte.

# 56

Der Gesprächsstoff ging beim Abendessen nicht aus. Der Gast wurde in Beschlag genommen, auch wenn Zeki, bevor er die Tür öffnete, allen eingebleut hatte, dass er Derya eingeladen habe, um sich für ihren Beistand nach dem schrecklichen Vorfall mit Jale zu bedanken. Özlem und Aydin taten sich schwer, mit der ungewöhnlichen Situation zurechtzukommen. Eine Freundin, noch dazu türkischer Herkunft, hatten sie bei ihrem Vater nicht erwartet, erst recht nicht nach dem Gespräch im Hofgarten. Vor allem Jale, die Derya wegen eines Falles der Migra etwas besser kannte, wurde nicht müde, sie mit Fragen zu bombardieren. Zeki hatte das Gefühl, dass sie die um einige Jahre ältere Derya nicht nur sehr mochte, sondern in ihr eine große Schwester sah.

Für das Abendessen hatte Jale *nohutlu pilav* zubereitet. Zu dem Reis mit Kichererbsen gab es einen Berg von gebratenen Hühnerbrüsten, zubereitet von Zeki, der dafür das Fleisch in einer italienischen Gewürzmischung gewendet hatte. Das Rezept, das Selma nach einem Toskanaurlaub in der Demirbilek-Küche eingeführt hatte, entsprach seinen beschränkten Kochkünsten. Özlem hatte einen Salat aus Tomaten, Zwiebeln, viel Petersilie und Minze beigesteuert. Nur auf den Nachtisch, den Derya mitgebracht hatte, verzichtete der Gastgeber. *Güllaç,* mit Rosenwasser aromatisierter Milchreis, hatte aus seiner Sicht in der türkischen Küche nichts verloren. Für das nächste Mal bestellte er *sütlaç,* die Variante ohne Rosenwasser.

Es war nach zweiundzwanzig Uhr, als sich Derya verabschiedete. Zeki begleitete sie zur Tür und half ihr in den Mantel.
»Danke für den schönen Abend«, lächelte sie begeistert. »Du hast eine tolle Familie.«
»Schön, dass du gekommen bist«, lächelte er zurück. »Ich habe mich nicht mal richtig bedankt für …«
»Lass nur. Komm, begleite mich ein Stück. Nach dem vielen Essen tut ein Spaziergang sicher gut«, meinte sie ohne Nachdruck.
»Warum nicht?«, erwiderte er unternehmungslustig. Er hatte während des Abendessens kaum mit ihr geredet und wollte das allzu gerne nachholen. »Warte, ich hole mir nur meine Jacke.«
Er ging zurück zu den Kleiderhaken im Flur, wo seine Jacke hing. Als er sie anzog, spürte er sein Telefon vibrieren und holte es aus der Tasche hervor. Er stutzte über die sieben verpassten Anrufe. Drei von der Leitzentrale. Drei von Isabel. Die letzte Nummer auf dem Display ließ ihn erstarren. Er hob den Kopf in Deryas Richtung.
»Ist was?«, fragte sie besorgt.
»Ich muss zurückrufen …«
Ohne eine Enttäuschung zu zeigen, machte sie es ihm leicht. »Wir holen den Spaziergang ein anderes Mal nach. *Iyi akşamlar.*«
Auch Zeki wünschte einen guten Abend und sah ihr mit gemischten Gefühlen nach.
Gerade als er Selma zurückrufen wollte, deren Nummer als letzter verpasster Anruf auf dem Display stand, läutete es an der Wohnungstür Sturm. Kurz darauf kam Isabel Vierkant die Treppen hochgespurtet. Bevor sie den Grund für ihren nächtlichen Besuch erläutern konnte, fragte Demirbilek: »Habe ich fünf Minuten?«
»Höchstens eine«, erklärte sie außer Puste.

»Warte unten«, stöhnte er lustlos und kehrte in die Küche zurück, wo die anderen den Tisch abräumten.
Jale verkniff sich einen Kommentar, obwohl ihr deutlich anzusehen war, dass sie am liebsten mit ihrem Chef zum Einsatz aufgebrochen wäre. Er steckte seinen Geldbeutel ein und wandte sich dabei an Özlem. »Holst du mir ein frisches Taschentuch?«

# 57

Unterwegs im Dienstwagen unterrichtete Vierkant den Sonderdezernatsleiter über die Ereignisse, die den Einsatz erforderlich machten. Als sie gerade davon erzählte, dass Passanten wegen verdächtiger Geräusche bei Turkmoda den Notruf verständigt hatten, bog sie in die Maximilianstraße ein. Vor dem Modegeschäft stieg sie auf die Bremsen und wollte sofort aus dem Wagen springen, doch Demirbilek hielt sie am Arm zurück.

»Langsam, Vierkant. Er ist nicht bewaffnet?«

»Nichts dergleichen, sagt Frau Taylor. Ich habe nur kurz mit ihr geredet. Sie wollte auf gar keinen Fall die Polizei, sie bestand darauf, Sie zu sprechen.«

Demirbilek entdeckte etwas in ihren Augen, was ihm missfiel.

»Es ist nicht schlimm, dass du dich in Farhaad getäuscht hast. Schlimmer finde ich, dass ihr mich nicht früher geholt habt. Seit wann ist er da drin?«

Vierkant atmete laut durch, um sich zu beruhigen. »Herr Demirbilek, Sie sind nicht ans Handy gegangen, und der private Anschluss funktionierte nicht. Deshalb hat ja die Einsatzzentrale mich verständigt.«

Demirbilek fiel ein, dass Aydin ihn gefragt hatte, ob er das WLAN ausschalten dürfe, weil er sich wegen Jales heimlicher Internetrecherchen nicht anders zu helfen gewusst hatte. Offenbar hatte er mit der Maßnahme auch das Telefon lahmgelegt.

»Und?«

»Einen Moment.« Sie sah auf die Uhr, dann blickte sie in ihr Notizbüchlein, um sich zu vergewissern. »Ich habe ganz genau vor achtzehn Minuten mit der Designerin gesprochen. Sie ist allein mit Farhaad. Laut eigener Aussage ist sie nicht in Gefahr.«
»Nächstes Mal holt ihr mich gleich«, gab Demirbilek kategorisch von sich. »Warte draußen und ruf Pius an. Er soll kommen.«
»Er ist schon auf dem Weg«, schrie sie ihm entgeistert hinterher und beobachtete, wie er schnurstracks auf den Eingang zustakste. Demirbilek klopfte mit der Faust gegen die gläserne Eingangstür des Geschäftes und stieß sie auf. Die Abendbeleuchtung war eingeschaltet. Die Verkaufsfläche war in stimmungsvolles Licht mit roten Spots getaucht.
Das Ausmaß der Randale, die offenbar stattgefunden hatte, hielt sich in Grenzen. Einige der Kilidschs lagen zusammen mit den Mänteln am Boden. Ein paar Kleider waren von Ständern heruntergerissen worden. Keines der Exponate an den Wänden hatte Schaden genommen.
»Herr Demirbilek?«, hörte er Filiz Taylors Stimme, die zu ihm eilte. »Gut, dass Sie da sind.«
»Ist alles in Ordnung mit Ihnen?«
»Mir ist nichts passiert. Farhaad ist auf der Toilette, er hat Durchfall.«
Irritierenderweise schien sie tatsächlich keine Angst zu haben.
»Ich habe einen Verdauungsspaziergang mit einer hübschen Frau sausen lassen. Also, was ist los?«
»Danke, dass Sie gekommen sind. Ich wusste einfach nicht weiter.« Sie ließ den Blick über das Chaos schweifen. »Ich habe nach Ladenschluss noch gearbeitet, da hat Farhaad an die Tür geklopft.«
»Was wollte er denn?«

»Ich weiß es nicht. Er war ziemlich kopflos, hat wohl ein paar Bier zu viel getrunken. Ich wollte ihn beruhigen, aber er hat nur geweint und geschrien. Irgendwann hat er zu randalieren begonnen und mich gezwungen, meinen Cousin, ich meine Okan, anzurufen, damit er herkommt. Danach ist er auf die Toilette gerannt.«
»Ihnen hat er nichts getan?«
»Nein. Ich glaube, er ist mit der Situation überfordert.«
»Von welcher Situation sprechen Sie?«
»Ich bin mir nicht sicher. Aber es könnte sein, dass er sein schlechtes Gewissen erleichtern möchte.«
In diesem Moment kehrte der Tourmanager mit hängendem Kopf zurück. Er hielt sich den Magen, sein Gesicht war weiß wie Mehl, ihm war offensichtlich schlecht. Demirbilek wartete einen Augenblick und entschied, nicht den Kopf zu verlieren. Er nahm alle Strenge und aufgestaute Wut aus seiner Stimme und bat den Algerier, auf einem Stuhl Platz zu nehmen.
Farhaad setzte sich und krümmte den Oberkörper vor Schmerzen.
»Brauchen Sie einen Arzt?«, fragte Demirbilek.
»Nein, es geht schon. Ich kenne das. Wenn ich frustriert bin, fresse und saufe ich, bis nichts mehr in mich hineingeht.«
»Nun gut, wenn Sie keine Hilfe brauchen, sprechen Sie. Sagen Sie mir, weshalb Sie Okan herbestellt haben«, hob Demirbilek an.
Farhaad richtete sich auf. »Ich wollte mit ihm reden.«
»Wegen der Abschlussprämie der Show?«
»Was für eine Prämie?«, erwiderte Farhaad erstaunt.
Demirbilek wandte sich an Taylor. »Wissen Sie etwas von einer Prämie?«
»Nein. Ich bin für das Kreative zuständig. Das Geschäftliche liegt in Okans Verantwortung.«

»Also, was wollten Sie dann mit ihm bereden?«, wandte sich Demirbilek wieder an Farhaad.
Der Algerier schwieg und schluckte schwer, als sein Magen lautstark zu rebellieren begann. Er wandte sich mit traurigen Dackelaugen an die Designerin. »Haben Sie vielleicht eine Cola da? Meinem Magen geht es wirklich schlecht.«
»Tut mir leid, wir haben nur Wasser und Säfte im Geschäft«, bedauerte sie und ging los, um die Getränke zu holen.
Demirbilek glaubte, nicht richtig zu hören. Der Plauderton ging ihm gegen den Strich. In was für eine Aufführung war er da hineingeraten?, fragte er sich. »Ich mag nicht mehr«, stöhnte der Kommissar, dann pfiff er durch die Zähne. Woraufhin Vierkant durch die Tür eilte. »Nimm ihn mit. Wegen Randalierens und Verdachtes auf zweifachen Mord. Sollen die Richter entscheiden, ob er es war. Aus meinen Augen mit ihm.«
»Warten Sie«, meldete sich Farhaad kleinlaut zu Wort. Er blickte zu Taylor, die Wasser in ein Glas goss und dem Verhör beiwohnte, als würde sie einer mäßigen Modenschau folgen.
»Ich wollte Okan anbieten, die Wahrheit zu sagen.«
Demirbilek ging vor ihm in die Hocke, um direkt in seine Augen zu sehen. »Welche Wahrheit?«
Farhaad zögerte. Wieder blickte er zur Designerin. »Was ich Ihnen gesagt habe, stimmt nur zum Teil. Okan war zwar an dem Abend am Tatort, ich habe ihn aber nicht gesehen. Ich wollte Okan hinhängen, weil er mich mit dem Foto unter Druck gesetzt hat«, gestand er schließlich.
Demirbilek staunte über zweierlei Schlussfolgerungen, die er aus der Aussage und dem Blickkontakt zwischen Taylor und Farhaad zog. Die eine betraf die Mimik der Modeschöpferin. Sie war nicht überrascht. Offenbar wusste sie, dass Farhaad gelogen hatte. Wieso aber sollte oder musste sie ihrem Cousin Okan ein falsches Alibi bescheinigen? Warum ein falsches Alibi,

wenn es überhaupt nicht notwendig war, da Okan mit den Morden nichts zu tun hatte? Die andere Schlussfolgerung hatte nur indirekt mit dem Verhör zu tun. Es war die Wirkung des dicklichen Mannes auf Frauen. Sie mochten ihn. Taylor lächelte dem angeschlagenen Tourmanager aufmunternd zu wie einem jüngeren Bruder, der in ihrer Obhut nichts zu befürchten hatte.
»Um die Falschaussage kümmern wir uns später. Sie haben Okan also nicht gesehen. Weiter!«, befahl Demirbilek. Die verwirrende Wirkung der Wendung wollte er sich auf keinen Fall anmerken lassen.
Farhaad fuhr sich durch die Haare. »Ich weiß, wer Deniz getötet hat.«
»Dann sprechen Sie endlich! Machen Sie eine Zeugenaussage, die verdammt noch mal der Wahrheit entspricht!«
Auf einmal wurde die Eingangstür aufgestoßen. Leipold schob Okan Gök am Kragen vor sich her. »Schau mal, wen ich vor der Tür erwischt habe.«
Demirbilek richtete sich auf und rieb sich die schmerzenden Knie. »Nur herein, Herr Gök. Wir reden gerade über Sie.«

# 58

Kommissar Leipold holte einen Stuhl und hieß Okan Gök neben Farhaad sitzen. Demirbilek wartete geduldig, bis er Platz genommen hatte. Ihm fiel auf, dass Okan den Augenkontakt mit seiner Cousine vermied, dann wandte er sich wieder an Farhaad. »Weiter.«

»Ich war gerade mit dem Duschkopf im Badezimmer beschäftigt, als sie …«

»Wer?«, fuhr Leipold dazwischen.

»Deniz Aralik, die Tote in der Teeküche«, informierte Demirbilek ihn knapp, obwohl er das nicht wissen konnte.

Nach einem Zögern redete Farhaad weiter. »Ja, genau. Deniz hat nicht gemerkt, dass ich nebenan alles mitgehört habe. Sie haben in der Garderobe lauthals gestritten.«

»Wer hat mit wem gestritten?«, fragte Demirbilek sicherheitshalber nach, auch wenn er es sich denken konnte.

»Deniz mit Meral Sez. Deniz wusste wegen des Heroins Bescheid, weil ihr in Istanbul aus Versehen das Kostüm ausgeliefert wurde. Sie wollte Meral erpressen.«

»Und Meral hat sich das nicht gefallen lassen«, trieb Demirbilek ihn an.

Farhaad suchte einen Moment in seiner Erinnerung. »Die beiden haben sich angegiftet. Deniz hat ihr gedroht und gemeint, sie würde sich von Okan das Geld holen. Als sie gegangen war, hat mir Meral gebeichtet, dass sie für den da Drogenkurier gespielt hat.«

Er nickte zu Okan hinüber, der mit gesenktem Kopf regungslos zuhörte.
»Die Drogen in Ordnung, aber was ist mit dem Mord?«, wollte Demirbilek genauer wissen.
»Ich bin nach dem Streit der beiden hinaus, hatte ja viel zu tun vor der Show.« Er hielt kurz inne, atmete tief ein, dann sprach er weiter. »Aber ich hatte so ein komisches Gefühl, deswegen bin ich noch einmal zurück in die Garderobe. Meral war aber nicht da.« Er japste nach Luft. »Es dauerte nicht lange, dann kam sie hereingestürmt. Völlig aufgelöst. Ich müsse ihr helfen, hat sie gefleht. Geweint hat sie, das arme Ding. Das war nicht beabsichtigt. Meral muss außer sich gewesen sein. Im Affekt, heißt das doch?«
Demirbilek schielte zu Leipold, der ungläubig mit den Achseln zuckte. »Was war nicht beabsichtigt?«, fragte Demirbilek weiter, auch wenn alle wussten, was gemeint war.
»Jetzt spuck schon aus, was du weißt«, verlor Okan plötzlich die Nerven. »Sag, dass du gedroht hast, mir den Mord an Deniz unterzuschieben.«
Farhaad zuckte zusammen und griff nach dem Glas Wasser, das ihm die Designerin reichte. »Es tut mir leid, ich hätte das bei der ersten Vernehmung sagen müssen.« Er nahm einen Schluck und blickte nun direkt in Demirbileks Augen. »Meral hat Deniz umgebracht. Sie hatte Blut an ihren Händen, als sie in die Garderobe zurückkam. Ich habe sie in die Dusche geschickt und gesagt, dass sie sich ruhig verhalten und auf gar keinen Fall ihren Auftritt verpassen soll, um keinen Verdacht aufkommen zu lassen.«
Einige Sekunden herrschte Ruhe. Gerade als Demirbilek weitermachen wollte, klopfte es an der Eingangstür. Ein Pizzalieferant tauchte mit zwei Flaschen Cola auf.
»Die sind für Farhaad, habe ich bestellt«, erklärte Taylor.

»Hat Meral erzählt, wie sie Deniz in der Teeküche umgebracht hat?«, nahm Demirbilek den Gesprächsfaden wieder auf, nachdem Farhaad seinen Magen mit etwa einem halben Liter Cola beruhigt hatte.

»Mit ihrem Taschenmesser, das sie dort vergessen hatte. ›Es steckt in ihrem Hals‹, hat Meral gewinselt. Wie ein krankes Baby.«

Demirbilek suchte Augenkontakt zu Leipold. Beide wussten, dass nichts über die Tatwaffe und den genauen Tathergang verlautbart worden war.

Darüber hinaus hatte Farhaad Deniz' Leiche nicht gesehen, zur Identifizierung war eine der Tänzerinnen herangezogen worden. Nur der Täter und das Ermittlerteam konnten wissen, wie Deniz zu Tode gekommen war.

»Was geschah, nachdem Sie Meral in die Dusche geschickt hatten?«

»Das habe ich schon gesagt.«

»Erzählen Sie!«

»Da war die Frau mit Kopftuch. Ich dachte, sie sei die Putzfrau. Ich habe kurz mit ihr geredet und sie weggeschickt. Als ich gleich darauf gegangen bin, stand Meral noch unter der Dusche.«

Demirbilek wandte sich nun an Okan. »Warum haben Sie wegen Ihrem Alibi so viel Aufsehen gemacht?«

Da lachte Farhaad zum Unverständnis der zwei Kommissare auf. »Das ist die entscheidende Frage. Na, Okan, warum hast du gelogen? Jetzt spuck du die Wahrheit aus! Dein Pokerspiel hat dir doch niemand ernsthaft geglaubt.«

Okan schwieg.

Wie ein übereifriger Junge, der petzen durfte, ohne eine Bestrafung zu befürchten, setzte Farhaad nach und sah dabei Okan fest in die Augen: »Dann sage ich es Ihnen. Der Machotürke hier, der rund um die Uhr am liebsten Frauen beglückt, der Schwulenwitze zum Besten gibt und nur zu gerne alle Homos der Welt im Meer ertränken würde, genau der hat sich in der Teeküche von Deniz einen blasen lassen!«

Natürlich, schoss es Demirbilek durch den Kopf, das musste der Grund sein, weshalb Okan nicht die Wahrheit gesagt hatte und ein Alibi benötigte. Aus Scham wollte er nicht zugeben, mit Deniz zusammen gewesen zu sein. »Sie wussten also gar nicht, dass sie ein Mann ist?«

»Nein«, gab Okan mit dünner Stimme zu. »Der Fettsack aber wusste es.«

»Ja und? Deniz sah aus wie eine Frau und hat gefühlt wie eine Frau, und getanzt hat sie wie eine Göttin. Ich habe Deniz respektiert, wie sie sein wollte. Nur damit das klar ist! Ich hatte nichts mit ihr. Sie stand nicht auf dicke Schwule, sie stand auf hübsche Heterojungs wie Okan.«

»Jetzt mal langsam. Ich verstehe das nicht ganz«, hakte Leipold nach und fixierte Okan. »Sie haben mit Deniz rumgemacht, kurz bevor sie getötet wurde? Verstehe ich das richtig? Ist es das, was der Zeuge aussagt?«

Okan nickte.

»Da stellt sich für mich die Frage, ob nicht Sie der Mörder sind. Ich kann mir gut vorstellen, dass Sie erst Deniz Aralik getötet und später Meral Sez als Zeugin ausgeschaltet haben. Oder, Zeki? Vorstellbar, oder?«

»Ja«, gab ihm Demirbilek recht. »Was sagen Sie zu der Anschuldigung, Herr Gök?«

»Fragen Sie ihn«, erwiderte Okan und deutete mit dem Finger auf Farhaad.

Demirbilek verstand in dem Augenblick, was das ganze Theater zu bedeuten hatte. Okan brauchte Farhaad als Zeugen, um ihn vor einer Mordanklage zu bewahren.

»Nicht er«, entschied Demirbilek. »Kommissar Leipold hat Ihnen die Frage gestellt.«
Okan benötigte einen Moment, um sich zu sammeln. »Meral platzte in die Teeküche herein, nachdem ich gemerkt hatte, was los war.«
»Dass die hübsche Tänzerin einen Schwanz hat?«, vergewisserte sich Leipold.
»Ja! Genau. Ich stand unter Schock, dass Deniz keine Frau war.« Okan erhob sich. Seine Stimme wurde fester. »Ehrlich gesagt, ich war heilfroh, als Meral durch die Tür kam. Deniz wollte, dass ich ihr … auch gefällig bin. Meral war wütend, weil sie uns in flagranti erwischt hatte. Sie und Deniz haben angefangen zu streiten. Ich wollte mir das nicht antun, habe die zwei allein gelassen und mich ins Auto gesetzt. Ich wollte nur weg. Ich war in Panik.«
»Den Mord haben Sie nicht gesehen?«, fragte Demirbilek.
»Nein, natürlich nicht, sonst hätte ich die Polizei gerufen. So, und jetzt nehmen Sie mich fest. Wegen Falschaussage und sonst was. Aber nicht wegen irgendwelcher Drogengeschichten, von denen weiß ich nämlich nichts. Und mit den Morden habe ich auch nichts zu tun.« Er holte Luft und sah Farhaad scharf an. »Jetzt sag endlich, was du weißt!«
»Es stimmt leider, was er erzählt hat«, ergänzte Farhaad Okans Aussage. »Meral hat unter Tränen gestanden, dass sie Okan und Deniz erwischt und er sich aus der Teeküche verdrückt hat. Es kam wieder zum Streit wegen des Heroins und der Erpressung. Meral hat die Nerven verloren und ihr das Taschenmesser in den Hals gestochen. Meral hat Deniz getötet. Okan war es nicht, auch wenn er mitschuldig ist.«
»Dann haben Sie uns ein Lügenmärchen untergeschoben, um Okan in der Hand zu haben«, vervollständigte Demirbilek die Aussage.

Er wartete die Antwort des angeblichen Zeugen nicht mehr ab. Er hatte genug gehört, um zu verstehen, was die zwei ausgeheckt und mit Bravour abgespult hatten. Er instruierte Vierkant, einen Streifenwagen zu rufen, und wartete, bis sie und Leipold mit den zwei Verdächtigen das Geschäft verlassen hatten. Anschließend nahm Demirbilek auf dem Stuhl Platz, auf dem eben noch Farhaad gesessen hatte, und fixierte die Designerin, die während der ganzen Zeit nichts gesagt hatte.
Er strich sich über das Gesicht und begann, leise Tränen zu lachen.
»War das Ihre Idee? Ich bin fast überzeugt davon. Ihr Cousin hat sich das nicht ausgedacht. Okan hat das Niveau, ein illegales Pokerspiel auszudenken, Sie dagegen entwerfen Mode mit viel raffinierter Phantasie. Was bezahlen Sie Farhaad für seine Aussage?«
Die Modeschöpferin zeigte keine Reaktion.
»Keine Angst, ich erwarte nicht, dass Sie sich mir anvertrauen«, brachte Demirbilek noch hervor und musste sich dann mit einem Taschentuch die Augen trockenwischen.
Da verlor Taylor für einen Moment die Fassung. »Sie sind schlimmer als Ihre junge Kollegin. Sie hat mir nur eine Falle bei der Vernehmung gestellt, Sie aber versuchen, mein Vertrauen zu gewinnen. Vergessen Sie es!«
Demirbilek schmunzelte. Aus Jales Bericht wusste er, dass sie Taylor, als sie ihrem Cousin ein Alibi bescheinigen wollte, bei der Befragung übertölpelt hatte. Der Trick funktionierte erstaunlich oft. Er bestand darin, bei der Bestätigung des Alibis den falschen Tag oder die falsche Uhrzeit zu nennen. Die einstudierten Aussagen kamen automatisch und bezogen sich auf einen Zeitraum, der nicht relevant war. Bohrte man im Laufe des Verhörs gezielt nach, wackelte das Lügengebilde und brach schließlich ein.

»Ich habe zu tun«, beschloss Taylor plötzlich und ging weg, ohne auf den Kommissar zu warten.
Demirbilek folgte ihr in den Showroom. Er war vollgestellt mit Garderobenständern und nackten Schaufensterpuppen, die wie Klone ihre Gesichtszüge trugen. Auf einem langen Arbeitstisch lag ein Abendkleid. Die Designerin fing an, daran Änderungen vorzunehmen.
»Das muss bis morgen früh fertig sein. Ich werde die ganze Nacht daran arbeiten«, erklärte sie unaufgefordert.
»Das erledigen Sie selbst?«
»Für eine spezielle Kundin. Morgen kommen zwei Models, um meine neue Kollektion vorzustellen. Die Kundin aus Kuwait zahlt einen stolzen Preis, nur um meine Mode als Erste sehen zu dürfen«, erzählte sie und wechselte abrupt das Thema. »Ich möchte Farhaad wegen der Verwüstung da draußen nicht anzeigen. Oder muss ich das?«
»Das liegt ganz bei Ihnen.« Ein weiterer Teil des abgekarteten Spiels, erklärte sich der Kommissar das Ansinnen.
Taylor erwiderte nichts. Konzentriert machte sie mit der Näharbeit weiter, dabei schien sie Worte im Kopf vorzuformulieren.
»Okan ist kein böser Mensch«, sagte sie schließlich mit Bedacht.
»Das kann ich nicht beurteilen. Ich sammle Fakten, sonst nichts. Er ist gewalttätig und mit ziemlicher Wahrscheinlichkeit ein Mörder. Farhaads Geschichte nehme ich ihm nicht ab.«
Taylor schwieg und beendete mit Nadel und Faden eine Naht an dem Kleid. Jenes Schreiende, das er im Schaufenster gesehen hatte.
»Wie ist eigentlich Ihr richtiger Nachname?«, fragte Demirbilek nach einer Weile. Er hatte das Gefühl, die Designerin würde sich ihm vielleicht öffnen.
»Um sich international einen Ruf zu machen, ist mein türki-

scher Nachname zu kompliziert. Wenn Sie es wirklich interessiert, haben Sie Mittel, es herauszubekommen.«

»Natürlich.«

Die Designerin beugte sich wieder über ihre Arbeit. Der Kommissar dachte an seine eigene Familie, daran, was er alles für sie tun würde.

# 59

Auf dem Heimweg sog Demirbilek die frische Nachtluft ein. Der Spaziergang, wie ihn Derya angeregt hatte, tat wirklich gut. Auf der Brücke zum Maximilianeum, wo er zur Isar abbog, entdeckte er die Statue der Pallas Athene, die ihn mit stechendem Blick ansah. Nicht noch ein Medusenkopf!, gebot er seinen Visionen Einhalt und ermahnte sich, über die neue Entwicklung im Fall nachzudenken.

Wie um Allahs willen sollte er Farhaad der wiederholten Falschaussage überführen?

Dem Ausnahmetalent in der Disziplin Lügen war kaum beizukommen. Mit kreisenden Bewegungen an der Schläfe bemühte er sich, seine Gedanken zu ordnen. Jetzt, da geklärt war, warum Okan hartnäckig verschwiegen hatte, wo er zur Tatzeit gewesen war, ergab das Szenario Sinn. Wie er Okan als überzeugten Macho einschätzte, glaubte er ihm sogar, dass er in Panik geraten war.

Die alles entscheidende Frage, ob Okan Hals über Kopf die Flucht ergriffen hatte oder geblieben war, um Deniz im Affekt zu töten und möglicherweise Meral als Zeugin auszuschalten, konnte er nicht beantworten. Stempelte Farhaad gegen Geld eine Tote zur Mörderin, um Okan eine Mordanklage zu ersparen? Angestrengt versuchte er, sich die Gesichter der beiden Opfer ins Gedächtnis zu holen. Doch es gelang ihm nicht.

Verärgert über sich selbst nahm er die Füße in die Hand und marschierte den Fußweg an der Isar entlang über den Gebsattel-

berg nach Hause. Dort klingelte er, und zu seiner Erleichterung war Jale an der Gegensprechanlage.
»Ich möchte Deniz und Meral sehen.«
»Wie bitte?«, fragte Jale erstaunt.
Zeki besann sich und bat Jale, herunterzukommen. Bald darauf erschien sie und hatte – was dem Kommissar gefiel – ihren Laptop unter den Arm geklemmt. Einige Schritte entfernt setzten sie sich auf die Parkbank, die an der Hauswand auf dem breiten Bürgersteig stand.
Der Kommissar brachte seine Kollegin auf den neuesten Stand und erklärte dann, was ihn antrieb, sie mitten in der Nacht zu holen.
»Mir schwirren Okan und Farhaad ständig durch den Kopf. Ich habe den Bezug zu den Opfern verloren.«
»Verstehe«, antwortete Jale irritiert.
»Es gibt sicher Videos im Internet.«
»Klar, aber können wir das nicht oben …«
»Nein. Oder ist dir und dem Baby kalt?«
Jale schüttelte den Kopf, überlegte und wählte Aydins Handynummer. Es dauerte, bis sie ihm erklärte, wo sie gerade war. Gegen Ende des Gespräches drohte sie mit der Scheidung, wenn er nicht umgehend die Telefonanlage wieder in Gang setzte, damit sie über das Heimnetz ins Internet konnte.
»Ihr seid nicht verheiratet«, stellte Zeki nach dem Telefonat fest und blickte auf den Laptop in ihrem Schoß.
»Mir kommt es aber so vor«, meinte sie nur und öffnete über den Internetbrowser die Webseite der Bauchtanzshow. »Es gibt Videos vom Casting«, erklärte sie und klickte auf Meral Sez' Auftritt.
Auf einem Diwan in dem verspiegelten Übungsraum saß eine fünfköpfige Jury, darunter Okan Gök und seine Cousine Filiz Taylor. Nach Sez' ansprechendem Auftritt klatschten die Jury-

mitglieder über die professionelle Leistung begeistert Beifall. Okan sprang gar auf und pfiff mit den Fingern zwischen den Zähnen, während seine Cousine zur Tänzerin ging und sie mit Wangenküssen beglückwünschte.
»Merkwürdig«, meinte Zeki. »Das sind doch die Jurymitglieder, oder?«
»Da ist nichts mit neutral. Haben Sie sich bei Talentshows im Fernsehen abgeguckt«, erklärte Jale.
Zeki kannte die Sendungen nicht und machte sich deshalb keine weiteren Gedanken. Aufgefallen war ihm etwas anderes. Der Kameramann hielt in Großaufnahme Sez und Taylor bei der Umarmung fest. Zeki schien es, als tauschten die Frauen ein Zeichen aus. Auf den Augenaufschlag der einen folgte ein verschwörerisches Lächeln der anderen. Zeki las mehr als Dankbarkeit für die Juryentscheidung in Sez' Augen und mehr als Anerkennung über den gelungenen Tanz in Taylors Augen.
»Kann das sein?«, murmelte Zeki. »Ist die Designerin lesbisch?«
»Na und?«, fragte Jale, die den Zusammenhang, den ihr Chef herstellte, wohl nicht nachvollziehen konnte.
»Überleg mal. Okan hat was mit Meral …«
»Allah!«, schrie sie auf. »Wenn Filiz und Meral ein Paar waren …«
»Langsam, das ist nichts weiter als eine Vermutung.«
»Aber wenn es so ist, rein hypothetisch, dann hatten wir die ganze Zeit den Falschen in Verdacht.«
»So ein Quatsch, Jale! Okan steht zu Recht unter Verdacht, auch wenn er von Farhaad ein unumstößliches Alibi bescheinigt bekommen hat. Der Algerier zieht das vor Gericht durch, da bin ich mir sicher. Er muss eine Menge Geld dafür bekommen.«
»Warte. Ich muss das durchdenken. Sagen wir, Meral und die Designerin waren ein Paar. Wahrscheinlich diskret. Cousin Okan

weiß davon nichts und macht Meral zu seiner Geliebten. Oh, mein Gott. Damit hätte die Designerin ja ein Motiv. Eifersucht unter Frauen. Ein ziemlich leidenschaftliches Motiv, wenn du mich fragst. Aber die Annahme ist wacklig, die Designerin hat ein Alibi.«

»Welches Alibi denn? Du hast es selbst entkräftet, indem du sie aufs Glatteis geführt hast. Sie hat kein Alibi für den Abend. Keines jedenfalls, wovon wir wissen.«

Mitten in der Diskussion näherte sich Aydin der Bank. Er hatte Jales Lieblingsjacke bei sich und eine Thermoskanne mit Tee. Wortlos überreichte er seiner Freundin die Jeansjacke und setzte sich neben sie.

»Wolltest du mir nicht helfen, wenn ich mit Jale nicht fertig werde?«, fragte er seinen Vater mit ironischem Augenzwinkern und schenkte den Becher voll, nahm einen Schluck und reichte ihn weiter an Jale.

Überrascht musterte Jale erst ihren Freund, dann ihren zukünftigen Schwiegervater. »Was heißt hier nicht fertig werden?«, ärgerte sie sich. »Was treibt ihr zwei hinter meinem Rücken?«

»Gar nichts, Jale«, besänftigte Aydin sie und gab ihr einen Kuss auf die Stirn. »Wenn wir schon mitten in der Nacht gemütlich draußen zusammensitzen, statt in der warmen Küche zu hocken, möchte ich wissen, was ihr hier treibt.«

»Wir arbeiten, Aydin! Nach was sieht es sonst aus!«, erwiderte Jale wütend.

»Geht es um die Bauchtänzerinnen?«, fragte er ungerührt.

»Ja, du warst doch selbst dabei.«

»Wirklich schade um die beiden. Wisst ihr, worüber ich mich wundere?«

Jale nahm einen Schluck und bot den Becher dann Zeki an. »Es wird kühl, lasst uns hochgehen«, sagte sie, ohne Aydins Frage ernst zu nehmen.

Zeki hielt sich zurück.
»Jale, ich habe dich etwas gefragt«, insistierte Aydin.
»Also gut, was wundert dich?«
»Du hast mich an dem Abend an der Tür postiert, um Wache zu stehen, bis deine Kollegen anrücken.«
»Ja und?«
Nun spitzte Zeki die Ohren und schnappte sich den Becher aus Jales Hand.
»Als ich abgelöst wurde, haben alle Zuschauer und die Mitarbeiter der Show ihre Aussagen zu Protokoll gegeben. Mich hat aber kein Mensch gefragt, ob mir etwas aufgefallen ist.«
Zeki bekam unbeabsichtigt einen Stoß von Jale versetzt, als sie erbost aufsprang und dabei fast ihren Laptop zu Boden beförderte. »Du bist der Sohn eines Kommissars. Wenn du was gesehen hast, hättest du es sagen müssen!«
»Gesehen habe ich nichts, keine Sorge. Jetzt setz dich wieder, bitte.«
Jale nahm tatsächlich wieder Platz. Zeki hörte weiter zu, ohne sich einzumischen.
»Bevor die Show begann, hat einer meiner Musikerkollegen mit einer Frau geredet. Ich habe keine Ahnung, was sie gesprochen haben. Er kannte sie offenbar und hat ihr den Weg zur Hinterbühne gezeigt«, berichtete Aydin.
Jale und Zeki sahen sich erschrocken an. Jetzt war es an der Zeit, einzugreifen, fand der Kommissar. »Trug die Frau ein Kopftuch?«
»Ja, sie sah ein bisschen wie Tante Feride aus.«
Da hatte Jale schon das Phantombild der vermeintlichen Putzfrau auf dem Display und hielt es ihrem Freund vor das Gesicht. »War es diese Frau?«
Aydin musterte die Zeichnung. »Könnte sein.«
»Welcher deiner Kollegen war das?«, wollte Zeki wissen.

»Der Sazspieler. Mehmet.«
Sofort loggte sich Jale in das Intranet der Polizei ein und suchte in den Vernehmungsprotokollen, bis sie die Aussage gefunden und überflogen hatte. »Mehmet Ekler hat nichts dergleichen ausgesagt. Ihm sei nichts Besonderes aufgefallen, steht hier.«
»War wahrscheinlich nicht so wichtig«, stellte Aydin ohne Verwunderung fest, dann stand er auf. »Jetzt wird es aber wirklich kühl. Kommt, wir gehen nach oben.«
»Weißt du, wo er ist?«, hielt Jale ihn zurück.
»Mehmet? Er ist nach der Bauchtanzshow zu einer Tournee aufgebrochen.«
»Wohin und für wie lange? Komm, Aydin, das ist wichtig«, bohrte Jale entnervt nach.
»Er tourt durch China mit einer anatolischen Folkloretruppe. Ich bin übrigens auch angefragt worden, habe aber abgesagt, weil ich …«
Jale hatte genug gehört. Sie drückte Zeki den Laptop in die Hand und hakte sich schnell bei Aydin ein, um Richtung Hauseingang zu gehen. »Komm, *koçum*«, nannte sie ihn liebevoll auf gut Türkisch Schafbock, »wir zwei gehen ins Bett. Dein Vater hat noch zu arbeiten.«
»Wartet. Ich brauche irgendeine Nummer von dem Sazspieler«, rief Zeki verzweifelt hinterher.
»Steht alles im Vernehmungsprotokoll, *dede!*«, rief Jale zurück und verschwand mit Aydin im Haus.
Unentschlossen schielte Zeki auf den Laptop, dann auf die Uhr. Es war spät geworden. Morgen war auch noch ein Tag, so es Allah gefallen mochte, sagte er sich und folgte seinen Mitbewohnern.

# 60

Gleich nach der Morgenbesprechung klemmte sich Isabel Vierkant ans Telefon. Es zeigte sich, welch immensen Vorteil ihre niederbayerische Hartnäckigkeit bei der Auffindung des gesuchten Sazspielers hatte. Sie erkundigte sich bei der Konzertagentur nach den Tourneedaten der Auftritte in China und führte eine Reihe überteuerter Überseegespräche, bis sie ihn endlich in einem Hotel in Hangzhou ausfindig machte. Mit telefonischer Unterstützung von Jale, die noch krankgeschrieben war, stellte sie sogar eine Videoverbindung zu dem Zeugen her.

Als die Technik stand, setzte sich Demirbilek zu seiner Mitarbeiterin, als würde er zu Tisch gebeten werden. Am Internetterminal der Hotellobby einige Tausend Kilometer entfernt stellte sich der Sazspieler Mehmet Ekler mit Smoking und Fliege der Befragung. Er gab an, sich nicht an Aydins Beobachtung zu erinnern, woraufhin Demirbilek mit gerichtlichen Konsequenzen drohte. Nach einer Denkpause bestätigte der Sazspieler doch, Merve Kara vor der Show begrüßt zu haben. Er kannte sie von Hochzeitsfeiern, bei denen er als Musiker aufgetreten war. Auch gestand er, ihr den Zugang zur Hinterbühne gewiesen zu haben. Auf die Idee, dass sie mit den Morden etwas zu tun haben könnte, war er nicht gekommen, behauptete er nervös. Demirbilek hakte nach und räumte ihm eine letzte Chance ein, alles zu sagen, was er wusste, bevor er den chinesischen Polizisten, die angeblich vor dem Hotel postiert waren, Bescheid

geben wollte, um ihn wegen wissentlicher Falschaussage verhaften zu lassen.
Nach der mit Seelenruhe vorgetragenen Drohung bekräftigte der Musiker, nichts weiter zu wissen und Kara nach der Unterbrechung der Show nicht mehr gesehen zu haben. Auf die Frage, weshalb er gelogen habe, entgegnete er, dass er befürchtet hatte, die anstehende Chinatournee zu verpassen. Außerdem, fügte er voller Überzeugung hinzu, traue er der gutmütigen Mutter, die viel Leid ertragen musste, keine Straftat zu. Demirbilek dankte ihm mit ironischem Tonfall für die hilfreiche Einschätzung und zog sich in sein Bürozimmer zurück. Vierkant informierte den Sazspieler darüber, dass er eine Vorladung bekommen werde, um seine aufgezeichnete Aussage schriftlich zu Protokoll zu geben.
Leipold gesellte sich etwas später an Demirbileks Schreibtisch, der gerade in einem Telefonat von dem Istanbuler Kollegen erfuhr, dass Elifs Vater nicht bei seinem Bruder aufgetaucht war. Plötzlich stürmte Cengiz herein und bettelte mit vor Zorn geröteten Wangen geradezu danach, arbeiten zu dürfen. Demirbilek behielt die Vermutung für sich, ein vorehelicher Streit mit Aydin könnte hinter ihrer Aufgebrachtheit stecken. Im Grunde war er froh über ihr Erscheinen, denn Leipold allein zu der Designerin zu schicken behagte ihm nicht. Er beauftragte Cengiz, zusammen mit Leipold dem Hinweis nach einer möglichen Liebesbeziehung zwischen dem Opfer Sez und der Designerin nachzugehen.
Dann trat er als Ermittlungsleiter einen ihm unangenehmen Gang an. Bei einer Tasse Earl Grey, an dem er anstandshalber nippte, brillierte er im Büro seiner Chefin mit einer schulbuchmäßigen Zusammenfassung des Ermittlungsstandes.
Vor allem Farhaads Verhaftung schilderte er bis ins Detail. Sein Resümee fiel ernüchternd aus. Der Tourmanager komme als Tä-

ter nicht in Frage, auch wenn er sich wegen seiner ersten Falschaussage verantworten müsse. Gök, prophezeite er seiner Chefin, werde ihn wegen Erpressung nicht belangen. Als Tatverdächtiger sei Gök im Mordfall Deniz Aralik aufgrund von Farhaads entlastender Aussage aus dem Schneider.
Beim Mordfall Meral Sez komme nach neuester Entwicklung nun auch Göks Cousine ins Spiel. Als Hauptverdächtige allerdings sei nach den Informationen des Sazspielers Merve Kara erneut ins Visier gerückt.
»Sind die Karas noch in Istanbul?«, fragte Sonja Feldmeier.
»Ja, sind sie.«
»Haben Sie die türkischen Kollegen gebeten, nachzusehen, oder woher wissen Sie das?«
»Nein, das war nicht notwendig. Jale hat aus purer Langeweile von zu Hause aus im Internet nach Nachbarn der Karas gesucht und ist fündig geworden. Ein vertrauenswürdiger Pensionär meinte, Herr und Frau Kara seien nach den Beschneidungsfeierlichkeiten nicht wieder abgereist.«
»Was haben Sie vor?«
»Ich überrasche die Karas mit meinem Besuch«, gab Demirbilek bekannt.
»Nur zu«, ermunterte ihn Feldmeier und hoffte auf eine dankbare Geste des Kommissars.
Doch Demirbilek dachte nicht daran, ihr zu zeigen, wie froh er war, beruflich nach Istanbul reisen zu können. Privat hätte er es nicht geschafft, das war ihm nach der Entwicklung der beiden ungelösten Fälle klargeworden. Seinem Wunsch jedoch, ein Teammitglied mitzunehmen, kam sie aus Kostengründen nicht nach. Erst als er sein Flugticket vorzeigte und die private Kostenübernahme seines eigenen Fluges ins Spiel brachte, gab Feldmeier ihr Einverständnis. Selbst wenn die Maßnahme unkonventionell war.

# 61

Direkt nach dem Gespräch ließ sich Demirbilek von einem Bereitschaftspolizisten zu Leipold und Cengiz fahren, die auf dem Gelände der Münchner Modemesse mit Filiz Taylor verabredet waren.

Er traf gerade am Haupteingang des Glasfassadenbaus ein, um sehen zu können, wie die bekennende Orientliebhaberin Franziska Saum wutentbrannt herausstürmte und mit zitternder Hand versuchte, ihren Kleinwagen zu öffnen.

»Kann ich Ihnen helfen?«, fragte er in ihrem Rücken, woraufhin sie erschrocken aufschrie und sich umdrehte.

Offenbar war es ihr egal, einen Polizeibeamten vor sich zu haben, ihre Worte ließen das zumindest vermuten. »Ich möchte mit euch Dreckstürken nichts mehr zu tun haben. Schleich dich, sonst kratz ich dir die Augen aus! Verschwinde! Ich will meine Ruhe«, brüllte sie und stieg in den Wagen.

Mehrere Gedankenansätze rangen bei dem unerwarteten Gefühlsausbruch in Demirbileks Kopf miteinander. Der einzig vernünftige war, ruhig zu bleiben. Ein anderer brachte die Frage auf, was Saum bei der Modedesignerin zu suchen hatte. Er wusste zwar, dass sie sich kannten, ging aber von keiner engen Freundschaft aus.

Bevor Saum den Motor starten konnte, riss Demirbilek die Tür auf, griff nach ihrem Handgelenk und umschloss es mit einer Handschelle. Keine Sekunde später war Saum an dem Lenkrad ihres Wagens angekettet. Dann griff Demirbilek über sie hinweg zum Zündschlüssel, zog ihn ab, knallte die Tür zu und sperrte den Wagen ab. Dreckstürke schimpfte ihn niemand ungestraft.

Saums Hilfeschreie hallten ihm nach, während er zum Eingang marschierte. Durch die Glastür bemerkte er Leipold und Vierkant, die offenbar mit ihrer Vernehmung zu Ende waren und zum Ausgang eilten.

Irritiert blickte Leipold zu dem Kleinwagen. Eine Frau klopfte gegen die Fensterscheibe. Passanten waren stehen geblieben. Ein besorgter Mann rüttelte an der Wagentür.

»Das ist doch die Orienttante. Das warst bestimmt du!«, jaulte Leipold amüsiert auf.

»Brauchen wir sie noch?«, erwiderte Demirbilek.

»Eigentlich nicht, nein«, sagte Cengiz.

Wortlos reichte er ihr daraufhin den Wagenschlüssel. Cengiz atmete tief aus, dann trabte sie los, um die Frau zu befreien.

»Hattest recht«, sagte Leipold und zündete sich ein Zigarillo an.

»Mit was?«

»Meral Sez und die Modetussi hatten was miteinander. Okan hat die beiden Frauen in flagranti erwischt.«

»Wann und wo?«

»Beim Auftakt der Tour in Kairo.«

»Also nicht relevant für die beiden Morde?«

»Eher nicht. Aber interessant ist das schon, oder? Cousin und Cousine haben was mit derselben Frau.«

»Wer was mit wem hat, interessiert mich nur, wenn es unseren Fall betrifft. Was hat die Saum damit zu tun?«

»Sie wusste, dass Sez und die Designerin ein Verhältnis hatten. Ich glaube, unser Orientfan hat versucht, daraus Kapital zu schlagen. Ging nicht um Geld, eher darum, ihre Zuneigung zu erlangen. Aber die Designerin hat sie auflaufen lassen. Als wir eingetroffen sind, haben sie gerade gestritten. Jale ist dazwischen und hat sie auf Türkisch ordentlich zusammengestutzt. Was bedeutet denn *orospu çocuğu?*«

Demirbilek musste herzhaft lachen, weil sich Leipold sehr um eine einigermaßen korrekte Aussprache bemühte.

»Lach nicht so blöd. Was heißt das denn? Das hat sie ein paarmal gesagt.«

»Auf wen bezogen?«

»Auf Okan Gök, soweit ich das verstanden habe.«

»Das heißt Hurensohn, wenn ich dich richtig verstanden habe. An deinem Türkisch müssen wir noch feilen.«

Leipold grinste. »Meinst du, ich habe nichts Besseres zu tun? Die ist ganz schön geladen, unsere Kleine, was hat sie denn?«

»Werdende Mütter kämpfen mit den Hormonen. Aber was ist mit dem Alibi der Designerin?«

»Wasserdicht. Zu den Tatzeiten war sie in ihrem Geschäft. Ein Scheich mit seiner Sippschaft hatte einen Spezialtermin, hat sich bis nach Ladenschluss hingezogen. Jale hat gleich mit der Frau des Scheichs telefoniert.«

»Und Okans Alibi? Ich meine die dumme Pokergeschichte.«

»Steht im Bericht.«

Demirbilek schwieg provozierend.

»Du bist so ein fauler Sack!«, stellte Leipold fest, dann erst gab er die erwünschte Antwort. »Göks Anwalt ist im Gegensatz zu dir recht fleißig. Alle von der Pokerrunde haben einen Wisch unterschrieben, sich geirrt zu haben. Angeblich war es ein kollektives Versehen, weil sie wegen der durchgespielten Nacht die Zeit nicht im Griff hatten. Die Zockerei war am Nachmittag und nicht am Abend, wie alle bezeugt hatten. Das allerdings stimmt, Gök war zu der Zeit wirklich beim Pokern. Er ist ein ganz Großer in der Branche, ich habe mit den Kollegen gesprochen. Der ist zum Kartenspielen nach München gekommen.« Er lächelte bemüht.

Cengiz kam zurück. »Ich habe mir den Mund fusselig geredet. Sie verzichtet auf eine Anzeige, dafür muss ich mich verdammt noch mal auf einen Kaffee mit ihr treffen«, sagte sie vorwurfsvoll an Demirbilek gewandt, der die Information regungslos entgegennahm.
»Am Abend fliege ich nach Istanbul«, gab er bekannt. »Ich will Isabel mitnehmen.« Cengiz' enttäuschter Blick entging ihm dabei nicht.
»Jetzt warte mal. Istanbul ist wunderbar. Das machst du, logisch. Aber was ist mit Gök? Der darf nicht davonkommen, Kruzitürken noch mal«, warf Leipold aufgeregt ein.
»Wird er auch nicht. Im Moment aber weiß ich nicht, wie wir das auf legale Weise hinbekommen sollen«, entgegnete Demirbilek wenig hoffnungsvoll.
Dann nahm er Cengiz die Autoschlüssel aus der Hand. »Leipold, du fährst, Jale ist schwanger.«

# 62

Zu Demirbileks Enttäuschung wollte Vierkant ihn nicht nach Istanbul begleiten, nicht nur weil sie unter Flugangst litt, sondern weil sie Besuch von ihren Schwiegereltern erwartete. Da Leipold als sein Stellvertreter notgedrungen die Stellung halten musste, bot sich Cengiz für die Reise an. Doch ihr Vorgesetzter hatte sich einen triftigen Grund zurechtgelegt, sie nicht mitnehmen zu müssen. Als Einzige im Team, die Türkisch sprach, war sie für die Ermittlungsarbeit in München unverzichtbar. Den eigentlichen Grund behielt er für sich. Er fühlte sich wohler bei dem Gedanken, seine angehende Schwiegertochter hier zu wissen. Die letzte dienstliche Istanbulreise mit ihr war anstrengend und nicht ungefährlich gewesen.

Mit gepacktem Koffer traf Demirbilek am Nachmittag bei seinem Freund Robert ein. Obwohl das Antiquitätengeschäft geöffnet war, hoffte er auf eine Partie *tavla,* da er noch genügend Zeit bis zu seinem Abflug hatte.

Robert balancierte auf einem wackligen Stuhl, hielt einen Kronleuchter in die Luft und malte der aufmerksamen Kundin aus, wie vorteilhaft das Lichtraumbild sich in ihrem Wohnzimmer entfalten würde, sobald sich ein Elektriker der brüchigen Verkabelung angenommen hatte. Zeki lachte verstohlen, als Robert erzählte, woher der Lüster stammte.

Zu seiner Zeit als Journalist in Istanbul führte er angeblich ein Interview mit dem direkten Spross eines Sultans. Der Lüster baumelte an der Decke des Salons über dem Kopf des Literaten, der schwermütige Gedichte verfasste. Ohne Vorwarnung, berichtete Robert, wobei man nie wusste, ob seine Geschichten der Wahrheit entsprachen, löste sich der schwere Leuchter und erschlug den Lyriker. Er zeigte auf eine rötliche Stelle auf dem Metall und behauptete, es sei osmanisches Dichterblut. Einige Wochen später, beendete er seine Geschichte, erstand er das schöne Stück aus dem Nachlass des Verstorbenen. Die Kundin wollte nach der lebhaften Erzählung den Kauf überdenken und verabschiedete sich verwirrt.

»So wirst du dein Zeug nicht los«, mahnte Zeki, der bereits in seinem Lieblingssessel Platz genommen hatte.

»Wer sagt denn, dass ich mein Zeug loswerden will?«, grinste Robert und holte das *tavla* aus der Schublade. »Wie viel Zeit hast du?«

»Red nicht, stell auf!«

Während der ersten Partie kamen und gingen zwei Kunden, die der Antiquitätenhändler kaum beachtete. Wie er es seit Jahren zu tun pflegte, notierte er den Sieger, in dem Fall Zeki, in ein Schulheft und stellte anschließend die Steine neu auf.

»Wo geht's hin?«, fragte Robert mehr aus einer Verpflichtung heraus. Zekis Trolley stand neben dem Sessel.

»Arbeit. In Istanbul.«

»Doppelt schön für dich.«

Das zweite Spiel ging an Robert.

»Geht noch eins?«, fragte er erwartungsvoll.

Zeki sah auf die Uhr. Er plante, mit der S-Bahn zum Flughafen zu fahren. Da er seinen Freund nicht enttäuschen wollte, wählte er eine komfortablere Lösung und bestellte telefonisch einen Fahrer. Schließlich handelte es sich um eine Dienstreise.

»Eins geht noch«, sagte er dann.

Mit einem seligen Seufzen stellte Robert seine weißen Steine auf und schob Zekis in sein Feld hinüber. »Seit wann hat deine

Selma Konkurrenz?«, fragte er unvermittelt, starrte jedoch weiterhin aufs Spielbrett.
Zekis Mund öffnete sich leicht. »Das stimmt gar nicht!«
»Na dann«, gab Robert lapidar zurück. »Ich dachte nur, weil du *sütlaç* für das nächste Abendessen, zu dem ich nicht eingeladen werde, bestellt hast.«
»Hast du von Özlem«, riet Zeki. Er kannte Robert zu gut, um seine Andeutung, beleidigt zu sein, ernst zu nehmen.
»Sie hat ein Geburtstagsgeschenk für eine Freundin besorgt«, gab Robert zu.
»Was hat sie gekauft?«
»Derya heißt sie, oder?«, konterte Robert den Versuch seines Freundes, das Thema zu wechseln.
»Die Kellnerin vom Biergarten. Du hast sie getroffen. Sie ist eine Freundin. Nichts weiter.«
»Hübsch und intelligent. Aber keine aus Istanbul«, merkte Robert an.
»Was bedeutet das?«, wollte Zeki verärgert wissen.
»Was ich gesagt habe. Derya ist nicht aus Istanbul. So, jetzt spielen wir wieder.«
Nach der dritten und letzten Partie, die Robert für sich entscheiden konnte, verabschiedeten sich die beiden Freunde. Vor der Tür bot Robert Zeki an, in seiner Wohnung zu bleiben, die er vor einigen Jahren in Istanbul gekauft hatte.
»Eigentlich wollte ich Selma überraschen, habe ihr aber Bescheid gegeben, dass ich nach Istanbul komme. Ich übernachte bei ihr«, überraschte er seinen Freund.
»Grüß sie von mir und komm wieder, hörst du! Ich brauche dich hier.«
Zeki lächelte. Außer ihm gab es niemanden auf der Welt, mit dem sein Freund *tavla* spielte.

# 63

Um seine Mission nicht zu verkomplizieren, hatte Demirbilek keine Amtshilfe der türkischen Behörden beantragt. Mit großer Zuversicht verfolgte er einen einfachen Plan: die Hauptverdächtige Merve Kara übertölpeln und sie zu einem Geständnis im Mordfall Meral Sez bringen. Er war sicher, dass die nach Vergeltung dürstende Mutter die Tänzerin auf dem Gewissen hatte. Ebenso überzeugt war er mittlerweile, dass Meral Sez nicht Deniz Aralik getötet hatte, wie Farhaad behauptete.
Was an seinem ausgeprägten Ehrgeiz nagte, war das zersetzende Gefühl in ihm, versagt zu haben. Mit Farhaads inszenierter Aussage hatte aller Wahrscheinlichkeit nach die Designerin ihren Cousin vor dem Gefängnis bewahrt. In der Zwischenzeit war allen Ernstes ein psychologisches Gutachten in Arbeit, das Göks Unzurechnungsfähigkeit bescheinigen sollte, um ihm die Verurteilung wegen tätlichen Angriffs auf Polizeibeamte zu ersparen. Gök begab sich lieber in die Psychiatrie als hinter Gitter. Der Anwalt begründete seinen Schritt damit, dass sein Mandant bei der Vernehmung durch Kommissar Leipold als homosexuell diffamiert und ehrenrührig behandelt wurde, das zum einen. Der zweite Grund war psychologischer Natur. Gök hatte bei seiner letzten Entlassung aus dem Gefängnis einen Eid auf den Koran geleistet, wonach er Allah und seinen Propheten versprochen hatte, keine Minute seines Lebens mehr im Gefängnis zu verbringen. Göks Zurechnungsfähigkeit war bei der Aussicht ins Strudeln geraten, seinen heiligen Eid nicht einhalten

zu können. Deshalb der unkontrollierte Gewaltausbruch. Was für ein Irrsinn, fluchte Demirbilek und besann sich nur schwer auf die anstehenden Aufgaben.
Er hob den Blick aus dem Fenster des Zivilfahrzeuges. Der Beamte, der ihn zum Flughafen bringen sollte, hatte den Weg Richtung Norden verlassen.
»Ich wollte nicht ins Büro«, sagte er dem Fahrer.
»Haben Sie denn nicht den Funkspruch gehört?«
Nein, habe ich nicht, ich habe nachgedacht, also gearbeitet, sagte sich Demirbilek säuerlich und fürchtete sich vor dem, was als Nächstes kommen würde. »Was für ein Funkspruch soll das gewesen sein?«
»Sie wurden gerade eben zu einem dringenden Einsatz gerufen«, erklärte der Beamte aufgeregt. Unmittelbar danach traf ein weiterer Funkspruch ein, und Demirbileks Handy begann wegen des Vibrationsalarms zu wackeln. Leipolds Nummer leuchtete auf. Der Polizist am Steuer gab über Funk durch, in drei Minuten am Pariser Platz zu sein, und schaltete das Blaulicht ein.
Während das Handy weiterhin vibrierte, verfinsterte sich Demirbileks Miene zusehends. Er schloss die Augen, um seinen Gemütszustand unter Kontrolle zu halten. Prompt kreisten die beiden Medusenköpfe wie Drohnen über ihm. Mit hochgekrempelten Hosen stakste er auf blutroten Stelzen durch die Isar, auf der Flucht vor den ihn bezirzenden Grimassen. Hilflos stierte er in die zwei Augenpaare. Beide waren schwarz wie das Flusswasser. Beide sogen ihn magisch in sich auf. Knapp vor dem Sturz in die Isar zwang er sich mit aller Kraft, die Augen zu öffnen.
Was hätte es genutzt, gegen den Einsatz zu protestieren? Gar nichts, machte er sich deutlich und ließ sich mit seinem Schicksal hadernd in den Sitz fallen. Die lärmende Sirene im Ohr er-

innerte ihn an das Vogelgezwitscher, das beim Läuten an Selmas Wohnungstür ertönte. Ob der Glockenton noch existierte? In ein paar Stunden hätte er es erfahren, wenn er bei ihr geklingelt hätte.
Die halsbrecherische Fahrt verlangsamte sich notgedrungen bei der Zufahrt zum Pariser Platz. Wegen der Einsatzfahrzeuge und den Schaulustigen war kaum ein Durchkommen. Demirbilek ließ den Fahrer anhalten und wies ihn an, seinen Trolley nach Hause zu bringen. Dann stieg er aus, um die restliche Strecke zu Fuß zu bewältigen. Von weitem entdeckte er Leipold, der zu ihm hetzte.
»Schnell. Sie dreht völlig durch. Sie will nur dich sprechen.«
»Nicht schon wieder! Und wer überhaupt, Pius?«
Demirbilek konnte nicht glauben, dass sein Kollege ihn tatsächlich bei der Hand nahm und durch die Absperrung zerrte.
Durch die Glasfensterfront des hell erleuchteten Fast-Food-Restaurants entdeckte Demirbilek, der sich mit einem Taschentuch die Hände säuberte, eine Schar Besucher und uniformiertes Personal, das im hinteren Bereich zusammenkauerte.
Elif stand hinter der Verkaufstheke. Mit ihrem Kopftuch ragte sie kaum über die Kasse. Deutlicher zu sehen war die Waffe, die sie dem Verkäufer an die Brust hielt. Dabei redete sie – soweit Demirbilek sehen konnte – beruhigend auf ihn ein.
Der Kommissar gab sich einen Ruck, murmelte *»Bismillah-ir-Rahman-ir-Rahim«,* um Allahs Beistand zu erbitten, und begab sich in das Restaurant.
»Das reicht. Hör auf, Elif! Was soll das werden?«
»Herr Kommissar«, freute sie sich, ihn zu sehen. »Der andere Chef draußen wollte Sie erst nicht holen. Jetzt sind Sie ja endlich da.«
»Was ist? Was soll das hier werden? Nimm die Waffe herunter.«
Gehorsam ließ sie die Waffe sinken. Demirbilek winkte die

Geisel zu sich und vergewisserte sich, dass es dem Mann gutging. Dann schickte er ihn hinaus. Elif schien das wenig zu interessieren.

»Ich habe mir was überlegt«, sagte sie.

»Das ist gut. Wir reden darüber. Vorher gibst du mir aber die Waffe.« Er schüttelte den Kopf. »Ich erkenne eine Schreckschusspistole, wenn sie keine drei Meter vor mir baumelt.«

Die Geiseln im Hintergrund warteten gebannt, was das Mädchen als Nächstes machte. Elif rang nach Worten.

»Auf die Weise bekommst du deinen Vater nicht zurück«, kam ihr Demirbilek zuvor.

»O doch!«, brüllte sie mit einem Mal. Verzweiflung und Angst lagen in ihrer Stimme. Dann stürmte sie mit vorgehaltener Waffe auf die Geiseln zu. Doch der Kommissar eilte ihr hinterher und umklammerte sie mit den Armen von hinten. Elifs Gegenwehr hielt nicht lange an. So fest er nur konnte, drückte er das verzweifelte Kind an sich.

»Du hast nichts dazugelernt. Dabei bist du so klug«, flüsterte er ihr ins Ohr.

Da fing sie in seinen Armen zu schluchzen und hemmungslos zu weinen an. Zeki streichelte ihr über den Kopf. Was hatte sie nur zu so einer Dummheit getrieben?, fragte er sich voller Sorge. Er hatte doch versprochen, ihren Vater ausfindig zu machen. Er war doch gerade auf dem Weg nach Istanbul.

Mit Elif in seinen Armen wandte er sich den Leuten zu. »Der Spuk ist vorbei. Geht hinaus. Aber langsam. Geht langsam! Einer nach dem anderen. Die Kollegen draußen kümmern sich um euch.«

Nacheinander verließen die eingeschüchterten Besucher das Restaurant. Nur ein jüngerer Mitarbeiter tanzte aus der Reihe. Demirbilek bemerkte, wie er sein Handy auf ihn und Elif richtete und ein Foto knipste. Seine eigene Verzweiflung über die verfahrene Situation brach nun aus ihm heraus. Er setzte Elif an einen Tisch, stürzte sich auf den Verkäufer, der eben noch ängstlich in der Ecke gekauert hatte, und riss ihm das Handy aus der Hand.

»Lösch das!«, herrschte er ihn an.

Mit zittrigen Fingern tat dieser wie befohlen und wollte sich verdrücken. Doch Demirbilek stoppte ihn mit der Hand auf seiner Brust. Er kramte nach seinem Geldbeutel und drückte ihm einen Schein in die Hand. »Mach uns ein paar Burger.«

Ungläubig schielte der Mann auf den Schein.

»Was ist? Der Rest ist Trinkgeld. Beeil dich mit den Burgern, dann verschwinde.«

Der junge Mann verzog sich hinter die Theke. Demirbilek setzte sich zu Elif an den Tisch. Sie hatte sich nicht gerührt.

»Lass uns etwas essen, bis deine Mutter kommt«, beruhigte er sie.

Das Mädchen wischte sich mit den Handballen die Tränen aus dem Gesicht. Als sie nach einer Papierserviette griff, reichte er ihr eines seiner Stofftaschentücher.

Während sie auf die Burger warteten, hob er den Arm, um der Einsatzbereitschaft zu zeigen, dass sie nicht eingreifen sollten.

Elif hatte sich in der Zwischenzeit die Nase geputzt und sah den Kommissar mit zuversichtlichem Gesicht an.

»Geiselnahme ist kein Kinderkram. Ich bin vierzehn und muss verurteilt werden. Dann bin ich vorbestraft, das habe ich nachgelesen. Der Richter wird mich zu meinem Vater in die Türkei ausweisen«, erklärte sie allen Ernstes. »Das ist doch so, oder?«

Der Kommissar hätte ihr gerne geantwortet, doch brachte er, erschrocken über ihre Beweggründe, kein Wort heraus. Elifs Gesicht glühte vor Hoffnung und Vorfreude. Was er spürte, was er in ihrem Gesicht zu erkennen glaubte, war Liebe und Sehnsucht nach ihrem verschwundenen Vater.

Später, als Elif mit ihrer Mutter in die nächste Polizeiinspektion gebracht wurde, stand Demirbilek mit Leipold abseits des Trubels. Was sollte er an einem Abend wie diesem anstellen? Wie das Begehren nach Selma, bei der er zu dieser Stunde hätte sein sollen, in den Griff bekommen? Wie dem Mädchen beistehen, das um jeden Preis zu seinem Vater wollte?
Leipold zündete sich ein Zigarillo an. Der Geruch stieg in Demirbileks Nase.
»Kommst du mit? Ich muss was Anständiges essen, um den Geschmack von dem Burger loszuwerden«, sagte er.
Leipold hatte nichts dagegen, ihm Gesellschaft zu leisten. In Haidhausen kannte sich Zeki aus, mit seinen Eltern war er hier oft essen gegangen.

# 64

Mit einem leisen *»Afiyet olsun!«* wünschte Zeki guten Appetit und biss von einem *hamsi* ab – in Maismehl gewendete, kross in Öl gebratene, kleine Sardellen, die laut dem Küchenchef am Tag zuvor putzmunter im Schwarzen Meer Fangen gespielt hatten. Kein Vergleich zu einem Burger, stellte er sachlich fest.

*»Aslan sütü!* Auch wenn das ein Schmarrn ist, finde ich das super. So einen poetischen Kalauer bräuchten wir für unser Bier auch«, zeigte sich Pius begeistert und hob mit diesen Worten sein Glas. Dass der türkische Anisschnaps Löwenmilch genannt wurde – das hatte er sich erklären lassen –, lag an dem hinzugegebenen Wasser, das die Flüssigkeit milchig-trüb werden ließ.

»Ich möchte auf das Mädchen anstoßen. Ist es dir recht, darf man das, Zeki?«

»Warum nicht?«, erwiderte dieser und erhob ebenfalls sein Glas. Er wartete auf den Trinkspruch, den sein Kollege allem Anschein nach im Kopf formulierte.

»Auf Elif! Möge das Mädchen ihren Vater wiederbekommen und meine Kinder mich so lieben wie sie ihren Vater.«

Auch wenn er sich umständlich ausdrückte, sagte sich Demirbilek, sprach ihm sein bayerischer Kollege aus dem Herzen.

*»Yarasın.«*

»Bedeutet?«

»Zum Wohl.«

»Da sage ich nicht nein. Wohl bekomms!«

Aus reiner Gewohnheit trank Pius auf ex aus. Obstler und andere geistige Getränke mochte sein Körper kennen und vertragen, nicht aber Rakı, befürchtete Zeki und nippte an seinem Glas. Zur vorgerückten Stunde wurden den ungleichen Kollegen Gäste an den Tisch gesetzt. Eine Gruppe türkischer Männer feierte die Rückkehr eines Freundes nach Izmir. Der Wirt selbst war in Feierlaune und sperrte sein Lokal ab.

Von da an rauchte, trank und aß die geschlossene Gesellschaft von den kalten und warmen Speisen. Nur Leipold rührte, bis auf salzige Erdnüsse, um den Geschmack des Anisschnapses zu neutralisieren, das Essen nicht an. Die Türken versuchten dem Deutschen klarzumachen, dass ein Rakıabend, ohne etwas zu essen, ihm nicht gut bekommen werde. Doch nicht einmal Zekis Begeisterung über die *kuru fasulye,* die mit Lamm versetzten weißen Bohnen, und das herzhafte *pastırma* – mit würziger Knoblauchpaste ummanteltes Rinderfilet – konnte ihn umstimmen. Er habe, Pius erklärte das mit Inbrunst, zwar Respekt vor der türkischen Trinkkultur, wolle aber seine Geschmacksnerven keiner Gefahr aussetzen. Er sei mit der bayerischen Küche außerordentlich glücklich und habe vor dem Einsatz am Pariser Platz eine ordentliche Portion Leberkäse mit Kartoffelsalat gegessen. Er habe schlicht und ergreifend keinen Hunger.

Die türkische Musik, die im Lokal dröhnte, begann allmählich, bei den munter durcheinanderredenden Männern ihre Sogkraft zu entwickeln. In den türkischen Gesang, in den die angetrunkenen Männer einstimmten, brachte Pius seinen Bariton, geschult vom Kirchenchor, lautmalerisch ein.

Den Tanz, Schulter an Schulter, im Kreis, abwechselnd ein Bein von sich schleudernd – Sirtaki auf Türkisch – verpasste der bayerische Polizeibeamte jedoch. Der Lieblingsschnaps der Türken verfehlte seine Wirkung bei dem Münchner nicht. Gegen ein Uhr morgens lag er zugedeckt mit seiner Lederjacke im Nebenraum und schlief. Tief und fest. Ohne zu schnarchen. Hätte ihm das jemand gesagt, Pius hätte es nicht geglaubt. Ein Wunder, von dem er gerne seiner Frau erzählt hätte.

Mit Hilfe zweier kräftiger Männer hievte Zeki am Ende der Feier Pius ins Taxi und fuhr ihn nach Hause. Den Schlüssel fand er in der Hosentasche und schloss die Wohnungstür auf. Als er die Tür aufschob, erwartete ihn das entsetzte Gesicht von Leipolds Ehefrau. Mit nichts weiter als dem Nachthemd, das er schon kannte, stand sie im Flur.

»Meine Schuld, Frau Leipold. Pius kann nichts dafür«, entschuldigte sich Zeki zu laut. Auch er war betrunken, wenngleich nicht im selben Maße wie Pius, den er an die Wand lehnte, um Luft zu holen. Leipolds Ehefrau kam ihm zu Hilfe. Gemeinsam beförderten sie ihren Mann ins Bett. Den Rest wollte er ihr überlassen, doch beim Aufknöpfen des Hemdes sprach sie ihn verwundert an.

»Er riecht gar nicht nach Bier wie sonst.«

»Wir haben einen Fall gelöst«, erklärte Zeki und konnte, auch wenn er dagegen ankämpfte, seinen Blick nicht von ihrem Ausschnitt lösen. »Er hat mit mir Rakı getrunken, weil ich … wie soll ich sagen … Ich weiß es nicht.« Er erzählte ihr nichts von der verzweifelten Elif, von seinem Herzen, das schmerzte, den Medusenköpfen, die ihn durch die Isar jagten. »Ich muss los, das Taxi wartet.«

Kaum hatte er die Worte hervorgebracht, fiel ihm etwas ein, was er längst geklärt haben wollte. »Ich kenne Ihren Vornamen nicht, Frau Leipold.«

»Elisabeth«, antwortete sie mit Befremden.

»Das passt gut. Elisabeth und Pius.« Er lächelte, bis sie seinem Charme erlag und mit leisem Lächeln einlenkte. »Seien Sie nicht böse mit Pius und verlassen Sie ihn nicht, bitte«, fügte er hinzu und verschwand.

Als er vor der eigenen Haustür stand und die Rücklichter des Taxis nicht mehr zu sehen waren, suchte Demirbilek nach seinem Wohnungsschlüssel. Mehrfach durchwühlte er alle Taschen seiner Hose und seines Sakkos. Der Schlüssel, fiel ihm endlich ein, lag in seinem Trolley, den der Fahrer des Streifenwagens zu Hause abgegeben hatte.
Er drehte sich von der Haustür weg. Die nächtliche Stille verstärkte die Einsamkeit, die sich wie ein Geschwür in ihm breitmachte. Sein Blick wanderte zum Mond. Hell leuchtend stand er am Firmament. In wenigen Stunden brach der neue Tag an. Er klingelte, obwohl er an Deryas Sofa dachte, auf dem er so wundersam ruhig geschlafen hatte.

# 65

Es fiel leichter, als ihm lieb war, nach vier Stunden Schlaf aus dem Bett zu kriechen. Anders als Leipold war Demirbilek seit seinem sechzehnten Lebensjahr Rakı gewohnt. Den Teil seiner männlichen türkischen Sozialisation, wie er in Gedanken sarkastisch formulierte, hatte er offenbar mit Bravour absolviert.

Laut gähnend betrat er das Badezimmer, das mittlerweile Jales Handschrift angenommen hatte. Auf allen Ablagemöglichkeiten, inklusive der Waschmaschine, befanden sich ihre Sachen. In drei Waschbeuteln verstaute sie Cremedosen, Badezusätze und sonstige Artikel, die sie für Aussehen und Wohlbefinden für notwendig erachtete.

Aydin und er teilten sich gemeinsam ein schmales Regal für Zahnbürsten und Rasierzeug. Er klatschte sich auf die Wangen, um munter zu werden, merkte dabei, dass die Kopfschmerzen anhalten würden. In einer Schublade stöberte er Aspirin auf. Mit beschwörenden Worten redete er der Tablette gut zu, ihm über den Tag zu helfen, dann ließ er Wasser in die Handflächen laufen und schluckte die Medizin.

In dem neuen Spiegel, den Jale durchgesetzt hatte – er war breiter und höher als der ausrangierte –, blickte er in das Gesicht eines unrasierten Mannes, der deprimierter wirkte als ein Fußballer, der gerade den entscheidenden Elfmeter zum WM-Sieg verschossen hatte. Hastig verbannte er die Bedenken aus dem Kopf, die signalisierten, dass der bevorstehende Tag nicht ein-

fach werden würde. Dann rasierte und duschte er sich. Im Anschluss nahm er seinen am Vortag gepackten Trolley und verließ die Wohnung.
Im Büro erwartete ihn Isabel Vierkants fröhliches Lächeln. Sie war bereits in die Schreibarbeit vertieft, um die gestrige Polizeiaktion zu würdigen. Demirbilek ergänzte mit einer persönlichen Anmerkung die sachlich korrekte Zusammenfassung der Geiselnahme im Fast-Food-Restaurant. Von Herzen wünschte er Elif, die erhoffte Bestrafung nicht zu bekommen.
Dann zog er sich in sein Dienstzimmer zurück. Dort griff er zum Telefon und buchte für den Nachmittag einen neuen Flug nach Istanbul. Der letzte Sitzplatz am Fenster ließ die Hoffnung aufkeimen, das Schicksal meine es gut mit ihm – er liebte den atemberaubenden Anblick Istanbuls beim Sinkflug auf die Metropole. Ab dem Zeitpunkt ging es ihm besser, körperlich wie geistig. Beflügelt von der Vorstellung, nun doch bald Selma zu treffen, kehrte er zurück zu Vierkant, die nach wie vor allein im Büro war.
»Was ist mit Leipold? Kommt er heute nicht?«, fragte er.
Ohne vom Monitor aufzublicken, lächelte Vierkant süffisant. »Ganz bestimmt nicht. Er hat sich krankgemeldet.«
Demirbilek dachte an seine Warnungen, was den Rakı betraf. »Jale kommt aber?«
Jetzt blickte Vierkant doch vom Monitor auf. »Sprechen Sie zu Hause nicht miteinander?«
»Nicht über die Arbeit«, erklärte er. »Kommt sie nun oder nicht?«
»Später. Sie hat einen Vorsorgetermin wegen des Babys.«
Demirbilek nickte zufrieden. »Das höre ich gerne. Was ich fragen wollte, hatte Farhaad einen Anwalt?«
»Göks Anwaltskanzlei vertritt ihn. Der Bericht liegt auf Ihrem Schreibtisch.«

»Dachte ich mir schon«, entgegnete Demirbilek amüsiert. »Das Anwaltshonorar bezahlt Gök wahrscheinlich auch.«
»Was ist denn mit Ihnen los?«, erkundigte sich Vierkant und löste die Finger von der Tastatur. »Haben Sie heute was vor? Ich werde das Gefühl nicht los, Sie sind zu einer Verabredung unterwegs.«
»Wirklich?«, gab er sich verblüfft. »Ich freue mich darauf, die Hauptverdächtige in einem ungelösten Mordfall zu sprechen. Das ist alles. Kommt vielleicht daher. Ich bin froh, wenn ich die Tänzerinnen los bin. Du nicht?«
Vierkant dachte nach. »Doch, ja. Ganz schön verzwickt, der Fall.«
»Wie man's nimmt«, meinte ihr Chef und setzte sich auf Jales Stuhl. »Ich habe ein paar Aufgaben für dich. Schreib am besten mit.«
Vierkant schlug ihr Notizbuch auf und notierte.
»Du lässt Gök und Farhaad beschatten. Kommunikationsüberwachung. Telefon, Mail. Das komplette Programm. Kontobewegungen werden kontrolliert, übrigens auch bei der Cousine, sie spielt bei dem Ganzen eine entscheidende Rolle. Du organisierst alles Notwendige, ist ja sonst niemand da vom Team. Am besten gehst du mit der Liste zur Chefin. Frau Feldmeier wird das guttun, wenn sie in die Ermittlungen eingebunden ist.«
»In Ordnung.«
»Wenn Jale kommt, lass dir helfen. Das schafft ihr zwei doch, oder?«
Vierkant verdrehte die Augen, ohne zu antworten.
»Ja, schon gut«, wiegelte er ab. »Vor Dienstschluss rufst du Pius an, dass er morgen ja wieder zum Dienst erscheint. Unter uns. Wir waren gestern trinken. Der Rakı hat seinem bayerischen Bierschädel sicher arg zugesetzt. Ich melde mich nach

dem Verhör mit Frau Kara aus Istanbul. Am Abend wahrscheinlich.«

»Am besten wäre ein Geständnis.«

»Wenn Allah das vorsieht«, erwiderte Demirbilek in Demut.

»Und es Gott recht ist«, verkündete Vierkant zum Abschied.

# 66

Am frühen Nachmittag landete der Münchner Türke in Yeşilköy, wie der Flughafen Istanbul-Atatürk auf der europäischen Seite früher genannt wurde und den es in ein paar Jahren nicht mehr geben würde. Auch wenn Überraschungen das Letzte waren, was er eingeplant hatte, akzeptierte der Kommissar die Wartezeit, die ein herrenloser Koffer aus Tel Aviv am Eingang einer Herrentoilette verursachte. Prompt war der zeitlich genau festgelegte Ablauf durcheinander. Willkommen in Istanbul, seufzte er, blieb dennoch gefasst, schließlich hatte er einen verlässlichen Informanten. Der Nachbar der Karas, den Jale bei ihrer Internetsuchaktion ausfindig gemacht hatte, entpuppte sich als pensionierter Zugschaffner, der in Deutschland gearbeitet hatte. Ohne von Demirbilek damit beauftragt worden zu sein, warf der ordnungsliebende Pensionär ein wachsames Auge auf das Ehepaar Kara. Demirbilek mochte zwar das Agentengetue des Alten nicht, aber sein Pragmatismus verbot ihm, das Bombardement des Überwachungsprotokolls in Form von Kurznachrichten auf sein Handy zu unterbinden. Laut dem gewissenhaften Beobachter war Herr Kara vor dreißig Minuten von einem Wagen zur Dialyse abgeholt worden. In fünf Stunden würde er zurückkehren. Frau Kara selbst, las er in der soeben eingetroffenen Nachricht, saß vertieft in den Koran auf dem Balkon. Es hatte angenehme vierundzwanzig Grad in Istanbul; Kara hatte, wie Vierkant in Erfahrung bringen konnte, den restlichen Jahresurlaub eingereicht. Knapp drei Wochen.

Bald schon wurde das ermüdende Warten im Flughafenterminal unterbrochen. Demirbileks Handy läutete. Leipolds Dienstnummer.
»Was machst du im Büro, Pius?«
Leipolds Stimme war dünn und leise wie aus dem Jenseits. »Das ist ein absoluter Wahnsinn, Zeki. Der Dicke ist tot!«
»Was redest du da? Sprichst du von Farhaad?«
»Ja, der Dicke halt. Er hat einen Abschiedsbrief hinterlassen …«
»Warte«, unterbrach Demirbilek ihn. Er bemerkte, wie die Absperrung aufgehoben wurde. Schnell setzte er sich auf einen frei gewordenen Platz auf der Wartebank und ließ den Tross Leute an sich vorbeiziehen. Sie hatten es eilig. Er hatte seinen Pensionär.
»Ein Abschiedsbrief? Hat er sich umgebracht?«, fragte Demirbilek weiter.
»Ja, auf dem Klo einer Schwulenbar im Glockenbach. Aufgehängt hat er sich.«
»Handschriftlich?«
»Was?«
»Der Abschiedsbrief.«
»Ja, auf Französisch. Er schreibt, dass er am Tod des Jungen schuld ist, weil er den Buben drogenabhängig gemacht hat.«
»Etwas genauer, Pius. Stell kausale Zusammenhänge her und komm nicht vom Hundertsten ins Tausendste, bevor du nicht die Zehner erwähnt hast.«
Leipold schwieg. Sein hastiger Atem hechelte über die Netzverbindung in Demirbileks Ohr. »Konzentrier dich und ruf noch mal an.«
Daraufhin beendete Demirbilek das Gespräch. Er konnte sich gut vorstellen, wie Pius laut genug, damit es alle Anwesenden hörten, vor sich hin fluchte. Sein Repertoire an bayerischen Flüchen war unerschöpflich. Besonders gefiel ihm, wenn Pius ihm

in breitem Dialekt und mit hochrotem Gesicht blumige Ausdrücke wie Turnhosenprunzer oder Schwallschädel an den Kopf warf. Bei einem der verbal ausgefochtenen Streitereien fiel auch das erste Mal sein Spitzname Pascha in einem für Zeki unvorteilhaft gemeinten Sinne. Es klingelte wieder.
»Und?«, fragte Demirbilek.
»Ja, es geht um den Jungen auf dem Foto, das Isabel gefunden hat«, machte Leipold weiter, ohne sich seine Wut anmerken zu lassen. »Der Bub ist gestern in Paris tot aufgefunden worden. Eine Überdosis Heroin. Er war zwölf bei seinem goldenen Schuss. Zwölf! Der arme Bub. Im Abschiedsbrief schreibt Farhaad, dass er den Jungen drogenabhängig gemacht hat und deshalb an seinem Tod schuld ist. Die französischen Kollegen haben Farhaads Adresse und PIN-Nummern seiner Geldkarten bei der Leiche gefunden und uns verständigt. Wir sollten ihn einkassieren und nach Paris ausliefern.«
»Habt ihr aber nicht!«, schrie Demirbilek ins Telefon und machte sich nun auch Richtung Ausgang auf. »Was war los?«
»Langsam jetzt, Zeki! Sonst werde ich mal richtig sauer!«
»Was los war, will ich wissen! Warum habt ihr ihn nicht gefunden?«, schrie Demirbilek unbeirrt weiter.
»Was weiß ich! Gesucht haben wir ja! Für wie blöd hältst du mich eigentlich?«
»Willst du wirklich eine Antwort darauf?«
Leipold lachte höhnisch, statt den Streit weiter zu schüren. »Lieber nicht, möchte wirklich nicht hören, was du von mir denkst, geliebter Chef«, quäkte er heuchlerisch.
Demirbilek wartete einen Moment. »Brauchst du mich in München?«
»Ein preisgekrönter Schafbock könnte nicht eingebildeter sein als du«, bleckte Leipold in tiefstem Bayerisch zurück.
»Was heißt das?«, fragte Demirbilek entnervt nach.

»Bleib, wo du bist. Ich habe hier alles im Griff. Bin doch nicht auf der Brennsuppen dahergeschwommen! Wenn du Selma triffst, grüß sie von mir. Servus!«
Das werde ich ganz sicher nicht, sagte Demirbilek in Gedanken und beendete das Telefonat. Ein Taxi war vor dem Ausgang des Flughafens weit und breit nicht zu sehen. Da fiel ihm noch etwas ein. Er rief Leipold an. Der ging sofort an den Apparat.
»Ist der Abschiedsbrief wirklich von ihm?«
»Unser Kommissar Pascha ist ja ein richtiges Kombinationsgenie, bravo, auch schon daran gedacht?«
Demirbilek wartete.
»Die Experten untersuchen das gerade. Er hat seine letzten Worte auf die Rückseite einer Getränkekarte des Lokals geschrieben. Gök steckt nicht dahinter. Er wird beschattet ...«
Demirbilek beendete das Gespräch. Mehr brauchte er nicht zu wissen. Er ging nicht davon aus, dass Okan Gök hinter Farhaads Selbstmord steckte. Warum auch? Nachdem der Algerier ihn entlastet hatte, brauchte er von ihm nichts mehr zu befürchten. Sie hatten sich beide mit der Absprache strafbar gemacht. Jetzt aber, da er tot war, würde es noch schwieriger werden, Gök dingfest zu machen. Den einzigen Ermittlungsansatz sah Demirbilek darin, ihm seine Drogengeschäfte nachzuweisen und darüber in der Mordermittlung weiterzukommen. Er nahm sich vor, dem Atelier am Ägyptischen Basar, wo Merals Kostüm geschneidert worden war, einen Besuch abzustatten. Dann hielt er inne und betete im Stillen für den Algerier. Niemand war ohne Sünde.

# 67

Abseits der rauchenden Menschen vor dem Flughafengebäude kontrollierte Demirbilek, ob eine neue Nachricht seines Pensionärs eingetroffen war. Natürlich, stellte er mit einem Schmunzeln fest. Frau Kara hatte das Haus verlassen, um in einem Lebensmittelgeschäft, zwanzig Minuten zu Fuß entfernt, einzukaufen. Wunderbar, freute sich Demirbilek und winkte einen Flughafenmitarbeiter zu sich, der für die Taxis zuständig war. Mit Hilfe von zwanzig Euro und dem deutschen Dienstausweis sowie einem Plausch über das österreichische Sankt Anton, wo der Mitarbeiter zehn Jahre seines Lebens vergeudet hatte, setzte er sich vor den anderen Wartenden in das nächste Taxi.

Während der Fahrt war er versucht, Selma anzurufen. Sie hatte ihm, als er sich bei ihr angekündigt hatte, erzählt, dass sie sich den Tag freinehmen wolle, um Besorgungen zu erledigen. Dafür musste sie aus ihrem Viertel in einen anderen Stadtteil fahren, weil in der Nachbarschaft keines der kleinen Geschäfte mehr existierte, in denen sie am liebsten einkaufte. Die Versorgung war dennoch gewährleistet, obgleich nicht nach ihrem Geschmack.

Eine Shoppingmall hatte in ihrer Nähe eröffnet, wie so viele in der Stadt, die in einem Irrsinnstempo von internationalen Konsortien finanziert und hochgezogen wurden. Die wirtschaftlich boomende Türkei verpasste ihrem Aushängeschild Istanbul architektonische Schnelllösungen. Maßgabe und Vorbilder waren

amerikanische und asiatische Plumpheiten, aber auch europäische Gehirngespinste. All den Bauten war gemein, Ausdruck eines Gigantismus aus Beton und Glas zu sein, der für die Orientalistin nichts mit dem Erbe der Stadt am Bosporus zu tun hatte.
Besser man sprach Selma nicht auf das Thema Stadtentwicklung in Istanbul an. Vor allem nicht auf den im Bau befindlichen Großflughafen, der Yeşilköy bald überflüssig machen würde. In Ausmaß und Anlage war der neue Flughafen aus ihrer Sicht vollkommen überdimensioniert. Die verbale Abstrafung der Verantwortlichen belegte sie mit historischen Quellen und kämpferischen Sprüchen. Sie plädierte nicht nur bei dem neuen Flughafen für einen Baustil, der Okzident und Orient vereinte. Auch wenn sie nicht allein war mit diesem Wunsch, hatten die Verfechter des Gigantismus das Sagen in der Metropole.
Auf halbem Weg, als die Taxifahrt in das Zentrum wegen des Staus anstrengend zäh wurde, wies er den Fahrer an, an einer Metrostation zu halten.
Das grimmige Gesicht des Fahrers wurde finster, als sein Fahrgast nicht bereit war, für die geplante Strecke zu zahlen, und obendrein einen Beleg für die abgebrochene Fahrt verlangte. Der schnauzbärtige Herr mit Wollpullunder fluchte in alttürkischen Worten über die *almancılar,* die Pseudolandsleute aus Deutschland, und riss einen Quittungsbeleg von seinem Block. Eine Unterschrift war bereits daruntergekritzelt. Datum und Fahrpreis weigerte er sich einzutragen, sein Fahrgast sollte das gefälligst selbst machen. Demirbilek knäulte daraufhin das für ihn wertlose Papier zusammen und warf es gegen die Windschutzscheibe, was weitaus derbere Verwünschungen nach sich zog.
Mit dem Trolley, der ihn nervte wie ein zugelaufener Hund, der ihm unentwegt ans Bein pinkeln wollte, versuchte Zeki, die

vierspurige Straße zu überqueren. Das Unterfangen kam einem Kamikaze gleich. Irgendwann hatte er die abgebrochenen Überquerungsversuche satt. Schritt für Schritt tastete er sich mit gebotener Vorsicht über die Stadtautobahn. Mit einem Jeton für die Metro, den er im Geldbeutel vom letzten Besuch fand, passierte er die Zugangsschranke und quälte sich wie ein Istanbuler in die vollbesetzte Metro.

Bis zur Haltestelle Aksaray lauschte er neugierig den lebhaften Gesprächen der Fahrgäste. Der drohende Verkehrskollaps war Thema Nummer eins. Eine Alte mit Kopftuch drehte die Handflächen nach oben und bat allen Ernstes Allah um ein Erdbeben, damit die Stadt neu aufgerichtet werden könne. Sie regte sich darüber auf, über eine Stunde zu ihrer Moschee zu brauchen. Als Demirbilek endlich aussteigen konnte, war er schweißgebadet.

Ein Altmetallhändler schlenderte auf der Fahrbahn durch die dicht bebaute Straße, in die Demirbilek später einbog. Auf dem Holzkarren des Jungen stapelten sich ausrangierte Gegenstände. Mit lauter Stimme forderte er die Bewohner auf, ausgedientes Metall bei ihm loszuwerden.

Demirbilek suchte die Eingänge der Wohnblöcke nach der Hausnummer ab, als ihn ein ernst dreinblickender Herr mit Feldstecher um den Hals ansprach.

»Zeki *Bey?*«, flüsterte er.

Demirbilek kam gleich zur Sache. »Das ist keine offizielle Arbeit, die Sie hier machen.«

Der Mann mit Gehstock zwinkerte verschwörerisch. »Ich wollte mich vom Dienst abmelden und Ihnen alles Gute wünschen.«

»Auch Ihnen alles Gute.«

»Frau Kara wird bald zurück sein. Mehr als eine Stunde braucht sie nie für die Einkäufe«, erklärte er. Dann reichte er dem Kommissar aus Deutschland die Hand und eilte davon.

Und tatsächlich. Aus der entgegengesetzten Richtung näherte sich die Verdächtige. Der Einkaufstrolley, den sie hinter sich herzog, schien schwer zu sein. Eingedenk der Schwere hatte sie nicht vor, in nächster Zeit nach München zurückzukehren.
»Merve *Hanım,* warten Sie, ich helfe Ihnen«, rief er ihr entgegen.

# 68

Dass die dringend Tatverdächtige flüchten könnte, daran dachte er keine Sekunde. Nicht in dem angegriffenen Zustand, den er ihr von weitem anmerkte, nicht als Frau von zweiundfünfzig Jahren, die einen kranken Mann zu Hause pflegte. Elend und Verzweiflung – nicht Angst oder Überraschung – standen ihr ins Gesicht geschrieben. Mit erschöpften, leeren Augen fixierte sie den Kommissar, ohne die kämpferische Aggression wie beim Verhör in München.

Kara ließ den Einkaufstrolley mitten auf der Straße stehen und ging zum Hauseingang. Ein Auto fuhr hupend daran vorbei, bis Demirbilek den Trolley mitnahm und ihr in das Haus folgte. Es machte ihm nichts aus, zwei Gepäcktaschen zu tragen. Was ihn störte, war, dass Karas Trolley bei jeder Treppenstufe ein metallenes Geräusch verursachte. Neugierig legte er eine Pause ein und öffnete die Tasche. Obenauf befanden sich zwei nagelneue *çay*-Kessel, darunter verstaut Lebensmittel wie Reis und abgepackte Oliven, aber auch Socken und Unterwäsche. Mit einem Kopfschütteln quittierte er die Entdeckung und brachte die restlichen Treppenstufen hinter sich.

Ein stechender Geruch empfing ihn statt des zitronigen Duftes von *kolonya,* den er beim Betreten der Wohnung erwartete. Seine Bestürzung wuchs weiter, nicht wie in München eine aufgeräumte und geputzte Wohnung vorzufinden. Abfall lag herum. Auf dem Sofa entdeckte er Bettzeug mit ekelerregenden Flecken darauf. Schlief ihr Mann oder sie selbst auf dem Sofa?,

fragte er sich. Verschmutzte Unterhosen und Unterhemden des Mannes hingen über den Stühlen. Auf dem Boden verteilt entdeckte er eine Reihe Slips, die nicht zum Charakter der Hausherrin zu passen schienen. Tangaartiger Schnitt, wie er überrascht feststellte.
Auf dem Esstisch stapelten sich benutzte Teller, Tassen, Gläser und je zwei aufeinandergestellte *çay*-Kessel. Er kannte aus eigener Erfahrung den pelzig grünen Schimmel, der sich breitmachte, wenn er vergessen hatte, die Teeblätter zu entsorgen. Warum spülte sie nicht und kaufte stattdessen neue Kessel?, fragte er sich mit zunehmender Verwirrung.
Aus mehreren Kochtöpfen stieg außerdem der Geruch verdorbener Essensreste auf. Aber der Geruch war es nicht, der ihn würgte. Die bis zum Fußboden reichenden Vorhänge waren zugezogen. Im Halbdunkel erblickte er eine Plastikwanne, hellblau, abgestellt auf einem Hocker. Damals, erinnerte er sich, in der ersten Münchner Wohnung seiner Eltern, in dem es kein Badezimmer gab, nur eine Toilette auf dem Hausgang, wurde er als Junge sonntags in der Küche in einer ebenso hellblauen Plastikwanne gebadet.
Da vernahm er hinter sich, wie Kara mit den neu erworbenen Kesseln in der Küche hantierte. Er ging auf die Wanne zu, die mit einem Teppichläufer abgedeckt war. Mit einem Taschentuch um den Finger lüftete er vorsichtig eine Ecke und blickte hinein.
Die tote Katze darin war erschlagen und aufgeschlitzt worden. Die Gedärme lagen im getrockneten Blut des Tieres.
Überhastet eilte er zur Balkontür und trat hinaus. Die frische Luft rettete ihm das Leben, glaubte er fest. Er klammerte sich an das Geländer, sein Blick streifte über die Wohnblöcke auf der anderen Seite. Wäscheleinen zogen sich über die Straße, an Balkonen hingen Parabolantennen und Fußballfahnen. Kinder – er

wähnte sich selbst unter ihnen – liefen fröhlich schreiend einem Ball nach.
Kurz darauf trat Merve Kara auf den Balkon. Aus Höflichkeit drehte er sich zu ihr um. Ohne ihn anzusehen, stellte sie das für den Gast bestimmte Teeglas auf dem Tisch ab und setzte sich. Drei Würfelzucker lagen auf dem Unterteller. Demirbilek nahm das Glas und drehte sich wieder weg, nicht, weil er ihr nicht in die Augen sehen wollte, sondern wegen des verstörenden Anblicks auf dem Tisch.
Frühstücksreste, die seit Tagen darauf warteten, abgeräumt zu werden, feuerten den Würgereiz an, den er kaum ertragen konnte. Er befürchtete, sein Körper hatte mit allen Poren und seine Kleidung mit allen Fasern die Ausdünstungen des toten Tieres aufgesogen. Unbemerkt wischte er den Rand des Glases mit einem Taschentuch sauber. Dann warf er einen ganzen Zuckerwürfel hinein und rührte um. Wieder aus Höflichkeit überwand er sich, daran zu nippen, und verbrannte sich die Zunge. Viel zu heiß und viel zu süß.
Demirbilek wusste nicht, wie er unter diesen Umständen der vermeintlichen Mörderin ein Geständnis abringen sollte. Seit der Begegnung vor dem Haus hatte die Mutter von Arzu, der jungen Frau, die wegen ihrer Zuneigung zu einer anderen Frau den Kopf verloren hatte und in ein Auto gerannt war, kein Wort gesprochen.
Der Kommissar kämpfte mit dem Drang, die Befragung schnell hinter sich zu bringen, gleichzeitig beschwor er sich, nichts zu überstürzen. Er spürte einen Widerwillen in sich. Plötzlich wollte er nicht mehr wissen, was an dem Abend der Bauchtanzshow geschehen war. Er interessierte sich auch nicht mehr dafür, warum die Karas ihr Zuhause und ihr Leben vernachlässigten. Der Blick, den er in seinem Rücken spürte, war unangenehm. Er wusste, sie starrte auf ihn und nicht auf die andere

Straßenseite. Dann aber, als der Altwarenhändler um die Straßenecke verschwand und er daran dachte, dass der Junge seine Arbeit verrichtete, auch wenn sie ihm schwerfallen musste, riss er sich zusammen und stellte sich seiner Aufgabe.
Karas Augen empfingen seinen Blick mit einem sonderbar klaren Ausdruck. Mit zwei hastigen Griffen richtete sie ihr Kopftuch zurecht und flüsterte, während sie sich durch das Gesicht wischte, eine Koransure. Sie bittet Allah um Kraft, übersetzte Demirbilek.
»Sie haben erst jetzt von Arzu gehört«, presste sie die ersten Worte gequält heraus.
Erfahren, dass sie lesbisch war, vervollständigte Demirbilek in Gedanken. »Wer?«
»Wir waren die Einzigen in der Straße mit einer Hauskatze.«
Also die Nachbarn, schlussfolgerte der Kommissar. Vielleicht die Kinder, die er eben auf der Straße gesehen hatte? Jemand musste ja dafür büßen. Nur wofür?, fragte er sich mit stummem Zorn. Er trank den Rest des Tees und stellte das Glas zwischen einen Teller mit verschimmelten Oliven und einer Schüssel voller verfaulter Peperoni. Mit mechanischer Präzision griff die Hausherrin nach dem leeren Glas und stand auf.
»Warten Sie«, versuchte Demirbilek, sie aufzuhalten.
Doch da war sie bereits in der Wohnung und kam rasend schnell mit frischem Tee zurück. Sie stellte das Glas ab und setzte sich wieder. Dieses Mal war nur ein Stück Zucker auf dem Unterteller. Demirbilek brach den Würfel entzwei und warf ein halbes Stück in das Glas. Der Schrei eines Kindes drang von unten bis zu ihnen in den dritten Stock. Es rief *anne,* rief nach seiner Mutter, herzerweichend laut, unter Aufbietung aller Kraft in der dünnen Stimme.
»Ich wollte Meral sprechen, um aus ihrem Mund die Wahrheit über Arzu zu hören. Deshalb bin ich zu ihr in die Garderobe.«

»Wie sind Sie …«

Unversehens giftete sie ihn mit einem zornigen Blick an. »Wenn Sie mir noch eine Frage stellen, kommt kein Wort mehr über meine Lippen. Bis zum Ende meiner Tage.«

Wenn es zur Aufklärung des Falles diente, wollte er gerne den Preis dafür zahlen, nicht die Oberhand zu behalten, überlegte Demirbilek und verhielt sich still.

Ein weiteres Mal wischte sie sich durch das Gesicht. »Meral war gerade mit dem Duschen fertig, als ich in die Garderobe kam. Ich stand direkt vor ihr, als mir meine Arzu als Engel erschien und zu dem Weib in die Duschkabine stieg. Sie küssten sich, dann liebten sie sich vor meinen Augen. Arzu hielt mich nicht zurück, als ich mit dem Duschkopf auf Meral einschlug. Da sie sich am Boden regte, habe ich den Duschschlauch um ihren Hals gelegt und zugezogen. Auf dem Weg hinaus stand Arzu vor mir. Sie war kein Engel mehr, sie trug das Bauchtanzkostüm, das wir ihr zu Weihnachten geschenkt hatten. Wegen der Pailletten funkelte es schön im Licht. Ich habe meiner Tochter das Kostüm vom Leib gerissen. Beim Hineinstopfen des Stoffes in Merals Mund und Scham habe ich darauf geachtet, ihren toten Körper nicht zu berühren.«

Mit ihren letzten Worten trank Demirbilek seinen zweiten *çay* aus. Er versäumte es, den Teelöffel umgedreht auf das Glas zu legen. Da er das Zeichen, nichts mehr trinken zu wollen, vergessen hatte, griff Frau Kara danach und ging abermals hinein, um frischen Tee zu holen. Der Kommissar hielt die Mörderin von ihrer Pflicht als Gastgeberin nicht ab.

# 69

Das aus der USA importierte Sirenengeheul des eintreffenden Streifenwagens zerrte an Demirbileks Nerven. Es dauerte nur wenige Sekunden, bis sich die ersten Nachbarn vor dem Hauseingang zusammenfanden.

Bedächtig zog Merve Kara ihren Mantel über und überreichte dem Kommissar ein Schriftstück mit der Adresse eines Wohnheimes, in dem sie ihren Mann als Dialysepatienten angemeldet hatte. Mit einem Gesichtsausdruck, der keine Widerrede duldete, forderte sie von ihm, ihren Ehemann dorthin zu bringen, sobald er nach Hause kam. Erst als Demirbilek versprach, das zu tun, verließ sie die Wohnung, ohne sich noch einmal umzusehen.

Demirbilek folgte ihr und wurde Zeuge, wie sie ohne Widerstand von den Polizisten in Gewahrsam genommen wurde. Er wollte endlich Gewissheit und fragte nun doch nach, weshalb sie ihr Leben vernachlässigt hatte. Die Frau sah ihn entgeistert an.

»Sind Sie nicht Moslem?«

»Ich bemühe mich.«

»Mögen Ihre Bemühungen Allah gefallen. Ich habe keine Kraft mehr, ein anständiges Leben zu führen. Wie kann ich in dem Zustand der Sünde kochen und aufräumen und meinen Mann versorgen? Ich weiß nicht, wie lange es dem Allmächtigen gefallen wird, mich für meine Sünden den Flammen der Hölle auszusetzen. Ich habe getötet und nichts dabei gespürt, meine

Hände waren ruhig, als ich Meral umgebracht habe. Vor dem Gefängnis, glauben Sie mir, habe ich keine Angst. Aber vor Allah fürchte ich mich.«

Sie streckte die Hände aus. Sie zitterten, als würde sie pausenlos Stromschläge durch den Körper gejagt bekommen. Dann ließ sie sich abführen.

Demirbilek folgte ihr mit Trübsal im Herzen nach unten. Draußen vor dem Hauseingang erhaschte er durch die Ansammlung Schaulustiger den Zipfel ihres Kopftuches, der hinter den verdunkelten Scheiben des Streifenwagens verschwand.

Mit der Adresse des Heimes in der einen und dem Trolley in der anderen Hand, richtete er sich darauf ein, auf Herrn Kara zu warten.

Da hörte er seinen Namen rufen. Auf einem Balkon schräg gegenüber winkte ihm sein pensionierter Mitarbeiter zu und lud ihn mit einer Geste zu sich ein. Demirbilek nahm die Einladung dankend an. Er war erleichtert, jemanden gefunden zu haben, der sein Versprechen gegenüber der Mörderin für ihn einlösen würde.

# 70

Nach dem Aufruhr suchte Demirbilek Zuflucht und Ruhe in einer Moschee unweit der Istanbuler Universität. Das Licht der Nachmittagssonne brach sich in den Fenstern des Kuppelbaus von bläulich bis grellweiß. Demirbilek lehnte an der Wand und fixierte eine Tafel mit arabischer Schrift. Er hatte als Kind einige Jahre die Koranschule besucht, trotz aller Bemühungen gelang es ihm nicht, die Botschaft an die Gläubigen zu lesen.

Er setzte sich auf den Boden, der mit einem Teppich ausgelegt war, streckte die Beine aus und schlug sie übereinander. Sein Blick erfasste die Menschen im Gebetsraum. Er zählte sieben Männer, darunter zwei junge, die anderen alt und bärtig, als wären sie eine Bebilderung orientalischer Märchen für Kinder. Einige Frauen verrichteten ihre Gebete abgetrennt durch einen Sichtschutz.

Das Gemurmel beim Aufsagen der Koransuren hallte gedämpft durch den gewölbten Raum. Er schloss die Augen und döste ein.

Nach einer halben Stunde hatte er die Stille in der Moschee satt. Er wollte wieder unter Menschen sein und trat auf die belebte Straße zurück. In der Nähe fand er ein Teehaus und setzte sich auf einen der Schemel. Bei seinem sechsten Tee an diesem Tag telefonierte er mit Vierkant in München und informierte sie über Merve Karas Geständnis und die Übergabe an die türkischen Behörden. Vierkant vergewisserte sich in den Akten. Da die geständige Mörderin die deutsche Staatsbürgerschaft besaß,

würde sie nach der Abschiebehaft nach Deutschland geschickt werden. Wer weiß, überlegte Demirbilek, ob sie überhaupt zur Tatzeit zurechnungsfähig gewesen war, wie auch Gök von sich behauptete, dies nicht gewesen zu sein. Doch an dem Aspekt des Falles sollten sich andere abarbeiten. Die juristische Maschinerie war angelaufen, was Vierkant prompt mit dem Versprechen bestätigte, die Formalitäten anzugehen.
Dann beglückwünschte sie ihren Chef zu seiner erfolgreichen Mission. Demirbilek reagierte zurückhaltend und ließ sich auf den neuesten Stand bringen. Vierkant informierte ihn darüber, dass die Staatsanwaltschaft eine Anklage gegen Gök wegen Drogenhandels davon abhängig machte, ob weitere Indizien auftauchten.
Demirbilek sah auf die Uhr seines Handys. Bis zur Verabredung mit Selma war Zeit, also ließ er sich die Adresse des Schneiderateliers geben, in dem Gök das Bauchtanzkostüm anfertigen ließ. Schließlich war seine Dienstzeit trotz einstündiger Zeitverschiebung nicht um.

# 71

Es passiert schnell, sich in Istanbul zu verlaufen, selbst wenn man dort geboren ist. Deshalb ärgerte sich Demirbilek, als er schon wieder das Gefühl hatte, falsch abgebogen zu sein. Die Gegend rund um den Ägyptischen Basar kannte er natürlich, nicht aber jede einzelne der unendlich vielen Gassen abseits der Hauptwege mit ihren unüberschaubaren Geschäften, Imbissen und Werkstätten. Alles, was das Herz begehrte, von Gewürzen aus aller Welt, frischen Teigwaren bis hin zu Istanbul-Andenken jedweder Art, fand sich im Übermaß.
Demirbilek zwängte sich mit dem Trolley durch die Menschenmenge, bis er auf eine weniger belebte Gasse traf. Ein fliegender Händler, der Kinderspielzeug feilbot, meinte den Laden, den er suchte, zu kennen und schickte ihn weiter den Hügel hoch. Für seine freundliche Auskunft kaufte er für umgerechnet zwei Euro eine Holzrassel für sein Enkelkind.
Auf dem steilen Weg nach oben verdammte er mit phantasiereichen Verwünschungen den Trolley. Er war nicht schwer, polterte aber wie ein Dampfhammer über das Kopfsteinpflaster. Demirbilek sehnte sich nach einer Reisetasche, die er hätte schultern können. An den Ständen des Basars wurden sie in allen Preisklassen und Ausführungen – inklusive Raubkopien namhafter Hersteller – angeboten. Dennoch konnte er sich nicht durchringen, Selmas Geschenk zu entsorgen.
Mit einem tiefen Seufzer umschiffte er ein Schlagloch nach dem anderen und fand endlich nach der beschwerlichen Odys-

see das Schneideratelier. Im Schaufenster hingen an langen Schnüren Knöpfe, Glöckchen und Pailletten in allen erdenklichen Formen und Farben. Auf einer Filztafel waren Reißverschlüsse für Hosen und Kleider en masse drapiert sowie klassische wie exotische Ausführungen an Gürtelschnallen. Vergilbte Aufkleber von Modemarken aus der ganzen Welt klebten als Referenzen an der verdreckten Scheibe.

Demirbilek verschnaufte einen Moment. Allmählich gewann die Abendstimmung die Oberhand. Der kleine Betrieb, in dem möglicherweise in Göks Auftrag Heroin in hohle Glöckchen gefüllt wurde, musste seit Jahrzehnten existieren, vermutete er bei der Betrachtung der Warenauslage.

Er drückte die Türklinke nieder. Doch es war abgesperrt. Er klopfte an die Türscheibe und machte sich mit seiner Stimme bemerkbar. Nichts passierte. Danach wählte er die Handynummer, die auf einem Zettel am Eingang aushing. In türkischer und englischer Sprache wurde ihm mitgeteilt, dass die Nummer nicht existierte. Die Rufe der Händler aus den Hauptverkaufsstraßen drangen leise zu ihm, eine blecherne Muezzin-Stimme sang die Gläubigen zum Gebet.

Da sah er einen Teejungen aus einer Seitenstraße kommen; das Tablett balancierte er mit einer Hand. Es war mit etwa fünfzig leeren Gläsern vollgestellt. Er rief den Jungen zu sich, der meinte, dass merkwürdigerweise heute niemand im Atelier gewesen war. Kaum war der Junge weg, vernahm Demirbilek ein Geräusch aus dem Innenraum des Ateliers. Er rief hinein, klopfte erneut an Tür und Schaufensterscheibe, als plötzlich aufgeschlossen wurde.

Verdutzt verharrte er, dann nahm er die Geste, die er als Einladung interpretierte, an und wollte eintreten. In diesem Augenblick sprang eine Person durch die Tür und rannte ihn um. Demirbilek fiel unsanft zu Boden. Von dem flüchtenden Mann

bekam er kaum etwas zu sehen; er verschwand in der nächsten Querstraße.
Demirbilek rappelte sich wieder auf und schimpfte hinter ihm her. Aber nun, da die Tür sperrangelweit offen stand, beschloss er, sein Vorhaben erst recht in die Tat umzusetzen. Vielleicht hatte er ja einen Dieb auf frischer Tat ertappt. Dann griff er nach dem Trolley und trat über die Türschwelle.
Schemenhafte Konturen von Arbeitstischen mit Nähmaschinen glaubte er im Dunkeln zu erkennen. Bevor sich seine Augen an die Lichtverhältnisse gewöhnten, dröhnte es überlaut in seinen Ohren.

# 72

Zuerst traf ihn ein Wall aus Hitze, dann folgte mit unbändiger Wucht die Explosionswelle, die Demirbilek geradewegs zurück auf die Straße beförderte. Wie durch ein Wunder schien er mit einem Schock davongekommen zu sein. Doch kaum lag er am Boden, zersprang vor seinen Augen die Schaufensterscheibe in tausend Stücke. Splitter flogen durch die Luft. Reflexartig riss er den verhassten Trolley schützend vor Gesicht und Oberkörper und kniff die Augen zusammen. Rasiermesserscharfe Glasscherben schossen auf ihn zu und prallten an dem Plastikgehäuse seines Gepäckstückes ab.

Während der Sekunden, in denen er sich starr vor Angst nicht bewegen konnte, fiel ihm ein, was die Schrifttafel in der Moschee bedeutete, die er nicht lesen konnte. In tiefster Überzeugung sagte er wie bei den Freitagsgebeten, die er gelegentlich besuchte, die Schutzformel gegen den Teufel auf, in der der Barmherzige um Beistand gebeten wird: *»E'uzu billahi'mi-nesch-schäyta'nir-raciym. Bismillah-ir-Rahman-ir-Rahim.«*

Als Schrecken und Schock nachließen, wollte er sich aufrichten, um sich vor den Flammen, die nun meterhoch aus dem Atelier loderten, zu retten. Doch seine Beine versagten. Das Feuer raubte ihm den Sauerstoff zum Atmen. Allen verzweifelten Anstrengungen zum Trotz kam er nicht auf die Füße.

Irgendwann fing er an, über den Asphalt zu robben. Zentimeter um Zentimeter. Der beißende Geruch seiner versengten Haare drang ihm in die Nase, während er weitere Zentimeter zwischen

sich und das Feuer brachte. Ein um das andere Mal krallte er seine Fingernägel zwischen die Kopfsteinpflaster und krabbelte um sein Leben.
Plötzlich bemerkte er, wie er schneller vorwärtskam. Ihm war, als würde er nicht mehr wie eine Schnecke kriechen, sondern wie ein Schmetterling über der Straße schweben. Dann spürte er auch den Grund dafür. Kräftige Hände hatten sich unter seine Achseln geschoben. Er sah die zerschlissenen Schuhe eines Mannes vor sich. Scheinbar mühelos zerrte ihn sein Lebensretter von den Flammen weg.
Endlich außer Gefahr, mit der Wange auf dem warmen Asphalt, beobachtete Demirbilek aus den Augenwinkeln, wie sich ein Karren mit Spielzeug verselbständigte und herrenlos die steile Straße hinunterrollte. Die Ware purzelte Stück für Stück zu Boden.
Er würde dem fliegenden Händler den Schaden ersetzen, schoss es dem Kommissar durch den Kopf, bevor er die Besinnung verlor.

# 73

Ach, Zeki!«, stöhnte sie. Auch wenn sie erleichtert war, ihn lebend zu sehen, konnte sie nicht anders, als wütend auf ihn zu sein. »Das ist jetzt völlig egal, wer dir auf die Mailbox gesprochen hat.«

»Selma, ich bin im Dienst«, beharrte er mit ernstem Gesicht und rückte das Kissen in seinem Rücken ein Stück höher. »Mailbox abhören, ein Anruf. Dann gebe ich dir das Ding, und du wirfst es meinetwegen von der Galatabrücke ins Meer. Sollen sie mit den Fischen telefonieren, wenn sie mich sprechen wollen. Ich lasse mich krankschreiben und bleibe ein paar Tage hier. Was hältst du davon?«

»Nein«, bekräftigte Selma ihren Standpunkt vehement. »Du kriegst dein Telefon nicht. Du musst dich schonen. Dank Allah, dass du am Leben bist.«

»Habe ich schon.«

»Wenigstens darauf ist bei dir Verlass.«

In diesem Moment klingelte ihr eigenes Handy in der Tasche. Zeki schmunzelte, weil ihr Gesicht rot anlief. Sie wollte den Anruf wegdrücken, als er eine seiner Ideen hatte.

»Ich wette, dass es Jale ist. Wenn ja, lass mich mit ihr telefonieren. Wenn nicht, höre ich auf, nach meinem Handy zu fragen.«

Sie zog das Telefon heraus. »Es ist Jale. Sie ruft aber mich an, nicht dich.«

»Ja, weil sie mich nicht erreicht!«

»Dann nimm schon«, entgegnete sie genervt. »Du hast zwei Minuten. Ich hole mir einen Kaffee. Willst du auch was?«
»*Çay,* aber nur, wenn es kein Beuteltee ist. Danke! Gib mir drei Minuten.«
Ohne ein weiteres Wort verließ sie das Krankenzimmer. Zeki ging an Selmas Handy.
»Mir geht es gut. Schnittverletzungen an den Beinen. Alles halb so schlimm. Wehe, du fragst nach. Was hast du auf die Mailbox gesprochen?«
Jale schluckte, bevor sie sprach. »Wir haben die Untersuchungsergebnisse der Fingerabdrücke. Leider nichts zu machen. Wir können nicht nachweisen, dass Okan das Schweizer Taschenmesser in der Hand hatte. Ist aber mittlerweile auch egal.«
»Er ist abgehauen, oder?«
»Ja, er hat die Kautionsauflagen gebrochen und München verlassen. Wir vermuten, dass er in Berlin untergetaucht ist.«
»Er hat Deniz getötet. Und Farhaad hat für ihn gelogen.«
»Aber wie sollen wir die eidesstattliche Erklärung eines toten Zeugen widerlegen?«
»Er war Ohrenzeuge, kein Augenzeuge. Vergiss das nicht. Staatsanwälte können darüber wunderbar schwadronieren, wochen- und monatelang. Wir werden nie erfahren, was Meral Farhaad wirklich gesagt hat.«
»Soll ich Filiz Taylor noch mal verhören? Wetten, sie steckt hinter dem Schmierentheater mit ihrem Cousin bei Turkmoda. Das war von vorne bis hinten getürkt.«
Zeki lächelte über den Ausdruck. »Spar dir die Mühe. Noch einmal wirst du sie nicht übertölpeln. Sie hat das verdammt klug angestellt, muss ich gestehen. Wäre Farhaad ins Präsidium marschiert und hätte ausgesagt, dass Okan unschuldig ist, hätten wir ihm nie und nimmer geglaubt.«
»Das stimmt.«

»Gibt es denn wirklich keine Verdachtsmomente, dass bei Farhaads Selbstmord nachgeholfen wurde?«
»Nein. Keinerlei Hinweise. Okan hat einfach Glück, dass sein gekaufter Zeuge seine Aussage nicht mehr ändern kann.«
»Wahrscheinlich«, bestätigte er halbherzig. »Wieso flüchtet er dann?«
Beide schwiegen. Zekis Blick suchte Halt an dem Bild vor ihm an der Wand. Eine ostanatolische Dörflerin trug einen Wasserkrug über ein Feld. Er bekam Durst.
»Geht es dir wirklich gut?«, hakte Jale nach.
»Ja, mein verdammter Trolley und ein Spielwarenhändler haben mir das Leben gerettet. Ich habe eine Rassel für das Baby gekauft. Aus Holz natürlich.«
»Schön. Heute kam ein Paket von meinen Eltern. Mit deiner Rassel und der Erstausstattung an Babyklamotten kann ja nichts mehr schiefgehen«, scherzte sie.
»Das wird schon, mach dir keine Sorgen. Was ist mit deinem Bruder in Berlin, hat er sich gemeldet?«
»Nein. Ich will Levent auch nicht sprechen«, erwiderte sie knapp. »Geht es dir wirklich gut?«
»Ein paar Schnittwunden an den Beinen. Alles in Ordnung sonst.«
»Aydin steht neben mir, er möchte mit dir reden.«
»Lieber morgen, gib ihm eine anständige Anzahl Küsse von mir.«
»Mach ich. Wann kommst du wieder?«
»Mal sehen«, sagte er und legte schnell auf. Mit einem schiefen Lächeln verdrängte er die Schmerzen und empfing Selma, die mit zwei Plastikbechern eintrat.
»Nescafé«, sagte sie und stellte den Becher auf das Nachtkästchen. Dann überreichte sie ihm einen Brief. »Selim Kaymaz war da, als du geschlafen hast, er wollte dich nicht stören.«

Zeki legte das Schreiben seines Istanbuler Kollegen neben den Brief.
»Willst du ihn nicht öffnen? Nicht wissen, was es mit der Explosion auf sich hat?«
»Ich kann mir denken, was drinsteht.«
Selma ging nicht weiter darauf ein. »Du hattest Glück.«
Statt etwas zu sagen, sah er ihr liebevoll in die Augen und setzte sein charmantestes Lächeln auf.
»Lass das, Zeki, bitte.«
Er räusperte sich verlegen.
Selma zog ihre Strickjacke enger um sich. »Mich schauert immer noch. Du hast mir einen furchtbaren Schrecken eingejagt.«
»Wir waren verabredet. Wen hätte ich denn anrufen lassen sollen?«, fragte Zeki mit unschuldigem Gesicht.
»Deine Eltern?«
»Die sind nicht da.« Sie waren oft auf Reisen, seit sie in Pension waren. Die Behauptung war wahrscheinlich korrekt, aber überprüft hatte Zeki das nicht.
»Es ist spät geworden. Ich bin müde«, sagte Selma mit einem Mal.
»Wie viel Uhr ist es denn?«
»Bald zehn.«
»Geh ruhig schlafen. Kommst du morgen früh? Wir müssen über Özlem reden.«
»Ja«, antwortete sie. Dann beugte sie sich zu ihm und küsste ihn auf die Wangen. Zeki konnte nicht anders und zog sie in seine Arme. Statt vertrauter Nähe spürte er eine Distanz, die wie Nadelstiche in jede einzelne Hautpore eindrangen.
In seiner Vorstellung hatte er diesen Moment als den entscheidenden vorhergesehen, als den Moment, in dem sein Schicksal besiegelt wurde. Das Leben ist dramatisch, wiederholte er für sich, wir haben nur eines. Und das eine willst du mit mir nicht

teilen, sagte er in Gedanken zu Selma, weil er ihre Erleichterung körperlich spürte, als sie nach der Umarmung ihn und das Krankenzimmer hinter sich lassen konnte.
Es dauerte eine Weile, bis die Nachtschwester auf die Glocke reagierte und die diensthabende Ärztin verständigte. Die Schwarzafrikanerin, die hervorragend Türkisch sprach, gestand nach hitziger Diskussion ihrem Patienten zu, sich selbst zu entlassen. Sie schimpfte Zeki wie einen unartigen Schuljungen und stellte als Bedingung, den Verband bis zum nächsten Tag nicht abzunehmen. Die Art, wie sie ihm böse in die Augen sah und sein Nicken als Zeichen des Einverständnisses abwartete, zeugten von mehr Gefühl, als Selma ihm entgegengebracht hatte, dachte Zeki und zog sich um.

# 74

Nach einem langen Spaziergang, der ihn durch Fatih, das Viertel, in dem er aufgewachsen war, führte, betrat er ein Schnellrestaurant. Er nahm in der hintersten Ecke Platz. Weit weg von allem und ohne Gefahr zu laufen, Gesprächen anderer lauschen zu müssen. Der zerkratzte, weiße Plastikstuhl quietschte, als er Platz nahm, der Plastiktisch gab bedrohlich nach, als er seine Unterarme aufsetzte, um die Karte zu studieren. Der stechende Hunger verlangte eine schnelle Lösung. Er bestellte *mercimek,* der halbe Laib Weißbrot dazu wurde automatisch serviert. Mit der zweiten Portion roter Linsensuppe im Magen fühlte er sich besser. In Gedanken ging er die Stationen des Tages durch und stellte fest, dass er bis auf Unmengen *çay* nichts zu sich genommen hatte.

Satt und mit einer Tasse *kahve* vor sich öffnete er den Brief seines Kollegen Kaymaz. Er war mit der Hand geschrieben. Nach den ersten Untersuchungen vermuteten die Kriminaltechniker Brandstiftung. Die Gasflasche in der Küche des Ateliers war auffällig manipuliert, Hinweise auf Brandbeschleuniger waren festgestellt worden. Viel Mühe, einen Unfall vorzutäuschen, hatten sich die Brandstifter nicht gemacht. Kaymaz vermutete, und Demirbilek gab ihm in Gedanken recht, dass das Feuer gelegt worden war, um die Spuren zu den Heroinhändlern zu beseitigen. Möglicherweise, spekulierte Kaymaz weiter, steckte Okan Gök dahinter. Beweise jedoch konnte er seinem Münchner Kollegen nicht liefern.

Nach den offiziellen Zeilen machte Kaymaz seinem Freund Vorwürfe, weil er sich nicht bei ihm gemeldet hatte und auf eigene Faust in das Atelier gegangen war. Zeki lächelte betroffen über die Mahnung und las den Schluss des Briefes. Kaymaz hatte herausbekommen, dass Elifs Vater nach einem Zwischenstopp in Istanbul in seinen Geburtsort Cizre an der syrischen Grenze gereist war. Sicher war er allerdings nicht und hatte die Telefonnummer der dortigen Polizeidienststelle notiert. Zeki seufzte auf. Arme Elif, sagte er sich.
Vor Mitternacht erreichte er mit dem Taxi Selmas Wohnhaus. Er trug den Trolley, der von den Flammen schwer gezeichnet war, über die Holztreppen bis in den zweiten Stock, um die Nachtruhe der Bewohner nicht zu stören. Vor der Tür holte er Atem und fixierte den mit kunstvollen Lettern geschriebenen Namenszug an der Klingel. Selma sprach nicht nur Arabisch, sie schrieb auch mit einer ausdrucksstarken, verspielten Handschrift. Seinen Nachnamen – das hatte ihm Selma gestanden – hatte sie nur deshalb behalten, weil sie sich als Wissenschaftlerin unter Demirbilek einen guten Ruf aufgebaut hatte. Statt dem Vogelgezwitscher, das er beim Läuten zu hören hoffte, vernahm er als Glockenton einen schrillen Dreiklang.
Falls Selma über seinen nächtlichen Besuch überrascht war, dann zeigte sie es nicht. Sie hatte eine Zahnbürste in der Hand. Das lange Haar war frisch gekämmt. Den Männerpyjama glaubte er zu kennen, jedenfalls musterte er ihn für einen beklemmenden Augenblick lang und fragte sich, ob sie ein altes Stück von ihm auf der Haut trug. Aus Sentimentalität vielleicht oder Sehnsucht nach ihm. Im Gepäck hatte er einen ebenso gestreiften Pyjama. Nichts sehnlicher wünschte er sich in seinem tiefsten Inneren, als die beiden Schlafanzüge nebeneinander im warmen Bett liegen zu sehen.
»Sprich mit mir«, flehte er sie an.

»Es gibt nichts zu sprechen. Du führst dein Leben, ich meines.«
»Willst du nicht für deinen Sohn da sein? Für das Enkelkind? Aydin und Jale sind verdammt jung.«
»Das waren wir auch.«
»Wir hatten meine Eltern. Wie oft haben …«
Das Flurlicht ging aus. Sie zog ihn am Arm in die Wohnung. »Komm schon rein.«
Dann schloss sie die Tür hinter sich und wartete, bis er den Trolley im Flur abgestellt hatte. »Was verlangst du von mir? Dass ich alles stehen und liegen lasse, meinen Beruf, meine Freunde, die Wohnung? In den sechs Jahren, seit wir geschieden sind, hat das Leben nicht stillgestanden.«
»Das weiß ich. Ich war ein zweites Mal verheiratet und bin geschieden, auch ein zweites Mal. Du hattest Beziehungen, glaube ich zumindest. Du hast Aydin hier großgezogen, ich unsere Tochter in München. Es ist an der Zeit, dass wir vier wieder zusammenkommen. Und jetzt der Nachwuchs. Das ändert alles. Ich meine, es ist was Neues, oder nicht?«
»Du hast Vorstellungen, Zeki! Wach auf!«
Selma stopfte die Zahnbürste in den Mund und stakste durch die Badezimmertür. Zeki folgte ihr und klopfte.
»Sprich mit mir!«
»Geh in die Küche und warte dort! In die Küche, hörst du!«
Ohne ihre Anweisung zu beachten, stapfte er geradewegs zur Schlafzimmertür und riss sie auf. Den Mann im Bett kannte er nicht. Wie auch? Kopfhörer waren über seine Ohren gestülpt, er lugte über ein Brillengestell in ein Tablet, das schräg auf den angewinkelten Beinen auf der Bettdecke lag. Zeki verharrte regungslos in der Tür, er konnte nicht erkennen, ob der Mann einen Film oder das Fernsehprogramm verfolgte. Etwas Komisches musste es sein, so blöd, wie er vor sich hin grinste. Türkische Soaps waren auch bei Intellektuellen beliebt, das wusste er

nur zu gut. Selma konnte stundenlang eine Folge nach der anderen von der Familien- und Liebesschnulze *Beni Affet* ansehen. Wie unnötig passend der Titel *Vergib mir* war.
Plötzlich verzog der Mann das Gesicht zu einer Grimasse, nahm die Brille ab und wischte die Tränen, die er lachte, aus den Augenwinkeln. Immer noch hatte er Zeki nicht wahrgenommen, der kurz davor war, die Fassung zu verlieren und auf ihn loszuspringen, ihn aus Selmas Bett, aus Selmas Wohnung, am liebsten aus Selmas Stadt und Selmas Leben zu werfen.
»Komm bitte«, hörte er sie unvermittelt in seinem Rücken.
Zeki folgte ihr in die Küche. Augen für die Veränderungen ihres Zuhauses hatte er nicht. Zu sehr kämpfte er um einen Ausweg, darum, eine Erklärung für die Existenz des Mannes in ihrem Bett zu finden. Selma sah ihn mit zusammengepressten Lippen an. Zeki lächelte betroffen, obwohl ihm zum Weinen zumute war. Er spürte, wie sie Mitleid für ihn empfand. Mitleid, nicht Liebe.
Sie holte eine Flasche türkischen Rotwein aus dem Küchenschrank und stellte ihn auf den Tisch. Dann drückte sie ihm einen Korkenzieher in die Hand. Zeki betrachtete die Spitze. Unweigerlich musste er an die ermordete Deniz denken. Stich zu, forderte er sie in Gedanken auf, stich zu. Aber nicht in den Hals, nein, ramm mir die Spitze ins Herz, bis du mich los bist. Für immer.
Während er die Flasche öffnete, holte sie zwei Weingläser und setzte sich zu ihm.
»Das war nicht geplant. Ich dachte natürlich, du bleibst über Nacht im Krankenhaus«, erklärte sie.
Zeki verstand, dass sie den Mann in ihrem Bett meinte. Er sagte jedoch nichts, sondern schenkte ihr Glas voll, in seines nur wenig. Selma nahm das ihre und trank. Dabei sah sie ihm in die Augen.

Sie war darauf vorbereitet, dass er plante, sie mit einem Handstreich zurückzuholen – das erkannte er schlagartig. Aber ja. Frauen tauschten sich aus. Mutter und Tochter Demirbilek gar regelmäßig. Eine fixe Telefonverabredung. In letzter Zeit auch über Videotelefonie. Es war bei den Gesprächen meist gemütlich – wie er das deutsche Wort hasste, das nach Kaffee und Kuchen roch. Sie redeten, tranken Wein und hörten Musik im Hintergrund. Natürlich hatte Özlem von seinem Vorhaben erzählt. Er konnte es ihr nicht verdenken.

»Zeki, ich gehe nicht nach München zurück«, bestätigte sie seine Vermutung mit Worten, die in seinen Ohren brutal klangen.

»Aber deine Familie ist nicht bei dir«, warf er ein.

»Aber sie kommt, wenigstens ein Teil. Özlem wird es hier gutgehen. Ich weiß es. Das, was ihr fehlt, um glücklich zu werden, findet sie hier. Istanbul ist laut und groß, aber auch warm und fordernd. Es hat sich viel verändert.«

»Nicht nur zum Guten.«

»Natürlich nicht.«

»Und was ist mit Aydin?«

»Er fühlt sich mit Jale wohl bei dir, sagt er jedenfalls.«

Zeki kostete den Wein. Ekelhaft. Hatte nichts mit Dornfelder zu tun, den er, wenn er Wein anrührte, am liebsten trank. »Ich verstehe dich nicht, Selma.«

»Das macht nichts. Du musst mich schon lange nicht mehr verstehen. Aber mein Leben musst du akzeptieren.«

»Erklär mir, wie ich das machen soll.«

»Denk nicht mehr an unsere Ehe. Es war schön, eine Zeitlang, aber es ist vorbei. Lange schon vorbei.«

Zeki trank das Glas leer. »Gehört die Hose ihm?«, fragte er dann. Selma hatte ihm eine Ersatzhose in das Krankenhaus mitgebracht. Seine eigene konnte er nach der Explosion nicht mehr tragen.

»Passt sie nicht?«
»Doch. Perfekt.«
Sie wunderte sich, warum er nicht nachbohrte. Früher hätte er etwas unternommen, hätte sich mit einer Bemerkung oder Geste eine Hintertür offen gehalten.
Doch jetzt stand er auf, gab ihr zwei Küsse auf die Wange und fragte: »Hast du eine Tüte für mich?«

# 75

Die Angestellte der Fluglinie erklärte, dass sie keine Möglichkeit sehe, ihn in der Maschine nach München mitzunehmen. Die ersten Flüge am Tag seien fast immer überbucht, meinte sie voller Anteilnahme.

Welch armseligen Eindruck Zeki auf die Frau am Ticketschalter machte, ahnte er nicht. Im verknitterten Anzug neigte er seinen Kopf zu der Plastiktüte einer Shoppingmall, die ihm Selma mitgegeben hatte. Darin hatte er das Gepäck aus dem Trolley verstaut. Da Selma das beschädigte Ding nicht zurückhaben wollte, hatte er ihr Geschenk auf einer der illegalen Müllhalden der Stadt entsorgt. Er war unrasiert, ohne Frühstück im Magen und vollgepumpt mit Nikotin.

Was ihn zum Rauchen bewogen hatte, wollte er gar nicht so genau wissen. Irgendwann bei seinem nächtlichen Umherirren durch Istanbul gestand er seinem Geist und Körper das Nikotin zu. Er kaufte einem Straßenmädchen eine exotische Marke ab, irgendwas Japanisches namens *Hope,* zusammen mit einer Schachtel Zündhölzer.

Auf seinem weiteren Weg durch die Nacht rauchte er eine nach der anderen und versuchte, irgendwo Alkohol aufzutreiben. In ein Café wollte er sich nicht setzen, an den Kiosken, an denen er vorbeikam, war nicht einmal Bier zu bekommen. Istanbul veränderte sich. Nicht nur zum Guten, wiederholte er in Gedanken eine der weniger wichtigen Passagen aus dem aufwühlenden Gespräch mit Selma.

Um seinem Bierdurst doch noch zu seinem Recht zu verhelfen, bestellte er trotz der frühen Morgenstunden in einem der Flughafenrestaurants eine Flasche Bier und richtete sich darauf ein, die Zeit bis zu seinem Abflug am Abend auf dem Flughafen totzuschlagen.
Im stummgeschalteten Fernsehapparat, auf den er notgedrungen blicken musste, liefen Nachrichten. Der Bericht über die Einweihung einer Schule im Osten der Türkei ließ ihn an Elif und ihren Vater denken. Er bestellte ein zweites Bier und wählte die Nummer der Dienststelle in Cizre, die ihm sein Istanbuler Kollege mitgeteilt hatte. Der Leiter der Polizeistation war zunächst irritiert über das Anliegen des türkischstämmigen deutschen Polizeibeamten, zeigte sich aber verständnisvoll, nachdem er Elifs Geschichte gehört hatte, und versprach, ihren Vater ausfindig zu machen. Immerhin, sagte sich der Kommissar und erspähte eine frei gewordene Sitzbank. Er schüttete den Rest des Bieres in sich hinein und besetzte den Platz, um sich hinzulegen. Kaum hatte er eine einigermaßen bequeme Position gefunden, klingelte sein Telefon. Pius Leipold rief vom Büro aus an.
Im Plauderton informierte ihn sein Kollege über Okan Göks neuesten Aufenthaltsort. Zeki bat ihn am Ende des Telefonats, mit der Angestellten am Ticketschalter zu sprechen, zu der er mittlerweile zurückgekehrt war.
Während sein Kollege zusicherte, seine Bitte um schnellstmögliche Beförderung des Passagiers mit einer offiziellen Stellungnahme des bayerischen Polizeipräsidiums zu bestätigen, holte Zeki seinen Dienstausweis heraus und zeigte ihn vor.
Die Dame legte auf und schüttelte mitleidig den Kopf über den armselig wirkenden Mann. »Sind Sie wirklich Polizist?«, fragte sie ungläubig.
»Aber ja«, antwortete Zeki ohne großen Enthusiasmus.

»Aus München?«
»Ja.«
»Aussehen tun Sie wie einer aus Istanbul.«
Was immer die Angestellte damit sagen wollte, Zeki hatte keine Kraft mehr, darüber nachzudenken. Statt mit ihr zu diskutieren, bat er um den Flugschein. Wie sich herausstellte, gab es im Cockpit des nächsten Flugs nach Berlin einen Sitzplatz für Notfälle. Und eben ein solcher lag vor.

# 76

Vor ein paar Jahren wäre es ihm nicht in den Sinn gekommen, Deutschland den Rücken zu kehren. Doch jetzt lockte die Türkei mit lukrativen Möglichkeiten für einen Geschäftsmann seines Kalibers.

Es war sein Anwalt gewesen, der Okan Gök auf die Idee gebracht hatte, nicht bis zur Gerichtsverhandlung abzuwarten. Vor der Abreise nach Berlin, als er ihm aufzählte, mit welchem Strafmaß er im schlimmsten Fall wegen dreifacher gefährlicher Körperverletzung rechnen musste, hatte er den Beschluss gefasst, unterzutauchen. Keine Minute Lebenszeit mehr würde er in Gefangenschaft verbringen – das hatte er geschworen. Den Eid dazu hatte er bei der Entlassung nach dem letzten Gefängnisaufenthalt auf Allah und seine Propheten geleistet. Im Beisein seiner Eltern.

Berlin würde er vermissen. Nicht aber München, diese mit dem Speichel selbstgefälliger Anstandsbürger sauber geleckte Bajuwarenmetropole, in der er aus rein wirtschaftlichen Gründen Zeit verbrachte. Schließlich gab es dort viele Kunden mit Geld, die für die Mode seiner Cousine bezahlten. Scheißfamilie, fluchte er, er hätte nicht auf seinen Vater hören dürfen. Du bist der Ältere, hilf ihr, sie gehört zur Familie, sie ist eine Frau, du ein Mann, hatte er ihn beschworen und dabei angesehen, als wäre sein Erstgeborener ein Pimpf, der um Taschengeld bettelte. Was für eine Logik, kreischte er innerlich auf. Das hatte er nun davon.

Ein alternativer Laden in Mitte oder Kreuzberg hätte es genauso getan, aber nein, Filiz hatte ihn mit ihren hochtrabenden Plänen angesteckt. Ohne die Edelfummel, die sie entwarf, wäre er niemals auf die Idee mit dem Zusatzgeschäft gekommen. So genial der Gedanke war, Rauschgift in Bauchtanzkostümen zu schmuggeln, so dumm war die Idee umgesetzt worden. Alles Amateure, mit denen er zu tun hatte, schimpfte er weiter, nur die Sprengung des Ateliers hatten sie einigermaßen vernünftig bewerkstelligt.
Gedankenverloren ertappte er sich dabei, wie er an der roten Fußgängerampel wartete. Auch eine Marotte, die er sich bei den Aufenthalten in München angewöhnt hatte, ärgerte er sich und stiefelte über die Straße. Das Wenige, was er mitnehmen wollte, war im Kofferraum seines Autos verstaut. Die Kündigung seiner Wohnung schickte ein Kumpel in ein paar Tagen per Einschreiben ab, die Konten waren bis auf wenige hundert Euro leer geräumt. Vor allem aber hatte er den Verkauf seines Lofts mit Hilfe eines Immobilienmaklers eingefädelt.
Levent Cengiz war der Beste in seinem Job. In nicht einmal zwölf Stunden hatte er einen Käufer aufgetrieben. Einen türkischen Bauunternehmer, der für seine Geliebte eine Bleibe suchte. Der Verkaufspreis war angesichts der schnellen Abwicklung in Ordnung, nun würde er mit ordentlichem Startkapital in der Türkei neu anfangen. Was fehlte, war die Unterschrift unter dem Kaufvertrag, aber auch das war vorbereitet. Sein Wagen stand in der Tiefgarage des Notars, nach der Unterzeichnung würde er von Berlin und Deutschland für immer Abschied nehmen.
An der nächsten Querstraße, in die er einbiegen musste, bemerkte er den Mann. Er trug einen Sportrucksack und lächerlich große Kopfhörer. Nichts Ungewöhnliches auf den ersten Blick, doch Gök erinnerte sich an ihn. Der Blondschopf war ein

ziviler Polizist. Gök hatte seine Bekanntschaft bei einer Razzia in einem Nachtclub gemacht. Tütchen mit Ecstasy waren in seinen Stiefeln versteckt gewesen. Bei der Leibesvisitation, die der Blonde durchgeführt hatte, wäre er als Nächster an der Reihe gewesen, hätte sich nicht einer der Prolltürken, die er mit Pillen versorgte, vorher aus dem Staub gemacht.
Gök ging weiter, ohne sich anmerken zu lassen, seinen Verfolger entdeckt zu haben. Im Visier hatte er das Kaufhaus, in dem er als Junge Zigaretten und Pornohefte geklaut hatte. Mit zufriedenem Lächeln beobachtete er, wie ihm sein Beschatter in den unterirdischen Einkaufsbereich nacheilte. Dort, wo seine Mutter nach wie vor Billighosen und Kratzpullis kaufte, hängte er den Zielfahnder über den Lieferanteneingang ab.
Er gestand sich ein, die Fahnder unterschätzt zu haben. Wie sollte er auch damit rechnen, entdeckt zu werden? Er hatte in einem Hurenzimmer im Laufhaus, das ein Freund betrieb, übernachtet. Die gefälschten Reisedokumente hatte er mit zwei Anrufen organisiert. Er wollte mit dem Auto nach Venedig, von dort nach Korfu übersetzen, zwei Tage die Seele baumeln lassen, all-inclusive, danach zurücksetzen auf das Festland und von Athen mit dem Flugzeug in die gelobte Stadt Istanbul gelangen. Dort erwarteten ihn in einer Woche seine neuen Geschäftsfreunde.
Unweit seines Ziels passierte er eine Bäckerei. Angelockt vom Kaffeeduft und den köstlichen Teigwaren betrat er den Laden, um sich vor dem Notartermin mit einem schnellen Frühstück zu stärken.
»Mach mir einen Kaffee, schwarz, und gibt mir zwei Croissants. Eines esse ich gleich, pack mir das andere ein«, gab Gök seine Bestellung an der Theke auf.
»Habt ihr *çay?*«, hörte Gök hinter sich eine Stimme fragen.
Als er sich umdrehte, um den anderen Kunden wegen des Vor-

drängelns zurechtzuweisen, war er zu verdutzt, um überhaupt etwas zu sagen. Zeki Demirbilek übernahm für ihn.

»*Merhaba*«, grüßte er. »Ich wollte mit Ihnen reden, bevor ich Sie wegen Tatverdachtes, Deniz Aralik in München ermordet zu haben …«

Weiter kam Demirbilek mit seinen Ausführungen nicht. Der entsetzte Verkäufer wollte offenbar mit der Festnahme nichts zu tun haben. Wohl aus dem Grund rannte er in den hinteren Bereich und verschwand durch eine Tür nach draußen. Auslöser für Göks Flucht war das Straßengeräusch, das er und Demirbilek beim Öffnen der Tür hörten.

Gök hechtete über die Verkaufstheke und spurtete dem Verkäufer hinterher. Demirbilek blieb ruhig. Seine Einstellung zu Verfolgungsjagden hatte sich nicht geändert. Er griff nach dem Becher Kaffee, den Gök bestellt hatte, goss etwas Milch hinein und legte einen Fünfeuroschein auf die Theke. Dabei zählte er auf die Professionalität seiner Berliner Kollegen, die, so hoffte er zumindest, den Flüchtigen schnappen würden. Dann folgte er Gök in einem Tempo wie jemand, der die Nacht zuvor nicht geschlafen hatte.

Da der Flüchtige bei der Einsatzbesprechung als gewalttätig beschrieben worden war, gingen die SEK-Männer, die beim Hinterausgang postiert waren, nicht zimperlich mit ihm um. Drei Schlagstöcke schlugen gleichzeitig auf verschiedene Körperstellen des Flüchtigen ein, der sich der Festnahme mit Händen und Füßen widersetzte.

Demirbilek trat schließlich mit dem Kaffee nach draußen in den Hinterhof. »Das reicht, ihr Vollidioten! Das ist ja schlimmer als bei uns in Bayern«, schrie er die Männer an. »Gebt der Einsatzleitung Bescheid und lasst einen Arzt rufen«, befahl er weiter und näherte sich Gök, der sich am Boden vor Schmerzen krümmte. Er kniete sich zu ihm. »Geht's wieder?«

Gök stierte ihn mit fragenden Augen an und keuchte: »Wie haben Sie mich gefunden?«
»Nicht reden, atmen. Wir sprechen gleich darüber«, fertigte Demirbilek ihn ab. Seine Aufmerksamkeit lag woanders.
Ein Geschäftsbrief war bei der Festnahme aus Göks Jacke gefallen. Er stellte den Becher ab und studierte mit einem Stirnrunzeln die Visitenkarte, die am Brief klemmte.
»Was haben Sie mit Levent Cengiz zu tun?«, fragte er verdutzt.
»Dir hinterhältiges Arschloch sage ich nichts mehr. Kein einziges Wort!«
Demirbilek schüttelte verständnislos den Kopf und merkte sich die Adresse des Notars, dann stopfte er den Brief in Göks Tasche zurück.

# 77

Mehrfach versuchte Demirbilek, Gök an Ort und Stelle zu vernehmen. Da der Verdächtige auf sein Aussageverweigerungsrecht bestand und einen Anwalt verlangte, brach er das aussichtslose Unterfangen ab und überantwortete ihn dem Berliner Ermittlungsleiter. Als der Festgenommene in Begleitung zweier türkischstämmiger Polizeikräfte im Einsatzwagen wegtransportiert wurde, war Zeki schon losmarschiert.

Auf dem Weg rief er im Büro an und informierte sein Team über Göks Verhaftung. Er sprach auch mit Jale, um sich bestätigen zu lassen, dass der Makler wirklich ihr Bruder sein konnte.

Die Kanzlei des Notars, wo laut dem Brief Gök einen Termin hatte, befand sich im obersten Stockwerk eines Neubaus mit herrlichem Blick über Berlin. Grau in grau präsentierte sich die Hauptstadt bei der Fahrt mit dem gläsernen Lift. Demirbilek gab sich gegenüber der Sekretärin als Okan Göks Vater aus und behauptete, im Besitz einer Vollmacht zu sein und statt seines verhinderten Sohnes das Immobiliengeschäft abwickeln zu wollen. Mit breitem Lächeln unterstrich er seine Notlüge und wurde vorgelassen.

In piekfeinem Anzug genoss Levent Cengiz, der etwas größer war als Jale und wie sie die Haare kurz trug, gerade die Aussicht durch die Fensterfront. Der Immobilienmakler war dem Vorgesetzten seiner Schwester nie begegnet und wunderte sich über den müde wirkenden Mann mit Plastiktüte, der durch die Tür schritt. Genauso verwundert war der Notar, der von seinem

Schreibtisch aufsprang, um den unbekannten Herrn zu begrüßen. Er war neugierig zu erfahren, weshalb sein Mandant nicht selbst erscheinen konnte.
»Guten Tag, Herr Gök, nehmen Sie bitte Platz. Was ist Ihrem Sohn denn dazwischengekommen? Nichts Ernstes, hoffentlich«, fragte der Notar besorgt und wollte den Herrn zur Sitzecke des schicken Büros führen.
»Danke, ich möchte nicht Ihre kostbare Zeit stehlen«, erwiderte Demirbilek und reichte ihm seinen Dienstausweis. Der begutachtete das Dokument, während der Kommissar erklärte: »Mein Name ist Zeki Demirbilek, Leiter des Sonderdezernats Migra der Münchner Polizei. Herr Okan Gök wurde gerade festgenommen. Ich fürchte, das geplante Geschäft kommt nicht zustande.« Dann nahm er dem verblüfften Mann den Ausweis ab. »Würden Sie mir fünf Minuten mit Herrn Cengiz geben? Ich bin sicher, Sie haben viel zu tun.«
Bevor der Notar seiner Verärgerung Luft machen konnte, wiederholte Demirbilek seine Aufforderung. »Das war keine Bitte, das war ein Wunsch, den Sie mir nicht abschlagen werden, weil ich sonst dafür sorge …«
»Das reicht«, ging Jales Bruder dazwischen, der verstanden hatte, um wen es sich bei dem unerwarteten Besucher handelte. »Seien Sie so gut, bitte. Nur fünf Minuten. Ich erkläre Ihnen später die Zusammenhänge«, richtete er das Wort an den Notar, der daraufhin kopfschüttelnd sein Büro verließ.
Demirbilek stellte sich zu Jales Bruder an die Fensterscheibe und verschränkte die Hände im Rücken.
»Jale hat mit den Erzählungen über Sie nicht übertrieben«, gab sich Levent beeindruckt. »Sie haben Okan verhaftet?«
»Mein Junge, ich bin nicht gekommen, um mit dir über polizeiliche Ermittlungen zu reden. Ich hoffe, du hast mit Okans Geschäften nichts zu tun.«

»Okan ist ein Klient ...«
»Das erzählst du alles den Berliner Kollegen bei deiner Aussage zu der Sache«, unterbrach Demirbilek, »jetzt reden wir über Jale.«
»Was gibt es da zu reden?«
»Du hast recht, es gibt nichts zu reden. Ich will nur etwas klarstellen.« Er drehte sich zu ihm. »Setz dich und hör zu.«
Levent überlegte angestrengt, dabei blickte er in die müden Augen des Kommissars und entschied, der Aufforderung besser zu gehorchen.
Als er auf der Sitzecke Platz genommen hatte, drehte sich Zeki wieder der Fensterscheibe zu. Der Grauschleier über den Dächern erinnerte ihn an schmierige Lauge. Er suchte im bewölkten Himmel nach den Medusenköpfen, die sich in seiner Phantasie mittlerweile vervielfacht hatten: Selma, Derya, Kara und die Bavaria-Statue. Sein Herz hüpfte für einen kurzen Moment verstört auf, weil er glaubte, die Köpfe zwischen den Wolken fliegen zu sehen.
»Deine ältere Schwester und mein einziger Sohn sind die Eltern meines ungeborenen Enkelkindes. Aus dem Grund erlaube ich mir, das Gespräch mit dir zu suchen. Der Rest deiner Familie hat die Verbindung akzeptiert. Du sollst wissen, ich dulde nicht, dass du Jale weh tust. Deine Moralvorstellungen, mein Junge, sie sind mir ehrlich gesagt vollkommen egal. Hörst du mir zu?«
In seinem Rücken ertönte ein verschlucktes Ja. Demirbilek holte daraufhin ein Taschentuch aus seiner Hosentasche und drehte sich zu ihm.
»Glaub mir, als angehender Großvater und bayerischer Kommissar habe ich Mittel und Wege, solltest du auch nur im Ansatz etwas gegen das Glück der beiden im Schilde führen. Denk nicht einmal daran, deiner *abla* ins Leben zu pfuschen. Deine Schwester braucht nicht den Rat eines bornierten Möchtegern-

gläubigen, der über Jungfräulichkeit doziert und über die Ehre der Familie faselt. Was sie braucht, ist die Liebe ihrer Familie, und zwar der ganzen Familie. Auch die ihres jüngeren Bruders.«

Dann ging er auf ihn zu und wischte sich dabei die Hände sauber. »Wie alt bist du?«

»Dreiundzwanzig«, antwortete Jales Bruder eingeschüchtert.

»Sieh zu, dass du Vater wirst. Wird Zeit.«

Anschließend streckte er ihm die Hand entgegen. Der Immobilienmakler stand auf und nahm sie verwirrt an.

»Nenn mich Zeki. Du gehörst ja jetzt auch zur Familie. Nächstes Mal, wenn ich in diese graue Stadt kommen muss, trinke ich gerne einen *çay* bei dir zu Hause. Ich weiß, es ist unhöflich, aber die Arbeit ruft, ich muss zurück nach München.«

Jales Bruder nickte zum Einverständnis.

Demirbilek löste die Hand und klopfte ihm freundschaftlich auf die Schulter.

»Wenn Jale und Aydin heiraten, tanzen und trinken wir zusammen. Du kommst natürlich zur Hochzeit nach München.«

# 78

Gleich nach der Verabschiedung fuhr Demirbilek mit seiner Plastiktüte in der Hand im Lift wieder nach unten. In seiner Wunschvorstellung war er bereits zu Hause angekommen, hatte ausgiebig geduscht, seinen Pyjama angezogen und sich schlafen gelegt.

Auf Höhe des zweiten Stocks, er stierte mit getrübten Augen durch die Glastür nach unten, entdeckte er Okan Gök.

Was zum Teufel machte der hier?, fragte er sich verwundert. Der Mann, der in einer Zelle sitzen oder verhört werden sollte, verschränkte die Arme vor dem Bauch und krümmte den Oberkörper. Vage nur konnte er sein Gesicht sehen. Er musste Schmerzen haben, aber auch Zorn und Angst entstellten seine Züge. Was war geschehen? Was sollte er jetzt tun?, schoss es ihm zeitgleich durch den Kopf. Den gläsernen Lift konnte er nicht mehr anhalten. In wenigen Sekunden erreichte er das Erdgeschoss und stand Gök direkt gegenüber. In der Hoffnung, nicht sofort erkannt zu werden, drehte er ihm seinen Rücken zu. Nahezu geräuschlos öffnete sich die Lifttür. Demirbilek umgriff die Plastiktüte fester, schnellte herum und feuerte die Tüte mit einem Schwung zwischen Göks Beine in den Schritt. Die Wucht der Holzrassel darin, die er seinem Lebensretter in Istanbul abgekauft hatte, fügte Gök jene zusätzlichen Schmerzen zu, die ihm Zeit verschafften, sich auf ihn zu stürzen.

Im Zweikampf landeten beide auf dem Boden. Demirbilek musste feststellen, dass ihm sein Gegner körperlich überlegen

war. Der Kampf war schnell vorbei, als Gök ihm plötzlich eine Waffe entgegenstreckte.
»In Ordnung, du hast gewonnen«, ergab er sich. Tapfer waren Dumme, die nicht die richtige Gelegenheit abwarteten, sagte er sich pragmatisch.
»Du bist an allem schuld«, stieß Gök hervor und drückte die Waffe an den Hals des Kommissars.
»Aber ja, natürlich bin ich schuld«, gab er ihm schnell recht, dabei entdeckte er einen Sicherheitsmann des Bürogebäudes, der ihm Zeichen gab, dass er die Polizei verständigen werde. Warum hilfst du mir nicht, du Feigling?, dachte er verängstigt. Die Waffe fühlte sich auf der Haut warm an, sie musste vor kurzem abgefeuert worden sein. Der Geruch von Pulverschmauch strömte ekelerregend in seine Nase.
Im nächsten Moment stieß er aus lauter Verzweiflung die Waffe mit dem Handrücken weg. Gök benötigte einige Augenblicke, sich zu sammeln und die Waffe wieder auf den Kommissar zu richten. Demirbilek lief nicht davon, er blieb am Boden sitzen und starrte den Schwerverletzten an. Er spürte, wie einerlei es ihm war, ob Gök abdrückte oder nicht.
»Warum hast du Deniz getötet?«, fragte Demirbilek.
Gök lachte auf. Aus seinem Lachen wurde ein Husten. Blut spritzte über seine Mundwinkel und floss über sein Kinn.
Der Kommissar robbte zu ihm. Gök riss mit letzter Willenskraft die Pistole nach oben und zielte direkt auf Demirbileks Stirn.
»Weil du dich geschämt hast?«, fragte Demirbilek unbeeindruckt von der Waffe. »Hast du sie deshalb getötet? Weil sie keine Frau war? Sprich mein Junge, dann fällt es dir leichter, zu sterben.«
Göks Augen weiteten sich, er nickte mit verstörend abgehackten Kopfbewegungen. Er nickte weiter und weiter, bis er versuchte, den Mund zu öffnen, um etwas zu sagen. Doch statt Worten

spritzte ein Schwall Blut aus der Mundhöhle. Spritzer senkten sich auf das Metall der Waffe, einige Tropfen flogen in Demirbileks Gesicht, der sich angesichts des Todeskampfes nicht regen konnte. Dann beobachtete er, wie sich Göks Augen verdrehten, die Hand mit der Waffe zitterte, wie er mit jeder weiteren Sekunde immer schwächer wurde, bis er nicht mehr in der Lage war, das Gewicht der Waffe zu halten.

Dann sank Gök auf den glatt polierten Marmorboden nieder. Der Zeigefinger am Abzug zuckte – eine letzte Körperregung, bevor sein Leben zu Ende ging. Beim Aufprall der Hand löste sich ein Schuss. Der Knall der Schallwelle dröhnte und hallte verstärkt durch die Glaswände in Demirbileks Ohren. Das Geräusch war nicht zu vergleichen mit der Explosion in Istanbul, aber laut und gefährlich nah genug, um den Kommissar bis ins Mark zu erschrecken.

Mit zittrigen Händen holte er ein Taschentuch aus der Hosentasche und wischte sich damit Blut und Todesangst aus dem Gesicht. Das vertraute Sirenengeheul eines Polizeiwagens drang bereits in die Glashalle, als er Göks Puls fühlte und seinen Tod feststellte. Beim Aufrichten eilten die eingetroffenen Beamten zu ihm, die ihn von Göks Festnahme her kannten, und halfen ihm auf die Beine.

Er holte seine Plastiktüte und ging, ohne sich noch einmal umzudrehen, zum Ausgang. Ein Sanitäter hielt ihn auf. Doch Demirbilek wollte nicht untersucht werden, er wollte nach Hause. Das war alles, was er wollte. Vor dem Eingang rannte er geradewegs in den Einsatzleiter hinein. Als dieser Demirbilek am Arm griff und ihn zur Vernehmung mitnehmen wollte, riss er sich los und schrie ihn an. Der erschrockene Kollege ließ sofort von ihm ab. Demirbilek besann sich im selben Augenblick und schilderte, was geschehen war, den schriftlichen Bericht wollte er nachreichen. Bevor er endgültig aufbrechen durfte, musste er

sich vom Einsatzleiter anhören, wie Gök flüchten konnte. Er hatte einem der beiden türkischstämmigen Polizeibeamten, die ihn abgeführt hatten, etwas auf Türkisch gesagt und ihm dabei die Dienstwaffe entrissen. Für seine Leichtgläubigkeit bezahlte der junge Mann mit dem Tod. Der andere Polizeimeister schoss Gök in den Bauch, bevor er selbst angeschossen wurde und nun schwer verletzt im Krankenhaus lag.
Demirbilek nahm Anteil an dem Schicksal der Kollegen, auch wenn er das nicht sagte und wortlos den Weg nach Hause antrat.

# 79

Das Café, das Franziska Saum für das Treffen ausgesucht hatte, lag direkt am Sendlinger Tor. Jale traf rechtzeitig zu der Verabredung ein, die sie Demirbileks ungezügeltem Temperament verdankte. Sie nahm sich fest vor, nicht länger als eine Viertelstunde der Frau die versprochene Gefälligkeit zu erweisen.

Franziska wartete bereits vor dem Café. Sie trug ein aufreizendes Sommerkleid, wie Jale sofort auffiel. Innerlich wappnete sie sich für einen Flirt, wenn auch mit Befremden. Ein Date mit einer Frau war für sie etwas Neues. Sie lächelte in sich hinein beim Gedanken an ihren traditionsbewussten, jüngeren Bruder in Berlin. Sie hätte allzu gerne Levents pikiertes Gesicht gesehen.

Da erhielt sie unvermittelt zwei Küsse auf die Wange, als wäre sie eine enge Freundin der Zeugin.

»Das habe ich in Istanbul so gelernt«, erklärte Franziska, als sie Jales überraschtes Gesicht registrierte.

Die Beamtin nickte und setzte sich zu Franziska an den Ecktisch im gut besuchten Café, in dem sie, wie diese erzählte, halbtags arbeitete.

Mit gedämpfter Laune bestellte Jale Tee. Franziska fand die Zeit vorgerückt genug, um einen Hugo Spezial zu trinken. Die Unterhaltung drehte sich zunächst um die Begebenheit, die sie zusammenführte. Jale nahm ihren Chef, wie sie ihn nannte, in Schutz, ohne persönliche Details preiszugeben. Bald servierte

die Kellnerin den zweiten Hugo. Franziska trank und lächelte versonnen.
»Ist der Mann zu dem Kind okay?«, fragte sie, als sich Jale über den Bauch strich.
»Im Prinzip schon. Wir haben uns heute Morgen nur gestritten«, antwortete Jale.
»Deshalb hätte ich gerne ein Kind ohne Mann.«
»Kann frau ja auch anders hindrehen«, bemerkte Jale süffisant.
Der Alkohol in dem Spezialdrink begann anscheinend seine Wirkung zu entfalten. Franziska kicherte albern. »Ich habe es probiert.«
»Wie? Erzähl schon«, forderte Jale neugierig.
»Die Kerle fressen dir doch aus der Hand, wenn du Busen zeigst und mit dem Hintern wackelst. Er war süß, hatte aber auf Kondome bestanden.« Sie kicherte wieder.
»Muss ja auch der Richtige sein, oder? Was ist mit Internet? Das mal ausprobiert?«
»Um Gottes willen. Da hängen nur Perverse in den Foren und Chats herum. Okan wäre perfekt. Für einen Mann sieht er echt gut aus. Du verstehst schon. Aber ich habe von Meral einiges gehört.«
»Ja?«, fragte Jale, nun neugierig geworden.
Franziska wedelte nach der Kellnerin. Jale sah nach der Uhr. Noch höchstens fünf Minuten, dann würde sie aufbrechen.
Der dritte Hugo landete in Franziskas Hand, sie nahm einen Schluck. »Der treibt es mit jeder, wirklich mit jeder«, sagte Franziska mit Ehrfurcht in der Stimme.
»Meral fand ihn auch perfekt?«
»Kombinieren ist wohl deine Stärke, bist nicht nur hübsch, sondern auch klug. Meral hat sich auf Okan eingelassen, damit er ihr ein Kind macht. Hat aber nicht geklappt. Lag jedoch an ihr, nicht an ihm.«

»Okan wusste doch, dass Meral …«
»Klar, das hat ihn voll angeturnt.«
»Meral und du, ihr beide wolltet von ihm ein Kind?«
»Nein, ich doch nicht, aber Meral.« Sie trank das halbe Glas leer. »Von dem Schwein!«
»Wieso Schwein?«
»Das wüsstest du gerne, ich weiß«, meinte sie geheimnisvoll.
»Deine Sexgeschichten kannst du gerne für dich behalten oder ins Internet stellen«, gab Jale entnervt zurück. Sie winkte der Kellnerin, um zu bezahlen.
»Warte, musst nicht gleich eingeschnappt sein«, versuchte Franziska, sie zu besänftigen.
»Was willst du mir erzählen? Spuck es aus oder lass es bleiben.«
Franziska zuckte leicht mit den Achseln. »Schon gut. Das war an dem Abend, als wir uns kennengelernt haben.«
»Du hast Okan bei der Show gesehen?«
»Ich ihn schon, er mich aber nicht.«
»Das hättest du aussagen müssen.«
»Habe ich aber nicht, weil ich mir nicht sicher war.«
»Jetzt bist du dir aber sicher?«
»Ja.«
»Warum?«
»Weil Filiz eine Schlampe ist. Die Modetussi hat mir meine Meral ausgespannt, und mich wollte sie nicht.« Zorn, Wut und Alkohol brachten ihre Stimme zum Lallen.
Jale dachte an den Streit im Modezentrum zwischen ihr und Okans Cousine. Sie war mit Pius dazugekommen, wusste jedoch nicht, weshalb sie sich gestritten hatten. Offenbar hatte sie sich Hoffnungen gemacht und war abgewiesen worden. »Langsam, Franziska. Eins nach dem anderen.«
»Wir sind hier rein privat. Stimmt doch?«

»Ja schon. Aber als Polizistin …«
»Du bist Jale, ich bin Franziska. Wir treffen uns privat, stimmt doch?«, insistierte sie mit schmollendem Mund.
»Ja, privat«, lenkte Jale schnell ein.
Franziska trank den Rest des Glases aus. »Ich bin doch wegen der Überraschung, die ich Meral nach der Show geben wollte, über den Hintereingang in das Gebäude. Okan saß in seinem geparkten Auto direkt an der Straße bei der Hofdurchfahrt. Ich wollte zu ihm und grüßen.« Sie verstummte und dachte nach.
»Weiter, Franziska«, drängte Jale.
»Er hat geheult. Stell dir vor, er hat geheult!«
»Was ist daran ungewöhnlich?«
»Ein türkischer Mann heult nicht in der Öffentlichkeit. Jedenfalls nicht ein Macho wie Okan.«
»Da war noch mehr. Erzähl schon.«
»Nur, wenn du dir noch was bestellst. Okay?«
Jale brauchte nicht lange zu überlegen. »Gut, ich bestelle mir gleich was.«
»Schön.« Franziska lächelte dankbar. »Ich habe mir Zeit gelassen, ich wollte ihn in dem Zustand nicht überrumpeln. Dabei habe ich beobachtet, wie er etwas aus dem schicken Cabriolet geworfen hat.«
Jales Gesicht erhellte sich. Eine heiße Spur tat sich auf, das spürte sie wie die Bewegungen ihres Babys im Bauch. »Was immer es war, du hast es aufgehoben, stimmt's?«
»Macht eine Dame nicht, ist mir klar, aber ich war einfach zu neugierig.«
Franziska kramte aus ihrer Handtasche eine verschließbare Plastikverpackung, in dem ein zerknülltes Papiertaschentuch steckte. »Damit hat er sich die Hände und das Gesicht sauber gemacht.«
Jale nahm es in die Hand. »Hast du das so verpackt?«

»Nein, er hat es genau so aus dem Auto geworfen. Ich habe es von der Straße aufgehoben. Schon bemerkt, dass das Blut ist?«
Das hatte Jale. Okan Gök hatte gelogen. Vom zeitlichen Ablauf her konnte es Deniz Araliks Blut sein. Sie stand auf und steckte die Plastikverpackung in ihre Tasche.

»Zahl für mich mit, ja? Du bekommst es im Präsidium wieder, ich melde mich wegen deiner Aussage. Lass dir etwas einfallen, warum du erst jetzt damit ankommst. Anhaltender Schock oder Gedächtnislücke wegen der Leiche, du weißt, was ich meine.«
Sprachlos starrte Franziska in das verzückt lächelnde Gesicht der Polizeibeamtin.

»Privat gibt es bei uns Bullen nicht«, erklärte Jale, bevor sie ging.

# 80

Mit einem »Ja« stürmte Jale in das Büro und holte aus einer Schublade einen Beutel, um das Beweisstück zu registrieren. Gerade als sie die Kriminaltechniker mit der Untersuchung beauftragt hatte, kehrten Isabel und Pius zurück.

»Wir haben Okan!«, jaulte sie ihren Kollegen entgegen. »Saum hat ihn beobachtet …«

»Okan Gök ist tot, Jale, wir haben dich nicht erreicht«, unterbrach Isabel sie und erzählte ihr, was in Berlin vorgefallen war. Jales gute Stimmung wurde dadurch nicht gemildert.

»Jedenfalls werden wir ihm den Mord an Deniz nachweisen können, da bin ich mir sicher. Meral hat niemanden getötet. Wir haben einen guten Job gemacht.«

Pius gabt ihr recht und verschwand in Demirbileks Büro. Jale ging zu ihrem Schreibtisch und holte die Tasche, die sie am Morgen vor Dienstbeginn gepackt hatte.

»Wo willst du hin? Verreist du?«, staunte Isabel mit Blick auf die Reisetasche.

»Nein. Ich ziehe aus, der junge Herr Demirbilek hat mir Sachen vorgeworfen, die richtig übel waren. Ich habe erst mal genug von Aydin«, erklärte sie.

»Du willst ausziehen?«, fragte ihre Kollegin besorgt. »Bist du dir sicher?«

»Klar bin ich mir sicher. Ich bin nicht vor meinem Bruder aus Berlin geflüchtet, um mir denselben Quatsch von dem Vater meines Kindes anzuhören«, antwortete Jale in aller Seelenruhe.

Dann zog sie mit Mühe die Jeansjacke über. Bald würde Aydins Geschenk wegen des dicker werdenden Bauches nicht mehr passen, kam ihr in den Sinn. Levent und Aydin waren sich in einem entscheidenden Punkt zu ähnlich. Beide versuchten, ihre Eigenständigkeit in Frage zu stellen. Das erlaubte Jale, seit sie von Berlin weggezogen war, niemandem mehr auf der Welt.

»Aber ihr wolltet doch heiraten?«, fragte Isabel nach.

»Nach dem Streit heute Morgen bin ich mir da nicht mehr so sicher«, erwiderte Jale entschlossen und griff nach der Tasche. »Ich muss los. Nicht dass der Chef noch auftaucht«, verabschiedete sie sich und stapfte hinaus.

Isabel sah ihr nachdenklich nach, als Pius zu ihr trat.

»Was ist denn mit Jale los?«, fragte er.

»Sie hat mit Aydin gestritten.«

»So schlimm?«

»Scheint so. Sind beide ja auch so jung«, seufzte Vierkant.

»Das wird unserem Pascha gar nicht gefallen.«

»Holst du ihn eigentlich ab?«

»Habe es ihm angeboten, aber er wollte nicht.«

»Warum?«

»Weil er nicht im Dienst ist, er hat Genesungsurlaub.«

Isabel verstand nicht. »Na und?«

»Ich müsste mit dem Dienstwagen zum Flughafen fahren. Das wäre aber eine Privatfahrt, weil er ja nicht im Dienst ist.«

»Oh«, gab Isabel erstaunt von sich.

»Auf so einen Schmarrn würde er nicht kommen, wenn alles in Ordnung wäre. Erst die Explosion in Istanbul, dann erschießt ihn fast ein Sterbender in Berlin. Mein Gott, kein Wunder, wenn es im Kopf gerade nicht so funktioniert, oder? Selbst bei einem osmanischen Dickschädel wie ihm.«

Isabel verzog nachdenklich das Gesicht. »Ich habe gehört, seine Tochter geht zurück nach Istanbul zu ihrer Mutter.«

»Nein!«, entwich es Pius. »Die arme Sau kann einem ja richtig leidtun.«
»Und jetzt das mit Jale und Aydin. Ich werde heute Abend für ihn beten.«
»Mach das, Isa, schaden kann es ja nicht. Unserer wird seinem schon Bescheid geben.«
Wegen des ketzerischen Gedankens bekreuzigte sie sich. Auf der anderen Seite gefiel ihr die Vorstellung, wie sich Gott und Allah über ihre Schäflein austauschten.

# 81

Während sein Team am späten Nachmittag den Dienst beendete, stieg Zeki an der Haltestelle Regerplatz aus. Mit der Plastiktüte in der Hand legte er das letzte Stück nach Hause zurück.

Als er in seine Straße einbog, entdeckte er Elif auf der Parkbank in der Nähe seines Hauseinganges. Er konnte nicht wissen, dass sie seit einer Stunde auf ihn wartete. Vertieft in das letzte Kapitel ihres Romans, hatte sie nach nahezu jeder Zeile aufgesehen, um ihn nicht zu verpassen.

Zeki näherte sich. Elif hatte ihn bemerkt, ließ sich aber beim Lesen nicht stören.

»Na, Elif«, grüßte er mit müder Stimme. »Weißt du von Jale, dass ich heimkomme?«

»Ja«, sagte sie knapp und murmelte die Worte aus dem Roman, um den Faden nicht zu verlieren.

»Willst du reden? Dann komm mit nach oben.«

»Nein, ich wollte mich bedanken«, antwortete sie, ohne aufzusehen.

»Wofür, mein Kind?«

Zeki wunderte sich wieder einmal über Elif. Sie beachtete ihn nicht und las einfach weiter. Immerhin gaffte sie in kein Smartphone, dachte er, dann, er wollte endlich schlafen, wiederholte er: »Wofür willst du dich bedanken, Elif? Ich habe dir deinen Vater nicht zurückgebracht.«

»Einen Moment noch«, sagte sie bestimmt, flüsterte ein paar

Worte, dann klappte sie das Buch zu und sprang auf. »Entschuldigung. Jetzt bin ich fertig. Ich war auf der letzten Seite.«
Dann hielt sie ihm den Roman entgegen. »Für Sie.«
»Für mich?«, fragte Zeki erstaunt und zögerte, das Geschenk anzunehmen.
»Mein Vater hat aus Cizre angerufen. Der Chef der Polizei dort hat ihn mehr oder weniger dazu genötigt. Da stecken doch bestimmt Sie dahinter.«
Zeki konnte sich kaum an das Telefonat mit dem Vorsteher der Dienststelle erinnern. »Habt ihr euch ausgesprochen?«
Das Mädchen dachte offenbar darüber nach, ob sie dem Kommissar vertrauen konnte. »Versprechen Sie mir, dass Sie das für sich behalten?«
»Kommt darauf an, mein Kind. Ins Blaue hinein kann ich dir nichts versprechen.«
Elif dachte nochmals nach und entschloss sich, sich dem Kommissar anzuvertrauen. »Mein Vater wollte es erst gar nicht erzählen, weil es ein Geheimnis ist. Nicht mal Mutter weiß davon. Sie hätte ihn glatt rausgeschmissen, wenn sie davon erfahren hätte. Ich musste am Telefon furchtbar weinen, deswegen hat er es mir erzählt. Er hatte wegen seiner Autowerkstatt Schulden bei einem türkischen Kredithai gemacht. Deshalb ist er in sein Heimatdorf geflohen. Nicht, weil er nichts mehr mit mir zu tun haben will. Kennen Sie Cizre?«
»Nur dem Namen nach«, antwortete er schnell. Ein furchtbarer Gedanke kam ihm. »Warte mal, sagtest du Kredithai?«
»Ja, warum?«
Demirbilek behielt seine Vermutung für sich. Konnte das wirklich sein? Konnte Elifs Vater mit dem Tod des Mannes, der mit einem Schraubenzieher niedergestochen auf der Leopoldstraße gefunden wurde, etwas zu tun haben? War Elifs Vater womöglich einer der Kunden, denen er ohne Vertrag und Unterschrift

einen Kredit eingeräumt hatte? War deshalb sein Name nicht bei den offiziellen Kunden aufgetaucht? Er flehte Allah darum an, mehr als nur einen türkischen Kredithai in München ansässig sein zu lassen.

»Was ist?«, schreckte ihn Elif aus seinen Gedanken.

Zeki lächelte trotz tauber Müdigkeit, trotz des Widerwillens, den er spürte, dass Elifs Vater ein Mörder sein konnte und deshalb geflüchtet war.

»Weißt du vielleicht, wie der Kredithai heißt?«

»Nein, aber mein Vater wollte wieder anrufen, ich kann ihn fragen, wenn Sie wollen.«

»Nicht notwendig, mein Kind«, wiegelte Zeki schnell ab. »Lass nur.«

»In den Ferien fahre ich zu ihm. Cizre ist am Arsch der Welt«, seufzte sie, ohne zu ahnen, dass der türkische Kommissar in Gedanken beschlossen hatte, den Polizeivorsteher erneut zu bitten, ihren Vater ausfindig zu machen.

Zeki nahm schließlich das Buch entgegen und umarmte Elif zum Abschied. Den *Fänger im Roggen* hatte er im selben Alter wie Elif verschlungen. Er wusste in dem Moment nicht, ob er es lesen würde.

# 82

Endlich betrat Zeki sein Zuhause, wenn auch erschöpft und nach der Begegnung mit Elif noch aufgewühlter, als er es ohnehin war. Er legte die Plastiktüte und Elifs Buch im Flur ab und betrat die Wohnküche. Eine Nachricht auf dem Küchentisch war das Einzige, was auf ihn wartete. Er ahnte von weitem an der Art, wie Aydin die Zeilen ordentlich niedergeschrieben hatte, dass es etwas Wichtiges sein musste. Er drehte den Zettel hastig um und setzte sich.

Er wollte von weiteren familiären Sorgen nichts wissen. Von denen hatte er nach der Aussprache mit Selma genug. Er wollte nur eines, schlafen. Dann dachte er nach. Die Nachricht lag handschriftlich vor ihm, wäre es dringend, hätte sein Sohn angerufen. Er kontrollierte sein Telefon. Es war bis auf die Zeit während des Fluges von Berlin nach München eingeschaltet gewesen. Auf der Mailbox war keine Nachricht. Also, sagte er sich, geh duschen.

Nach einer halben Stunde unter lauwarmem Wasser schlüpfte er in seinen Pyjama. Dann kochte er in der Alukanne, die Selma bei einem Toskanaurlaub gekauft hatte, einen Espresso, weil er gelesen hatte, dass er entgegen der Volksmeinung beim Einschlafen helfen würde. Anschließend setzte er sich wieder an den Küchentisch und drehte den Zettel um.

Aydin war Hals über Kopf zu einem Konzert nach Istanbul aufgebrochen, um den erkrankten Saxophonisten einer befreundeten Band zu ersetzen. Wann er zurückkomme, könne er nicht

sagen. Gut, er verdient Geld, sagte sich Zeki im ersten Moment. Im zweiten aber befürchtete er, sein Sohn könne ihn wie seine Tochter verlassen. Jale würde ihm folgen, malte er sich aus, und sein Enkelkind in Istanbul zur Welt bringen.
Er nippte am Espresso, der ihm völlig misslungen war. Dann las er den zweiten und letzten Absatz.
Jale, schrieb Aydin weiter, habe nach einem Streit ihre Sachen gepackt und wolle zu seiner Freundin Derya ziehen. Warum, könne er nicht erklären, er verstehe es selbst nicht. Dann grüßte er seinen Vater. Die letzten Worte waren doppelt unterstrichen und mit mehreren Ausrufezeichen versehen: »Es wird alles wieder gut. Bleib ruhig!!!«
Zeki horchte in sich hinein. Nach Ruhe war ihm nicht zumute. Er zerknüllte den Zettel und warf ihn weg. Dann stand er auf, um sich anzuziehen, um Jale, wenn Aydin es schon vorzog, arbeiten zu gehen, selbst nach Hause zu holen.
Er war gerade auf dem Weg ins Schlafzimmer, als die Türglocke schrillte. Also kehrte er um und riss die Wohnungstür auf. Deryas Lächeln war wohltuender als der Schlaf, nach dem er sich die ganze Zeit sehnte.
»Warum lachst du?«, fragte er plötzlich hellwach.
»Im Pyjama siehst du nicht gerade wie ein Kommissar aus«, erwiderte Derya und schaffte es, ein noch schöneres Lächeln auf ihr Gesicht zu zaubern.
Zeki verstummte einen Moment lang. Dann fand er eine passende Antwort. »In dem Kleid siehst du nicht gerade wie eine Kellnerin aus. Komm herein.«
Derya machte einen Schritt auf ihn zu. Dann küsste sie ihn auf den Mund, und Zekis Medusenköpfe lösten sich mit einem Aufschrei in nichts auf.

# Liebe Leserinnen und Leser,

während Sie »Kruzitürken« in den Händen halten, arbeite ich bereits am vierten Band um Kommissar Pascha und sein Team. Ein schwindelerregendes Gefühl! Es kommt mir wie gestern vor, dass ich meinen fiktiven Freund Zeki Demirbilek losgeschickt habe, um in München und Istanbul auf Verbrecherjagd zu gehen. Der Kommissar gerät durch seine Ermittlungen in diesen faszinierenden Städten mit ihren unterschiedlichen Kulturen in ein permanentes Wechselbad der Gefühle. Das reizt mich sehr. Außerdem kommt dem familiären Umfeld eine tragende Rolle zu, was mir ebenso am Herzen liegt. In beiden Welten mache ich es meinem Protagonisten nicht leicht. Er mir aber, im Gegenzug, auch nicht! Es ist nicht einfach auszukommen mit dem bayerisch-türkischen Querschädel, sage ich Ihnen! Aber ich will mich nicht beschweren, unsere Freundschaft hält das aus.

An dieser Stelle bedanke ich mich bei allen, die mich vor, während und nach dem Verfassen dieses dritten Kommissar-Pascha-Romans unterstützt haben. Besonderer Dank gilt meiner tapferen Familie, die, seit das Sonderdezernat Migra in unser Leben getreten ist, Rücksicht nimmt und es mit mir aushält, wenn ich plotte, schreibe und überarbeite, nachdem der Text bereits überarbeitet ist. Zuletzt möchte ich meinen Leserinnen und Lesern aber aus tiefstem Herzen dafür danken, dass sie Lust hatten, in Zekis Welt einzutauchen und zu erfahren, was ihn und sein Team umtreibt.
*Teşekkürler* und danke schön!

Ihr Su Turhan

Der Tote vom Eisbach

Su Turhan

# KOMMISSAR PASCHA

Ein Fall für Zeki Demirbilek

Kriminalroman

Rechte Lust hat Zeki Demirbilek auf seine neue Aufgabe nicht. Er soll Chef sein. Gerade er. Teamresistent und streitsüchtig, wie er ist. Und dann dieses Angebot! Jetzt, wo er Schluss machen wollte – mit Deutschland, mit München, mit all dem Rotz, der ihn so nervt. Doch dann ziehen seine Kollegen eine grausam zugerichtete Leiche aus dem Eisbach – ein Türke, vermutlich. In seinen Körper ist das arabische Wort für »Teufel« mit Reißnägeln eingraviert. Der erste Fall für Zeki Demirbilek alias Kommissar Pascha und sein bayerisch-türkisches Team!

KNAUR